INDO LONGE DEMAIS

TINA SESKIS

INDO LONGE DEMAIS

Tradução de
Regiane Winarski

EDITORA RECORD
RIO DE JANEIRO • SÃO PAULO
2014

CIP-BRASIL. CATALOGAÇÃO NA FONTE
SINDICATO NACIONAL DOS EDITORES DE LIVROS, RJ

S443i   Seskis, Tina
    Indo longe demais / Tina Seskis; tradução de Regiane Winarski.
- 1. ed. - Rio de Janeiro: Record, 2014.

    Tradução de: One step too far
    ISBN 978-85-01-06822-4

    1. Ficção inglesa. I. Winarski, Regiane. II. Título.

14-15440   CDD: 823
                                               CDU: 821.111-3

TÍTULO ORIGINAL:
One step too far

Copyright © Tina Seskis, 2013

Texto revisado segundo o novo Acordo Ortográfico da Língua Portuguesa.

Todos os direitos reservados. Proibida a reprodução, no todo ou em parte, através de quaisquer meios. Os direitos morais da autora foram assegurados.

Editoração Eletrônica: Abreu's System

Direitos exclusivos de publicação em língua portuguesa somente para o Brasil adquiridos pela
EDITORA RECORD LTDA.
Rua Argentina, 171 - Rio de Janeiro, RJ - 20921-380 - Tel.: 2585-2000, que se reserva a propriedade literária desta tradução.

Impresso no Brasil

ISBN 978-85-01-06822-4

Seja um leitor preferencial Record.
Cadastre-se e receba informações sobre nossos lançamentos e nossas promoções.

Atendimento e venda direta ao leitor:
mdireto@record.com.br ou (21) 2585-2002.

Para minha mãe

Parte Um

1

Julho de 2010

O calor é como mais uma pessoa de quem preciso me desvencilhar enquanto sigo pela plataforma. Subo no trem, embora não saiba se devo fazê-lo. Fico sentada entre os passageiros, tensa, seguindo com o vagão e com as pessoas da minha vida antiga para a nova. O interior do trem está frio e dá uma sensação estranha de vazio, apesar das pessoas, apesar do dia abafado lá fora, e esse vazio me acalma um pouco. Ninguém aqui sabe a minha história, sou finalmente anônima, como se não estivesse aqui de verdade, mas estou, consigo perceber, o banco debaixo de mim é sólido, os fundos das casas passam pela janela. Eu consegui.

É engraçado como é fácil quando a questão se resume a acordar da vida que você leva e começar uma nova. Tudo de que se precisa é ter dinheiro suficiente para recomeçar e determinação para não pensar nas pessoas que está deixando para trás. Tentei não olhar hoje de manhã, tentei simplesmente sair, mas no último segundo me vi atraída para o quarto dele e fiquei observando-o dormir, como um recém-nascido, na verdade, ainda sem despertar para o primeiro dia do resto de sua vida. Eu não podia arriscar nem sequer uma espiadela no quarto onde Charlie dormia, eu sabia que o acordaria, que isso me impediria de ir, então girei a tranca silenciosamente e deixei os dois para trás.

A mulher ao meu lado está tendo dificuldade com o café. Ela usa um terninho escuro e tem aparência profissional, um pouco como eu era. Ela está tentando tirar a tampa de plástico do copo, que se mantém grudada, mas ela continua puxando até que a tampa sai com um tremor e o café quente espirra em nós duas. Ela pede desculpas em voz alta, mas eu só balanço a cabeça indicando que ela não se preocupe e olho para o meu colo, sabendo que deveria estar limpando as manchas escuras da jaqueta de couro cinza (vai estragar a jaqueta, é estranho eu não limpar), mas a erupção de café me irritou um pouco, e as lágrimas quentes se misturam com as gotas de café, e rezo para ninguém reparar se eu não levantar o rosto.

Agora me arrependo de não ter parado para comprar um jornal, mas me pareceu inapropriado ir até uma banca e entrar numa fila de pessoas *normais* no dia em que eu estou fugindo. Fico aqui sentada no trem e sinto falta de um jornal, sinto falta de ter aquele amontoado de palavras nas quais mergulhar, nas quais me concentrar, com as quais afastar os pensamentos ruins da cabeça. Fico agitada sem nada para ler, nem para fazer a não ser olhar pela janela e desejar que as pessoas afastem o olhar. Observo com tristeza Manchester ficar para trás e me dou conta de que talvez jamais volte a vê-la, a cidade que um dia eu amei. O trem passa por campos queimados pelo sol e por um vilarejo desconhecido e, apesar de estarmos indo rápido agora, a viagem parece interminável, meu corpo tem vontade de se levantar e fugir, mas para onde? Já estou fugindo.

Sinto frio de repente, o frescor inicialmente bem-vindo do ar-condicionado provocou um arrepio nos ossos, e aperto mais a jaqueta contra o corpo. Tremo e olho para baixo, fecho os olhos marejados. Sou boa no ato de chorar em silêncio, mas a jaqueta continua me entregando; as lágrimas caem com delicadeza e se espalham generosamente pelo tecido. *Por que eu me arrumei, isso foi ridículo demais! Não estou passeando, estou fugindo, deixando a vida para trás, isso vai além do necessário.* Os sons na minha mente e os ritmos do trem sobre os trilhos se fundem. Mantenho os olhos fechados até o pânico se afastar como poeira flutuando no ar e acabo permanecendo da mesma maneira.

Desço do trem em Crewe. Sigo até a banca de jornal, antes do pátio principal, e compro jornais, revistas, um livro. Não posso ser pega em flagrante de novo. Eu me escondo por um tempo no banheiro feminino, onde vejo no espelho meu rosto pálido e minha jaqueta estragada, e solto o cabelo comprido para cobrir as manchas. Tento dar um sorriso e ele surge, torto e falso talvez, mas definitivamente um sorriso, e espero que o pior tenha passado, ao menos por hoje. Estou com calor, febril até, então molho o rosto, e a água acrescenta novas marcas na minha jaqueta, está estragada de vez. Tiro-a e a coloco na bolsa. Distraidamente, olho para mim mesma e vejo uma estranha. Reparo que gosto do meu cabelo solto, me faz parecer mais jovem, e as ondas provocadas pela trança o deixam com aparência desgrenhada, boêmia até. Enquanto seco as mãos, sinto metal quente nos dedos e reparo que ainda estou de aliança. Nunca a tirei, desde o dia em que Ben a colocou no meu dedo, em um terraço com vista para o mar. Eu a tiro e hesito, sem saber o que fazer com ela; a aliança é de Emily, não é mais minha. Meu nome é Catherine agora. A aliança é requintada, os três pequenos diamantes brilham na platina, e isso me deixa triste. *Ele não me ama mais.* Então, eu a deixo ali, junto ao sabonete, no banheiro público ao lado da Plataforma 2, e pego o trem seguinte para Euston.

2

Em um dia comum mais de trinta anos antes, Frances Brown estava deitada em um hospital de Chester com as pernas apoiadas em estribos enquanto os médicos continuavam a cutucar lá embaixo. Ela estava em estado de choque. O nascimento em si foi rápido e instintivo, nem um pouco típico para o primeiro filho, pelo pouco que ela sabia. Ela não tinha ideia do que esperar, não contavam muito naquela época, mas a única coisa para a qual ela definitivamente não estava preparada, depois que a cabeça coroou e a criaturinha vermelha e gosmenta deslizou até a cama abaixo dela, foi para o fato de os médicos dizerem que ela ia dar à luz outro bebê.

Frances tinha percebido que alguma coisa estava acontecendo quando o humor na sala de parto mudou em um instante e todos os médicos se aproximaram ao mesmo tempo ao redor da cama, confabulando com ansiedade. Ela achou que devia haver alguma coisa errada com sua garotinha, mas, se era isso, por que eles a estavam cutucando em vez de cuidar do bebê? O médico finalmente olhou para ela, que ficou perplexa ao ver que ele estava sorrindo.

— O trabalho ainda não acabou, Sra. Brown — disse ele. — Encontramos outro bebê que precisamos tirar daí agora.

— Como é? — perguntou ela.

O médico disse de outra forma.

— Parabéns, Sra. Brown, você será mãe de gêmeos em breve. Você tem um segundo bebê para dar à luz.

— Como assim? — gritou ela. — Já tive meu maldito bebê.

Agora ela estava deitada em estado de choque e só conseguia pensar que não queria dois bebês, só queria um, só tinha um berço, um carrinho, um conjunto de roupinhas de bebê, uma vida preparada.

Planejadora por natureza, Frances não gostava de surpresas, principalmente assim tão repentinas e, mais do que tudo, sentia-se exausta demais para parir de novo. O primeiro parto podia ter sido rápido, mas foi intenso e traumático e quase três semanas adiantado. Ela fechou os olhos e se perguntou quando Andrew chegaria. Ela não tinha conseguido entrar em contato com ele no escritório, parecia que estava em uma reunião, e quando as contrações passaram a intervalos de um minuto e meio, ela soube que a única opção era chamar uma ambulância.

Assim, o primeiro bebê chegou em um jorro vermelho e um golpe profundo de solidão, e agora exigiam que ela parisse um segundo, e seu marido ainda estava ausente. Andrew não parecera muito feliz de ter um único bebê, então só Deus sabia o que acharia desse acontecimento. Ela começou a chorar, com soluços barulhentos e cheios de catarro que ecoaram pelo pequeno hospital.

— Sra. Brown, controle-se! — disse a parteira.

Frances a odiou, com aquela expressão cruel e a voz aguda e áspera. O que ela estava fazendo naquele emprego, pensou Frances amargamente, ela sugava toda a alegria da situação, até a beleza do nascimento, como pulmões malignos.

— Posso ver meu bebê? — perguntou Frances. — Eu ainda não a vi.

— Ela está sendo examinada. Concentre-se neste.

— Não quero me concentrar neste. Quero meu verdadeiro bebê. Me deem meu verdadeiro bebê.

Ela estava gritando agora. A parteira pegou o gás e o oxigênio e colocou sobre o rosto de Frances, apertando com força. Frances se engasgou e acabou parando de gritar e, enquanto se aquietava, toda a força sumiu e alguma coisa morreu dentro dela, ali, naquela cama de hospital.

Andrew chegou segundos depois de sua segunda filha vir ao mundo. Ele pareceu perturbado e constrangido, principalmente quando suas esperanças de ter um filho foram recompensadas não com uma, mas com duas meninas. Uma era rosada, bonita e perfeita, a outra estava azul e grotesca sobre o lençol imundo, com o cordão umbilical impedindo que o ar entrasse nos pulmões e ela começasse a vida fora do útero. A atmosfera quando ele chegou estava intensa, crítica. Com destreza, o médico desenrolou o cordão umbilical do pescoço do bebê e o cortou, e Andrew viu o sangue se espalhar pelo corpinho dela enquanto o médico a levava para a unidade de ressuscitação, então uma das enfermeiras levantou um aspirador e sugou a merda e as porcarias das vias respiratórias dela. Isso foi momentos antes de eles ouvirem os gritos angustiados e furiosos. Ela era exatamente uma hora mais nova do que a irmã, e parecia e soava como se tivesse vindo de outro planeta.

— Pobrezinha, lamento tanto — sussurrou Andrew para sua mulher pálida e desgrenhada quando pegou a mão dela, vermelha pela nova vida.

Frances olhou para ele duramente, em seu terno de Dirty Harry com a gravata frouxa.

— O que você lamenta? Não ter estado aqui ou o fato de eu ter tido gêmeas?

Ele não conseguiu olhar para ela.

— Tudo — disse ele. — Mas estou aqui agora, e estamos com nossa família pronta. Vai ser ótimo, você vai ver.

— Sr. Brown, você precisa esperar lá fora agora — disse a parteira. — Precisamos limpar sua esposa e consertar o rasgo. Vamos chamá-lo quando o senhor puder voltar.

Então ela enxotou Andrew, e Frances ficou sozinha de novo, com a culpa, o medo e as duas filhas bebês.

Frances sempre achou que seria uma boa mãe. Ela simplesmente supunha que saberia exatamente o que fazer; que poderia até não ser fácil, mas que ela daria um jeito, pois tinha um novo marido bonito, uma família que a apoiava e instinto materno. Mas, quando chegou a hora, o trauma do parto aliado ao fato de ter que dobrar as expectativas a deixaram perdida. Tinha dois bebês, não um, e parecia que as duas precisavam se alimentar, ser embaladas ou trocadas *constantemente*, e tinha um marido que parecia ter se afastado enquanto o bebê (bebês!) cresciam dentro dela.

Eles nem conseguiam decidir que nome dar à segunda filha. Já haviam escolhido semanas antes que seria Emily se fosse menina, ou melhor, Catherine Emily, pois Frances achava que os nomes soavam melhor nessa ordem, mas é claro que eles não tinham pensado em uma segunda opção. Andrew foi pragmático e sugeriu chamar uma das gêmeas de Catherine e a outra de Emily, mas Frances não queria separar os nomes, eles ficavam tão bem juntos, disse ela, e tiveram que recomeçar do zero para a gêmea inesperada. No final, escolheram Caroline Rebecca, embora Frances não gostasse particularmente de nenhum dos dois nomes, mas Andrew os sugeriu, e ela não conseguia pensar na ideia de escolher outros. Ela guardou isso como segredo, o primeiro de muitos, mais uma prova de que ela não teria se importado se o parto tivesse demorado mais alguns segundos, se o cordão estivesse um pouco mais apertado, se a pobre Caroline Rebecca tivesse parado de respirar antes mesmo de começar. O esforço de afastar esse pensamento (para quem ela poderia contar isso?) consumiu anos e anos da vida de Frances e a deixou dura por dentro, bem em seu âmago, onde antes ela havia sido delicada e maternal.

Frances passou os sete dias seguintes no hospital, e isso deu a ela tempo de pelo menos parecer se recuperar do trauma dos partos, da ausência do marido, do fato de ser inacreditavelmente mãe de gêmeas. Ela decidiu que sua única opção era tirar o melhor proveito da situação, aceitando as duas meninas. Quem sabe no final fosse bom ter duas? Mas não era fácil. Emily e Caroline eram diferentes desde novinhas. Quando nasceram, nem dava para perceber que eram gêmeas; Emily era rosada e gorducha, Caroline era magra, fraca e pálida, e pesava quase 1 quilo a menos que a irmã. Caroline também se recusou a mamar no peito da mãe, embora Emily não tivesse problemas com isso, e o peso de Caroline caiu, enquanto o da irmã aumentou.

Frances era severa por natureza. Ela insistiu e insistiu e insistiu com Caroline, até aos mamilos sangrarem e seus nervos ficarem em frangalhos. Ela estava determinada a tratar os dois bebês da mesma maneira, tinha que fazer isso agora que as duas estavam ali. No final, foi uma das enfermeiras quem bateu o pé e deu mamadeira a Caroline no quarto dia, dizendo que não podiam deixar o bebê passar fome. Contrariamente, Caroline agarrou o bico na boquinha com desespero enquanto Frances se sentiu um fracasso, e outro laço foi rompido.

Nos meses seguintes, Caroline alcançou o peso de Emily rapidamente. Ela simplesmente amava a mamadeira. Os membros finos se preencheram, e ela adquiriu uma aparência fofa, cheia de dobrinhas e bochechas gorduchas e vermelhas, que Frances se esforçava para achar bonita. Era como se Caroline quisesse crescer o mais rápido possível, que mal conseguisse esperar para superar Emily, mesmo nessa idade. Ela foi a primeira a engatinhar, a primeira a andar, a primeira a cuspir a comida sólida na cara da mãe. Frances achava que ela dava muito trabalho.

As gêmeas foram ficando mais fisicamente parecidas conforme cresciam. Quando chegaram aos 3 anos, já haviam perdido a gordura típica dos bebês, o cabelo estava denso e liso e elas tinham cortes acima dos ombros que Frances mesma fez. Ela as vestia com roupas iguais, pois era isso que as pessoas faziam nos anos 1970, e começou a ficar difícil diferenciá-las.

Apenas os temperamentos entregavam quem era quem. Emily parecia ter nascido feliz e plácida, capaz de simplesmente acompanhar a vida e extrair o melhor de qualquer coisa que surgisse em seu caminho. Caroline era tensa. Não suportava surpresas, odiava não conseguir que as coisas fossem do jeito que ela queria, ficava louca com barulhos altos, porém, mais do que tudo, não conseguia suportar o amor fácil que a mãe tinha pela irmã. Uma sobrevivente ainda naqueles tempos, Caroline se virou para o pai em busca de apoio, mas Andrew parecia distante e ausente no papel, como se tudo fosse um pouco *vívido* demais para ele, e Caroline ficou parecendo uma estranha na família, como se seu lugar não fosse realmente lá. Frances tomava cuidado para não mostrar nenhum favoritismo aberto; as gêmeas sempre comiam a mesma comida, tinham as mesmas roupas, ganhavam os mesmos beijos na hora de dormir. Mas cada uma sentia o peso gigantesco disso na mãe, e isso deixava um peso em cada uma delas também.

* * *

Era uma tarde fria e molhada em uma propriedade em Chester, e as gêmeas de 5 anos estavam entediadas. A mãe tinha saído para comprar comida, e Andrew deveria estar cuidando delas, ainda que com um ouvido no jogo de futebol americano no velho rádio Roberts que trouxera da garagem. Mas Andrew havia desaparecido para dentro da cozinha há séculos, para fazer uma ligação, supunham as gêmeas, pois era o que ele costumava fazer quando a mulher saía, e as duas estavam cansadas do quebra-cabeça de mapa, que era difícil demais sem a ajuda do pai. Elas estavam deitadas uma em cada ponta do sofá marrom de veludilho, chutando as pernas uma da outra sem prestar atenção, e não completamente sem causar dor, com os vestidos xadrez vermelhos iguais subindo pelas coxas e as meias de brocado até os joelhos escorregando pelas canelas.

— Aaai, Papai! — gritou Caroline. — Emily me chutou. PAPAAAII!

Andrew enfiou a cabeça pela porta da cozinha e esticou o telefone de parede até o fio ficar praticamente reto.

— Eu não fiz nada, papai — disse Emily com sinceridade. — Estamos só brincando.

— Pare com isso, Emily — falou ele delicadamente, e desapareceu na cozinha de novo.

Caroline desemaranhou as pernas das da irmã, se jogou pelo sofá e beliscou a gêmea com força no braço.

— Fez, sim — sibilou ela.

— Papai! — gritou Emily.

A cabeça de Andrew apareceu de novo, e ele estava irritado agora.

— Parem, vocês duas — disse ele. — Estou no telefone.

E fechou a porta da cozinha.

Quando Emily se deu conta de que o pai não ia ajudá-la, ela parou de chorar e engatinhou pelo tapete bege impecável até a casa de bonecas na extremidade do aposento, perto da porta para o jardim. Era o brinquedo favorito de Emily, mas ele não era exclusivamente dela; assim como a maior parte de suas coisas, ele tinha que ser dividido, e Caroline adorava colocar toda a mobília nos cômodos errados, ou, pior ainda, levar tudo para o lado de fora, para o cachorro roer. Caroline a seguiu e disse de forma persuasiva:

— Vamos brincar de ursinho.

Emily concordou — embora não confiasse totalmente nas intenções da irmã —, e elas preparam os ursinhos para um chá da tarde e até brincaram bem por alguns minutos. Quando Caroline se cansou da brincadeira e saiu para a cozinha atrás do pai, Emily ouviu um carro parar na frente da garagem que formava a parte esquerda da casa estilo chalé suíço.

— Mamãe!

Emily pulou do sofá e correu pela sala na direção do corredor ao ouvir a mãe abrir a porta da frente.

Caroline estava voltando da cozinha, onde pegou um biscoito de leite maltado na lata que ficava no armário ao lado do fogão. O pai saiu rapidamente do telefone e deixou que ela comesse um, o que a surpreendeu, pois estava quase na hora do chá. Caroline tinha acabado de comer a cabeça do biscoito em formato de vaca, planejando saborear cada parte, mas então enfiou o resto do biscoito todo na boca e o comeu desesperadamente. Quando entrou no corredor limpando as migalhas do rosto, ela viu a irmã correndo na direção dela, e seu primeiro instinto foi mudar de lugar, sair do caminho.

— Oi, mamãe! — disse Emily.

Frances estava colocando as compras no chão e se preparava para abrir os braços para as duas filhas. Mas, quando Caroline viu a alegria de Emily e a reciprocidade da mãe, teve vontade de apagar a cena de tão irritada que ficou. Quando Frances colocou a última sacola no chão do tapete laranja no meio do corredor ensolarado, ela ergueu o rosto e viu Caroline bater a porta do corredor com força, precisamente naquele exato momento. Então viu Emily se chocar contra painel de vidro enquanto corria na direção dela, e ouviu o som de uma bomba explodindo.

Andrew correu atrás de Caroline ao redor da mesa de jantar oval enquanto Frances tirava cacos de vidro do rosto, dos braços e das pernas de Emily. Milagrosamente, os cortes foram quase todos superficiais, mas Caroline foi mandada para o quarto até a hora do chá mesmo assim, apesar de Andrew ter tentado convencer a mulher que Caroline não tinha se dado conta do que poderia acontecer. Era pequena demais, dissera ele, não podia ter feito aquilo deliberadamente, e achava que já deviam deixá-la voltar para o andar de baixo. Mas Frances não cedeu, pois nunca ficara tão furiosa na vida.

Mais tarde, Andrew especulou que tinha sido a velocidade de impacto de Emily o que a salvara do destino de Jeffrey Johnson, o garoto que morava quatro casas depois deles e que ficou com uma cicatriz lívida de 5 centímetros na bochecha por colidir com a porta de vidro da própria casa. Mas havia um corte mais fundo no joelho de Emily que foi suavizando com o tempo, mas que nunca desapareceu completamente, e ela nunca conseguiu olhar para ele sem se lembrar da irmã, e obviamente, à medida que envelhecia, a cicatriz a lembrava de todas as outras coisas que Caroline fez ao longo dos anos, de forma que era algo bem pior do que parecia. Depois do ocorrido, os Browns trocaram a porta por uma de madeira, e, apesar de a sala de estar ficar sempre tão escura, Frances ficava mais feliz assim.

3

Em Euston, o calor me espera quando desço do vagão. Pessoas afluem do trem para a plataforma e todo mundo está com pressa, ocupado, sabe para onde vai. Eu paro ao lado de um pilar, tiro a bolsa de debaixo do braço e a enfio na mala, pois não posso correr o risco de perdê-la. Minhas roupas estão quentes demais para o dia à frente, mas não vou trocá-las agora, tenho muito o que fazer; preciso comprar um telefone novo, encontrar um lugar para morar, começar minha nova vida. Estou determinada agora. Me recuso a pensar em Ben ou Charlie, não posso pensar neles, no fato de que já devem estar acordados agora, de que já devem saber que fui embora. Eles têm um ao outro, vão se virar. Na verdade, ficarão melhores a longo prazo, sei que ficarão. Fiz a coisa certa.

Tentei pesquisar como encontrar um lugar para morar em Londres nas loucas semanas finais em Manchester, quando eu ainda era Emily. Tomei o cuidado de sempre limpar o histórico do computador, para que Ben não desconfiasse do que eu estava prestes a fazer. Até eu conseguir um emprego, não posso gastar muito com aluguel, não sei quanto tempo meu dinheiro precisará durar, então vou tentar encontrar uma casa para dividir, do tipo em que oito ou nove pessoas (normalmente australianos, eu acho) moram juntas e transformam todos os cômodos que não sejam cozinha ou banheiro em quartos. Nesse tipo de lugar também há menos necessidade de identificação, de referências, não posso ser rastreada. Encontro o jornal local em outra banca, entro em outra fila e me arrisco a sair no sol nebuloso, contaminado.

Para onde vou agora? Estou perdida e sinto um pouco de pânico, como se quisesse voltar o relógio e correr para casa, para o meu garoto, como se isso tudo fosse um erro terrível. Olho ao redor vagamente até conseguir processar as imagens. Enfim consigo ver a rua grande e feia na minha frente, tomada de tráfego, afogada em fumaça de escapamento. Estou começando a suar debaixo do braço direito e no ombro, onde a alça da mala toca minha pele, e meu próprio cheiro quente me faz lembrar que estou realmente aqui, que realmente fiz isso. Atravesso no sinal e sigo reto por uma rua larga, atravesso uma praça, passo por uma estátua distante, de Gandhi eu acho, não sei para onde ir, e isso está levando uma eternidade. Acabo vendo uma loja de celulares do outro lado da rua e fico aliviada, como se tivesse conseguido fazer ao menos uma coisa. A loja é grande e sombria apesar dos pôsteres e das telas de vídeo mostrando as ofertas; de alguma forma, as imagens claras e em movimento fazem a loja parecer mais lúgubre. Está vazia, exceto por dois vendedores que me olham quando entro, mas me ignoram calculadamente por alguns minutos, embora eu consiga perceber que estou sendo observada. A loja vende todas as operadoras, e não faço ideia do que quero, de tão confuso que é. Todos os telefones me parecem iguais. Um jovem de uniforme preto se aproxima e me pergunta como estou.

— Bem, obrigada — respondo.

— Posso ajudar em alguma coisa? O que você procura hoje?

A voz dele tem um ritmo musical, e ele tem um rosto bonito com barba preta bem-cuidada, mas não olha diretamente para mim, e eu não olho para ele. Nós dois olhamos para as prateleiras cheias de aparelhos, que são só mostruário e metade deles está em falta, só há cabos com nada na ponta.

— Estou atrás de um celular novo. — Minha voz é tímida, não me parece familiar.

— Claro, senhora. Com qual operadora a senhora está no momento?

— Ninguém — respondo, e penso *que verdadeiro*. — Eu perdi o meu antigo.

— De qual delas era? — insiste o vendedor.

— Não lembro — digo. — Só quero um celular barato e que seja pré-pago.

Meu tom é mais mordaz do que eu pretendia que fosse, e eu não era assim. Pego um dos modelos com aparência maltratada.

— Este parece bom. Quanto custam as ligações dele?

O homem é paciente e explica que depende da operadora que eu escolher, e percebo que ele deve achar que sou idiota, mas a verdade é que nunca havia comprado um celular assim, dessa maneira. Minha mãe e meu pai compraram meu primeiro aparelho depois da faculdade, e sempre fiz trocas por melhores ou tive celulares do trabalho desde então. O vendedor me faz passar pela chateação de responder quantas ligações e quantas mensagens de texto vou usar, se quero acesso à internet, para poder decidir qual pacote é melhor para mim. Não ligo para isso depois de tudo que passei, pois não entendo nada mesmo, só quero sair desse lugar e ligar para alguns anúncios de casas compartilhadas antes que fique tarde, antes de eu entrar em pânico, para que possa ter onde dormir esta noite.

— Olha, eu só quero o plano mais barato. Você não pode decidir pra mim? — pergunto, e soa mal.

O vendedor parece magoado.

— Me desculpe — digo.

Para meu horror, estou chorando. O homem passa o braço ao redor dos meus ombros e, em sua bela voz cantarolada, me diz que vou ficar bem, e, em meio ao meu constrangimento, me pergunto como me tornei tão desagradável. Ele acha um lenço de papel e me dá e pega uma coisa que diz que vai ser perfeita para mim; até insiste em me dar um desconto. Quando finalmente saio da loja, tenho um telefone novo, carregado e pronto para fazer ligações. Ele foi tão gentil que me fez lembrar que tem mais coisa acontecendo no mundo além da minha infelicidade. Um dia eu deveria voltar lá e agradecer o que ele fez.

Na rua, me sinto tonta de novo. Preciso de um lugar tranquilo onde me sentar para poder me recompor, para poder fazer algumas ligações, há muito barulho aqui. Pego um ônibus, um ônibus qualquer, em frente à estação de Holborn, que me leva até Piccadilly e me deixa perto do Green Park. Só sei disso porque estou lendo as placas, mas tenho certeza de que o Green Park fica no centro, e, se estou no centro, posso ir em qualquer direção para minha nova casa, ela pode ser em qualquer lugar.

Ando pelo parque e fico surpresa com o quanto é silencioso depois que você se afasta das vias principais, longe das espreguiçadeiras e dos turistas. Encontro uma área inclinada onde a grama cresceu um pouco mais, ando em direção ao topo e coloco a mala na sombra. Chuto as sapatilhas para fora dos pés e me deito na grama amarelada; não há ninguém por perto, só o ronco baixo do trânsito fora do parque para me lembrar de que estou realmente aqui, na capital. O sol que passa entre as árvores aquece meu rosto, fecho os olhos e me sinto quase normal, satisfeita, até. Mas então a imagem queimada em minha alma aparece de repente, vívida, e me encolho para dentro de mim pela milionésima vez e abro os olhos novamente. É estranho que ela não tenha ocorrido no trem, quando a dor de ir embora estava tão forte. Agora mesmo, eu estava me sentindo quase feliz, pelo cansaço físico, pela emoção da privacidade, pelo anonimato, pela promessa de um novo começo, aqui no meio dessa grande cidade. E a felicidade, Catherine, *não é permitida.*

Ligo para nove ou dez lugares em toda a Londres. Ou a vaga já estava ocupada ("Ah, você leu no jornal, querida, foi um pouco tarde demais, você precisa ligar assim que aparecer on-line"), ou ninguém atende, ou as pessoas não falam inglês direito e parecem não entender sobre o que estou falando. Sempre posso ir para um hotel, mas a ideia é deprimente. Para levar isso até o fim, preciso começar *agora*, hoje. Em um hotel, seria muito fácil ficar pensando no que fiz, no que perdi, seria muito fácil me esconder silenciosamente e cortar os pulsos. Não confio em mim mesma.

Ligo para o último anúncio da lista, um quarto em uma casa compartilhada em Finsbury Park, 90 libras por semana. Não faço ideia de onde fica isso. É mais do que eu queria pagar. Estou desesperada. Acho que ninguém vai atender, mas, no último momento antes de eu desligar, alguém atende.

— Finsbury Park Palace — diz uma voz que ri. Eu hesito. — Alô?
— prossegue ela, com algum tipo de sotaque de Essex, ou pelo menos
é o que eu acho.

— Hã, alô, estou procurando um quarto, vi seu anúncio no *Loot*.

— Viu, é? Não tem quarto aqui, meu bem.

Assim que estou prestes a desligar, ouço alguém interromper ao
fundo.

— Ei, espere aí — diz a voz. — Ah, parece que uma pessoa se mudou hoje, mas ainda não foi anunciado. Você deve estar respondendo
ao último anúncio, mas esse quarto foi alugado séculos atrás.

— Quanto custa esse? — insisto.

— Vou avisando que é do tamanho de um armário, e Fidel era
um porco. Por 80 libras ele é seu; vai nos poupar de anunciar, e você
parece mais normal do que os malucos que costumam ligar pra cá.

— Está ótimo — digo. — Chego aí o mais rápido que puder.

Ela me dá o endereço, e eu desligo.

Não comi nada o dia todo. A fome cresce como um punho na
minha barriga, e saio do parque em busca de alguma coisa, qualquer
coisa, para comer. Não sei ao certo em que direção ir, estou perdida,
então arrisco e vou para a direita, que é para onde a maior parte das
pessoas parece estar indo. Passo por um quiosque e compro um saco
de batatas e uma Coca, é tudo que vendem ali, e minha hesitação
irrita o homem. Ele deve estar pensando que sou uma turista, e não
uma fugitiva. Fico na rua comendo e bebendo com a mala entre os
pés, de tanto medo que estou de perdê-la. Depois, sigo em frente,
junto com todo mundo, pela escada azulejada da estação de metrô,
que felizmente fica bem ali, bem onde eu precisava que estivesse, na
direção da minha nova casa.

A região é meio ruim e a casa é um lixo completo. Não estou muito
animada para entrar e questiono o que estou fazendo aqui. (*Será que
finalmente fiquei louca?* Me pergunto como pôde ter demorado tanto.) Não faço ideia do que me espera lá dentro, mas o lado de fora não
é nada promissor: uma cerca viva malcuidada e grande demais, caixas empilhadas de garrafas de cerveja e vinho ao lado de três cestos

no jardim, todos com rodinhas, cheios até a borda e fedorentos, cortinas com estampas enormes penduradas de maneira torta atrás das janelas de alumínio, tijolos com pintura lascada e suja, uma varanda feita de plástico. Penso em nosso belo chalé em Chorlton, com a porta da frente verde e caixas de plantas nas janelas cheias de gerânios, no aroma de alfazema, na atmosfera moderna e tranquila do bairro. Escolhemos a região pensando que seria um ótimo lugar para formar uma família, com cafés e mercados despretensiosos, cenário musical animado, pubs em estilo Tudor e, é claro, o maravilhoso Chorlton Ees para caminhadas à beira do rio Mersey. Poderíamos até ter um cachorro um dia, dissera Ben, e eu sorri para ele na época, sabendo que ele estava pensando em mim, como sempre.

Olho para esta nova casa, de volta ao presente. Percebo que não tenho escolha se quiser dormir em algum lugar esta noite. E, como estou aqui agora e está ficando tarde, respiro fundo, endireito os ombros sob o peso da mala e subo pelo caminho.

Uma garota negra mal-humorada atende a porta.

— Pois não? — diz ela.

— Oi, vim por causa do quarto — falo.

— Que quarto? Não tem quarto aqui.

— Ah. Eu falei com...

Percebo que não perguntei o nome da garota de Essex. Eu tento de novo.

— Falei com uma garota por telefone hoje à tarde, ela disse que alguém tinha se mudado, que tinha um quarto disponível...

— Não, você deve estar na casa errada, desculpe. — Ela começa a fechar a porta.

— Por favor — insisto. — Era, hum, o quarto de Castro, eu acho, parece que ele saiu hoje. Tem outra pessoa com quem eu possa falar que saiba alguma coisa?

A garota começa a ficar irritada.

— Não tem ninguém aqui chamado Castro. Já falei, você está na casa errada.

Ela fecha a porta na minha cara.

Quando me viro, lágrimas quentes de humilhação começam a escorrer pelo meu rosto. Cambaleio sob o peso da mala e a coloco na calçada em frente à cerca, onde ninguém da casa consegue me ver. Sinto como se fosse desmaiar, de calor e de fome e por não ter casa, por mais uma perda. Sento-me sobre a mala e coloco a cabeça entre as pernas, esperando a sensação de tontura passar, querendo ir para casa, querendo meu marido. Ouço a porta da frente se abrir e uma garota está correndo pelo caminho, gritando alguém chamada Catherine. Mantenho a cabeça abaixada sem responder, mas logo percebo alguém de pé na minha frente, então levanto a cabeça. Olho para o rosto de um anjo, e ela diz:

— Você veio por causa do quarto do Fidel? Ah, meu bem, não chore, ela é uma vaca infeliz às vezes, é melhor ignorá-la. Venha, vou preparar uma bebida para você. Você parece estar precisando.

E é assim que eu conheço Angel, meu anjo, minha salvação.

4

Emily conheceu Ben em um curso de paraquedismo, dentre tantos lugares possíveis. Ela nem reparou nele no começo, ele parecia tão quieto, e quando foram colocados no mesmo carro para a viagem até o pequeno aeroporto, não falaram muito. O outro passageiro era Jeremy, um garoto alto, magro e cheio de piercings que parecia ansioso e descoordenado demais para se jogar de um avião com segurança, e, enquanto faziam o trajeto de uma hora, ela ficou se perguntando como havia se metido naquela situação. Seu amigo Dave a tinha convencido. Era para ser em prol de um serviço de caridade, mas, mesmo assim, agora que a hora tinha chegado, pular de um avião parecia uma loucura. E por que ela estava espremida na parte de trás do carro velho e maltratado de Dave com o encolhido Jeremy? Ele não devia estar na frente, onde havia bem mais espaço para as pernas? Ocorreu a ela naquele momento que talvez Ben estivesse com vergonha dela, que talvez fosse por isso que tivesse insistido em ficar no banco do carona; mas logo ela disse a si mesma para não ser boba, que ninguém ficava interessado nela, embora a verdade fosse o oposto disso. Quando ela reparou na nuca vermelha de Ben, logo abaixo do couro cabeludo, ficou com pena dele; Ben ficava mexendo na jaqueta para tentar cobrir, mas nunca levantava a gola porque seria óbvio demais. Ela sabia que ele conseguia senti-la olhando, então tentou não olhar, mas isso a distraía do pensamento acerca do que estava prestes a fazer, e quanto mais ela tentava ignorá-lo, mais sentia os olhos atraídos para a nuca dele, ou talvez para ele, como depois percebeu. Ela estremeceu, apesar de o carro estar quente demais, pois havia algum problema no aquecimento. Ela não se sentia como ela mesma.

O aeroporto ficava escondido por entre estradas de interior, atrás de cercas vivas altas, entre campos verdes e amarelos. Enquanto passavam pela entrada, os pequenos aviões pareciam vacas, reunidos como se em busca de companhia. Havia abrigos de telhados corrugados nos três lados de um retângulo: um para guardar os paraquedas, outro para guardar os aviões à noite e o terceiro onde ficava uma área de recreação para as infinitas horas que os paraquedistas pareciam ter de esperar até que as nuvens se elevassem. Emily estava nervosa demais para sequer pensar em jogos e, em vez disso, pediu licença e se sentou no canto com uma caneca de chá e um livro; graças a Deus havia se lembrado de levar um consigo, pois ler às vezes era a única coisa capaz de distraí-la. Seu amigo Dave se aproximou, sentou-se com ela e tentou alegrá-la com uma sucessão de piadas terríveis ("Por que o elefante não pega fogo? Porque ele já é cinza. Por que as plantas mais novas não falam? Porque são mudinhas", esse tipo de coisa). Mas, apesar de ela tentar rir, quase acabou culpando-o por tê-la metido nisso, então Dave acabou se tocando e deixou-a em paz. Ela ficou sentada em silêncio, sentindo-se presa e solitária, enquanto os outros candidatos a paraquedistas jogavam sinuca ou Palavras Cruzadas e pareciam apreciar o tédio. Ela poderia até ter inventado uma desculpa e ido embora se estivesse de carro, mas estava presa no meio de algum lugar na zona rural de Cheshire e não podia ir andando para casa; além disso, tinha conseguido tanto dinheiro para a caridade que agora precisava ir até o fim, não podia decepcionar as pessoas. Ela apertou mais o livro e tentou se concentrar na história, tentou não pensar, mas era como se sua mente estivesse em uma catapulta: isso não era treino, desta vez ela não pularia de uma plataforma em um ginásio esportivo, pularia no ar, e tudo parecia real demais agora que tinha visto os aviões.

— Ei, Emily, quer jogar sinuca?

Ela ergueu o rosto e viu Dave olhando para ela com ansiedade, com a barba por fazer crescida demais como pernas de aranha cortadas, o cabelo oleoso, a jaqueta de couro sempre presente aberta sobre uma camiseta preta de heavy metal.

— Não, obrigada. Estou bem, Dave, de verdade — disse ela, mas ele não pareceu convencido. — Não se preocupe comigo, estou numa parte boa do livro.

— Ah, você não pode ficar sentada aí o dia todo, vai ser demais, ha ha. Você e eu contra Jeremy e Ben.

Emily fez uma pausa e olhou para a mesa de sinuca, que estava bamba e com o tecido rasgado, a tempo de ver Ben ficar em um tom vermelho absurdo. Mas ele mal reagiu, só foi até o outro lado para dar a tacada seguinte.

— Sou péssima jogando sinuca, só vou atrapalhar.

— Não, você joga bem — disse Dave. — Venha.

Ele puxou Emily pela mão até que ela se levantasse. Ben olhou antes de dar a próxima tacada, quando eles estavam se aproximando da mesa, e voltou a baixar o olhar rapidamente. Talvez ele gostasse dela, pensou Emily de novo, mas imediatamente disse a si mesma que isso era imaginação. Além disso, ela não estava interessada, tinha tendência a evitar relacionamentos, costumava deixar esse tipo de coisa para a irmã.

Quando Ben terminou de dar um banho em Jeremy, que era tão alto que tinha que arquear os joelhos para dar suas tacadas, eles começaram um jogo de duplas. Quando foi a vez de Emily, ela se inclinou e mirou a bola do outro lado da mesa, mas errou a tacada e a bola branca deslizou preguiçosamente em outra direção, errando a amarela na qual ela tinha mirado.

— Me desculpe, Dave — disse ela, mas ele só sorriu, e ela entregou o taco para Ben.

Por uma fração de segundo, os dois o seguraram ao mesmo tempo, a sensação foi peculiarmente íntima, e ela largou o taco assim que ele murmurou um "obrigado" e afastou o rosto. Ele mirou a vermelha, que parecia mais fácil, porém, apesar de estar acertando tudo antes, não calculou bem dessa vez, e a bola bateu mal ao lado da caçapa.

— Droga — disse ele, corando um pouco, e entregou o taco para Dave.

— Duas tacadas — lembrou Dave, então Ben jogou de novo. Apesar de essa jogada ter sido bem mais fácil, ele também errou. Dave pegou o taco e fez uma sequência de pontos, exibindo-se, e como Jeremy era péssimo e Ben parecia ter perdido a mão completamente, quando chegou a vez de Emily ela só precisava encaçapar a preta para vencer. Ela ainda se sentia estranha e não sabia o que era, se era medo do salto em si ou constrangimento pelo aparente nervosismo de Ben perto dela, mas mirou e, apesar de ser um lance difícil e ela ter calculado mal o ângulo, a inclinação estranha da mesa enviou a bola inexoravelmente para a outra extremidade.

— Ops! Desculpe — disse ela.

— Isso! — gritou Dave, indo abraçá-la, mas decidiu no último minuto dar um tapa na mão dela. Jeremy disse "muito bem" e Ben sorriu e pareceu sem graça, depois saiu andando até a cantina.

Conforme o dia foi passando, a nuvem permaneceu teimosamente baixa e a temperatura caiu, como se fosse chover. Emily tinha voltado para seu canto com o livro e outra caneca de chá, enquanto Ben e Jeremy passaram séculos jogando xadrez e Dave tomou uma lavada na mesa de pingue-pongue de Jemima, uma garotinha cheia de energia que aparentemente já tinha dado mais de trezentos pulos. Quando Emily olhou para o relógio pela enésima vez e viu que já eram quatro da tarde, guardou o livro e sentiu uma pontada de esperança pela primeira vez; sem dúvida estava ficando muito tarde para saltarem, logo ficaria escuro. Onde estava Dave? Ela iria perguntar a ele se podiam cogitar ir embora, sugerir que não fazia sentido esperar mais. Quando ela ficou de pé, finalmente se sentindo melhor, o instrutor apareceu na porta bastante animado, como se eles estivessem na Batalha do Somme e o homem estivesse prestes a enviá-los para o alto do morro.

— Preparem-se *agora*, rápido!

Quando todos saíram correndo como crianças empolgadas, Emily foi se arrastando atrás, as pernas bambas, como se não estivessem presas ao corpo. Ben já estava lá e parecia mais confiante agora, menos tímido e menos nerd, quase bonito com o macacão preto. Ele a ajudou com o equipamento, virou-a e prendeu o paraquedas nas costas dela.

— Incline-se — disse ele.

Ele apertou as tiras no alto das pernas dela e, quando Emily voltou a ficar ereta, em algum ponto dessa trajetória de 90 graus, ela se apaixonou.

* * *

Emily só voltou a ver Ben três meses depois. Ela se lançou de um avião com a lembrança dos dedos dele em suas coxas, e ficou tímida e constrangida depois. Ele não era bem o tipo dela, não que ela tivesse um tipo favorito de homem. Era um contador que jogava xadrez e pulava de paraquedas, e ela estremeceu ao pensar no que sua irmã Caroline acharia dele. No carro a caminho de casa, ela olhou para a parte vermelha do pescoço dele com carinho, desejando inclinar-se para a frente e beijá-la, convencida de que ele já conseguia sentir seus lábios quentes no pescoço mentalmente. Mas, quando chegaram em Chester, ele nem olhou para ela, só disse tchau por cima do ombro, e ela saiu do carro e ficou na calçada, hesitante, até Dave acelerar com impaciência e ela fechar a porta com relutância. Quando o carro se afastou cuspindo fumaça preta, ela ficou vendo as nuvens se dissiparem, ficou olhando por longos segundos para a rua agora vazia, antes de balançar a cabeça com frustração e ir embora.

Mesmo que Emily tivesse pensado que encontraria Ben no trabalho, isso não tinha acontecido até o momento; mas, por outro lado, havia quase 3 mil pessoas trabalhando no prédio, pelo que ela descobriu. Ela até considerou outro fim de semana de paraquedismo, mas desistiu (por favor, Deus, não), confiante a cada manhã de segunda-feira de que *naquela* semana o veria. O aparente desaparecimento dele a deixou mais apaixonada, mais determinada, o que era bem incomum nela; mas, por outro lado, Emily nunca tinha se sentido assim antes. Ela até descobriu que passou a gostar da espera; acordava com a expectativa, apreciava a emoção diária de examinar a cantina do porão em busca da cabeça cheia de cabelos pretos encaracolados, olhava pela recepção na entrada e na saída, com os nervos em alerta total, cada dia oferecendo incontáveis possibilidades para que eles se encontrassem, e cada dia ela acabava contrariada.

Emily acordou tarde em uma manhã escura de fevereiro na qual a chuva estava tão forte que as poças brilhavam nos tons laranja dos postes de luz. Ou o despertador não havia tocado ou ela não acordou quando tocou, Emily não sabia ao certo, tamanha era a ressaca. A cabeça doía, mas ela precisava ir; tinha uma reunião importante naquela tarde, e, além do mais, era sexta-feira, só faltava um dia para chegar o fim de semana. Preparou um chá forte, comeu uma banana e tomou alguns comprimidos, depois ficou 15 minutos debaixo do chuveiro e, embora se sentisse apenas um pouco melhor quando saiu, estava absurdamente atrasada. Ela vestiu a roupa mais fácil, um vestido vermelho liso com cinto e botas, penteou o cabelo molhado para trás e não se deu o trabalho de fazer a maquiagem, pois podia fazer isso quando chegasse ao escritório. Vestiu o casaco impermeável laranja que costumava usar para caminhar, e, embora ficasse horrível com o vestido, por ser curto demais e de uma cor que não combinava, ela não se importou, afinal, estava chovendo, pelo amor de Deus.

Quando estacionou o carro uma hora depois, ela ainda se sentia péssima. Não se achava pronta para encarar o trabalho, muito menos Ben andando na direção dela, para longe do escritório, com um café na mão e uma garota atrás dele. Esse não era um dos muitos cenários que imaginou para o encontro deles. Emily entrou em pânico, corou, disse oi e saiu apressada. Ele era mais atraente do que ela lembrava; o cabelo tinha crescido, usava um terno elegante, os sapatos estavam engraxados, a gravata marrom de lã não era bem a de um contador recém-formado. Ele não pareceu particularmente feliz em vê-la; foi educado, mas sem exageros. A garota não era namorada dele, ao menos isso ela sabia, não podia ser o tipo dele, não ela! Emily tinha se convencido de que, quando finalmente se reencontrassem, tudo aconteceria: eles parariam, conversariam, marcariam um café e pronto. Mas ela estava com a pior aparência possível, e ele estava com outra pessoa. Foi um fracasso.

Durante três meses, Emily ficou bem, mas agora não estava, não era capaz de esperar mais. Ela correu até sua mesa, jogou o casaco ridículo nas costas da cadeira, sentou-se e avaliou suas opções. Visitar o 17º andar direto para vê-lo, andar por lá até encontrar a mesa dele, pedir para falar com ele em particular, procurar uma sala de reunião vazia, com todos os olhos voltados para eles? Horrível. Fingir que tinha alguma coisa para fazer no 17º andar, perambular por lá e dizer oi ao passar? Forçado demais. E, como ela não sabia onde ficava a mesa dele, não dava para perambular. Procurar o número dele e ligar? Melhor, menos público. Ou mandar um e-mail? Era o mais fácil, no entanto, de certa forma, o mais tortuoso. E se ele não respondesse? E se não recebesse? Ela precisava dar o primeiro passo naquele momento, naquele dia.

Ela procurou o endereço de e-mail dele na lista.

"Oi, Ben", escreveu ela. "Foi bom ver você hoje. Quer tomar um drinque comigo à noite? É importante. Me avise com uma resposta a este e-mail ou uma ligação para este número. Obrigada, Emily."

Ela clicou no botão de enviar e se recostou na cadeira, aliviada. Conseguira, finalmente estava acontecendo. Ela sentia a determinação absoluta de que tinha feito a coisa certa, afinal estava óbvio que ele gostava dela. Verificou a agenda: não havia nada além da reunião depois do almoço que a motivara a ir trabalhar, e ele já teria ligado até então.

Às cinco da tarde, Emily estava desolada. Estava tão convencida de que haveria um e-mail esperando-a que, quando viu que não tinha nenhum, foi tomada de dúvida. Que *diabos* estava pensando ao ser tão direta? Ela releu o e-mail: "É importante." Tudo bem, podia ser, talvez ela precisasse falar com ele. Sobre o quê? Sobre paraquedismo, é claro. "Tomar um drinque?" A conotação era inconfundível. Meu Deus, ele acharia que ela era uma maníaca, uma perseguidora. E ele tinha namorada, ela os vira juntos. E, mesmo se ele fosse solteiro, ela estava tão horrenda naquela manhã que não era possível que ele a tivesse achado atraente.

— EMILY? — Maria, que se sentava ao seu lado, se inclinou e fez cruzes exageradas com as mãos pelo rosto de Emily. Ela ergueu o olhar, assustada. — Você é surda? Posso pegar seu grampeador emprestado? Alguém pegou o meu. Ei, o que houve?

— Nada, estou com dor de cabeça.

— Você está com uma aparência péssima, por que não vai pra casa? — disse Maria.

— Preciso terminar esse relatório, depois vou embora. Tome.

Emily entregou o grampeador e se virou, com os olhos marejados e as lágrimas caindo no teclado. Verificou o e-mail mais uma vez (nada) e apertou a tecla para desligar o computador sem se dar ao trabalho de fazer logout.

— Tchau — disse ela para Maria ao se levantar e ir correndo para o elevador.

Em casa, Emily não conseguiu se acalmar. Ficava verificando o celular constantemente, como se a ligação pudesse ter acontecido sorrateiramente enquanto ela não estava olhando, apesar de o aparelho estar no bolso dela, apesar de ela ter mudado as configurações para que tocasse e vibrasse ao mesmo tempo. Talvez ele tivesse mandado um e-mail, pensou ela, como queria poder verificar os e-mails do trabalho em casa. Mas ele ligaria agora, não ligaria, ela passara o número do celular. *Por que ele não ligou?* Ela se sentiu quase enjoada, como se estivesse faminta após uma ressaca, mas não conseguiu se animar nem para fazer um sanduíche. Olhou na geladeira e encontrou um queijo cheddar, rachado de tão velho, alguns grissinis velhos no armário, e comeu apenas para forrar o estômago. Zapeou pelos canais da televisão, escolheu um episódio antigo de *Os Simpsons* que já tinha visto, mas percebeu que não conseguia acompanhar a história. Sua mãe ligou; o susto do telefone tocar e a decepção de não ser Ben significavam que ela não podia atender. Ela preparou um banho de banheira, mas ficar ali deitada a deixou quente de vergonha. No fim das contas, foi para a cama e finalmente encontrou consolo, depois das dez, quando soube que ele realmente não ligaria mais naquela noite e, por isso, era melhor parar de pensar no assunto. Assim, entregou-se com exaustão ao submundo do século XVII do romance que estava lendo.

A vibração e o toque a acordaram. Ela tateou em busca do telefone, na mesa ao lado da cama. Onze e vinte e oito.

— Alô — disse ela.

— Emily? É Ben. Alô? Er... é Ben, do paraquedismo. Me desculpe por ligar tão tarde, passei o dia em um curso e depois fui para um pub, e aí, por algum motivo, fui verificar meus e-mails quando cheguei em casa e vi o seu.

— Ah — disse Emily.

— O que é importante? — insistiu Ben, e ela achou que ele parecia um pouco bêbado.

— Ah, não importa mais.

— Você ainda quer tomar um drinque esta noite?

— São onze e meia — disse Emily. — Está muito tarde. Não tem nenhum lugar aberto.

— Eu posso ir até aí. Você ainda mora em Chester?

— Moro — disse ela. — Onde você está?

— Em Trafford. Qual é seu endereço?

— Fica a quilômetros de distância. Você demoraria horas.

— Eu pego um táxi. Posso chegar aí em uma hora…

Emily ficou em silêncio.

— Se você quiser que eu vá… — insistiu ele.

Emily ainda hesitou. Era mais do que ela podia esperar, mas agora estava em dúvida. Era tão tarde. Ela nem o conhecia direito. Em que estava se metendo?

— Quero, claro — disse ela no final.

— Te vejo daqui a pouco — respondeu ele, e o carinho na voz dele a tranquilizou.

Uma hora e sete minutos depois, a campainha tocou. Emily tinha colocado calça jeans e um suéter largo e prendido o cabelo de qualquer maneira no alto da cabeça. Estava descalça e com a expressão cautelosa quando abriu a porta. Ele ainda estava usando o mesmo terno escuro, a gravata marrom afrouxada. Sorriu e passou por ela, o mais longe que conseguiu no corredor abarrotado. Estava com cheiro de cerveja e umidade, pois ainda chovia lá fora. Eles foram para a cozinha, onde a luz fria não ajudava, deixando os dois pálidos e expostos.

— Me desculpe, depois de tudo isso eu não ter nada para beber aqui — disse ela, com voz aguda demais, nada natural. — Você quer um café? Ou um chocolate quente? — Ela tentou rir, mas não foi uma brincadeira muito boa.

Ben disse que sim, um café seria otimo, e não falou mais nada enquanto ela o preparava, e Emily não conseguiu pensar em nada para dizer também. Ela derramou a água da chaleira e falou um palavrão baixinho quando se queimou, mas continuou a virar a água e a mexer mesmo assim. Tirou o leite da geladeira, ofereceu açúcar e o levou até a sala de estar. Colocou o café na mesa que arrumara apressadamente, pois estava cheia de papéis e livros e outras porcarias que costumavam morar ali, e sentou-se no sofá. Ben se sentou na única poltrona do aposento. A distância doía entre os dois. Ela se levantou de novo e colocou música, The Smiths. As notas soaram tristes, se expandindo no espaço, e Morrissey tão infeliz quanto sempre. Como era possível ela ter enviado um e-mail praticamente pedindo que ele fosse seu namorado, e ele ter ficado tão interessado que ligou para ela no meio da noite, e agora estava ali, no apartamento dela, e eles não sabiam o que fazer, não sabiam como levar adiante? A conversa fugia deles; Ben era tímido e Emily estava bem no limite para a próxima fase da vida. Ela literalmente não sabia o que fazer, não sabia como dar aquele passo.

O corpo caiu como uma pedra debaixo dela. Caiu talvez uns 4,5 metros antes de parar com violência, quicar e ficar pendurado pelos tornozelos. O corpo se contorceu e se mexeu, com as longas pernas tentando se desemaranhar das cordas que as prendiam. Ela olhou para baixo, horrorizada. O choque superou completamente a adrenalina que a percorria, e agora ela estava rígida de pavor. Com um estalo, o corpo se soltou e virou 180 graus no ar, com o vermelho e o amarelo finalmente se revelando quando Jeremy continuou a cair do avião, um pouco mais delicadamente, um pouco mais como ela havia imaginado. Ela olhou nos olhos do instrutor e compreendeu o objetivo do treinamento, por que tinham mandado que ela se sentasse bem na beirada da porta, com metade do corpo para dentro e metade para fora.

— Você está bem? — gritou Greg acima do barulho do motor, segurando o braço dela, mantendo-a em segurança.

Emily balançou a cabeça negativamente. O rugido nos ouvidos, o cheiro metálico do avião, o buraco na lateral onde deveria haver uma porta, a forma como sua perna direita estava pendurada, indefesa no ar, bem acima dos campos e de hangares pequenos como brinquedos, a imagem do garoto sacudindo... tudo isso a estava deixando tonta, como se fosse desmaiar. Ela desejou ter pulado primeiro, porque agora não conseguiria de jeito nenhum. Greg sorriu para ela com gentileza, apertou o ombro dela e a empurrou com força no vazio.

— Em que você está pensando? — perguntou Ben.

Emily se lembrou de onde estava, em sua sala arrumada às pressas com um contador nerd que saltava de paraquedas, de como pular de paraquedas tinha causado toda essa confusão.

— Eu estava me perguntando como você consegue se jogar de um avião pela segunda vez depois que sabe como é.

— Você só teve uma experiência ruim — disse Ben. — Jeremy tem um metro e noventa e zero de coordenação, não era o melhor exemplo do mundo. Ele não foi feito para saltar de paraquedas.

— Mas não foi só ele que me apavorou — continuou ela. — Foi pior ser empurrada do avião. Não consigo acreditar que o instrutor fez aquilo, foi crueldade.

Enquanto pensou nisso, na segurança de sua sala de estar, ela também se lembrou de uma coisa há muito esquecida, que a deixou nervosa e perturbada novamente.

— Ele tinha que fazer aquilo — disse Ben. — Senão você perderia a área de pouso. Na verdade, foi perfeitamente seguro.

— Não foi o que pareceu. Não me sinto segura agora.

— Como assim? — perguntou Ben, e pareceu alarmado, como se tivesse cometido um erro de ir lá tão tarde, afinal.

— Não foi o que eu quis dizer.

Ela hesitou por longos e lentos segundos, tomou um gole e parou de novo, mas se surpreendeu ao olhar diretamente para ele e falar.

— Só quis dizer que não sei como vou voltar para o ponto em que não sou totalmente louca por você.

Ben sorriu.

— Eu estava torcendo para você dizer alguma coisa assim — disse ele, e se levantou da cadeira de vime prateada que Emily encontrou em um brechó e que ela mesma pintou.

Ela também se levantou e contornou lentamente a mesa de centro de vidro na direção dele. Ficaram a 9 centímetros de distância, apenas olhando um para o outro, ainda ansiosos, com os corpos ardendo de desejo, e então (quem se moveu primeiro eles nunca conseguiram descobrir) estavam se abraçando com força, e ficaram assim por um longo tempo.

5

Estou sentada na cozinha do Finsbury Park Palace, com as portas de armário de carvalho no estilo rural e as bancadas de fórmica imitando mármore, com uma vodca com tônica na minha frente, e juro que nunca tomei esse drinque antes. Apesar de o chão estar áspero sob as solas das minhas sapatilhas, a cozinha é mais limpa do que eu imaginava ao olhar de fora, mas o fedor doce das lixeiras me dá vontade de vomitar. *Quanto lixo esta casa produz?*, eu me pergunto futilmente, pensando nas lixeiras lotadas no jardim. Angel está sentada na minha frente, linda e cintilante demais para o local, sua jaqueta com franjas e sua calça jeans skinny fazem com que eu me sinta fora de moda e velha. Um garoto magro e moreno com cabelo comprido e liso está cortando legumes de aparência estranha ao lado da pia. Acho que Angel disse que o nome dele é Fabio, mas ele mantém a cabeça abaixada e não participa da nossa conversa. A garota mal-humorada de antes não está por perto, e Angel diz que mais ninguém voltou do trabalho ainda.

— Está se sentindo melhor agora, meu bem? — diz Angel, tomando um longo gole de sua bebida.

— Sim. Muito obrigada por me ajudar.

— Não se preocupe, não foi nada — diz ela, e dá seu sorriso angelical. — De onde você é mesmo?

— Sou originalmente das redondezas de Chester, mas estava morando em Manchester. Acabei de terminar com meu namorado e senti que precisava de uma mudança de ares. Morei na região de Manchester a vida toda, então pensei em experimentar Londres antes de ficar velha demais. — Dou uma risada nervosa.

Eu ensaiei isso tudo, já tenho a história do meu passado pronta e bem próxima da verdade para parecer autêntica. Falo tudo de uma vez, antes de ela perguntar, e soa falso, como uma desculpa.

— Velha demais! Nunca se é velha demais para Londres — diz Angel rindo. — Mas você pode estar muito velha para dividir uma casa imunda com um bando de malucos. Você parece bacana demais para este lugar.

— Não, não, está ótimo — digo. — Não posso pagar um aluguel muito caro até ter resolvido minha vida. Além do mais, achei que seria uma boa forma de conhecer gente nova.

— Eu não iria tão longe, meu bem. O pessoal que mora aqui é do tipo que você normalmente atravessaria a rua para evitar. Não se preocupe com ele — prossegue ela, indicando a cabeça abaixada de Fabio quando olho para ele, constrangida. — Ele não fala inglês. — Angel revira a bolsa. — Quer um cigarro, meu bem?

— Não, obrigada. Não fumo.

— Se importa se eu fumar um?

Eu faço que não com a cabeça, claro que não, embora o calor e as latas de lixo e a fome e a vodca estejam me deixando cada vez mais enjoada. Percebo que saí de Chorlton 14 horas atrás e mal comi. Minha calça jeans está grudada, meus pés doem e preciso desesperadamente me deitar, mas não quero parecer rude. Tomo um gole da bebida.

— Adoro seu nome — falo sem nenhum propósito específico, só tentando manter a conversa. Percebo que ainda sou educada, embora agora seja Catherine.

Angel ri.

— Só retirei o "a" do final, meu bem, e isso fez maravilhas pela minha imagem.

Um pensamento me ocorre. Sinto-me tola, mas tem alguma coisa nela que faz com que não haja problema em perguntar.

— Angel, você se importa de me chamar de Cat? Estou totalmente roubando sua ideia, mas é que sempre odiei o nome Catherine.

— Sem problemas, meu bem — diz Angel, sorrindo, e meu nome muda pela segunda vez neste dia.

6

Quando Ben acordou cedo e viu que Emily não estava ao seu lado, ele supôs que ela tivera outra noite insone e estaria no sofá do andar de baixo, lendo. Ela parecia reler todos os antigos clássicos ultimamente, como Ben reparara, devorando-os, e ele se perguntou se era uma forma de ela fugir de si mesma, para um mundo tão familiar, fosse o sul dos Estados Unidos ou a Wessex de Hardy ou os pântanos de Yorkshire, para que ela não precisasse pensar na vida, aqui e agora. Havia inúmeras formas diferentes de bloquear a dor, refletiu Ben, e ele achava que era melhor deixar Emily em paz agora, ficar ali em silêncio e meio distante, ajudando a cuidar de Charlie, até ela estar pronta para voltar para eles dois.

Ben se mexeu de lado e conseguiu cair no sono de novo, um sono agitado, perturbado e suado sob o calor do edredom de inverno que eles ainda não tinham trocado pelo de verão, apesar de já estarem na metade de julho. Esse era trabalho de Emily, e ela costumava ser atenta e colocar uma manta de casimira macia no pé da cama para aqueles dias intermediários em que o edredom mais leve não era suficiente. Era um desses pequenos deslizes que pareciam se acrescentar à dor deles, a sensação de que nada estava bem e jamais voltaria a estar. A falta de camisas limpas, de cereal para o café da manhã, de manteiga, de água sanitária, de pão, a correspondência não aberta, as ervas daninhas nas plantas da janela. Emily cuidava de todas essas coisas *antes*, não por Ben ser preguiçoso e nem por ela ser mártir, mas porque sempre fora ela a cuidar da casa, e Ben sempre fora um ótimo cozinheiro e era mais organizado. Ambos estavam satisfeitos com a separação de tarefas. Agora, Emily não fazia nada, mas ele não a culpava, é claro.

Ele só abandonou os pensamentos semiconscientes quando o alarme tocou. Tirou as pernas suadas de debaixo do edredom e ficou esparramado por um momento, pensando no que dizer à mulher quando descesse. Decidiu tomar um banho primeiro, pois se sentia sujo, e depois ir buscar Charlie, para descerem juntos e dizer oi. Ele ainda sentia uma onda de emoção ao pensar em vê-la, apesar de todo esse tempo e de tudo que acontecera. Ele faria uma xícara de chá para ela e tentaria fazer com que comesse uma torrada cheia de manteiga e geleia de laranja, do jeito que ela gostava. Depois, ele se despediria e sairia para o escritório, pedalando os 6,5 quilômetros. A vida tinha que seguir em frente, disse Bem a si mesmo, apesar de às vezes ter medo de que Emily não concordasse com isso.

A ducha estava forte, e Ben aumentou a temperatura apesar do clima, já estava bem quente lá fora. Ele achava que ficar debaixo do jato quente com o rosto apontado para a água o ajudava a esquecer por um segundo ou dois, como se seu cérebro estivesse sendo cauterizado. Emily nunca mais reclamou dos banhos longos dele. Parecia absorta em relação ao que Ben fazia agora, como se tivesse perdido o interesse nele. Ben se perguntava se eles voltariam a ser como eram antes, um dia no futuro longínquo.

Ben pensou pela primeira vez que a mulher tinha ido embora quando abriu a porta de carvalho que levava à sala e ela não estava lá. Ele não precisava verificar na cozinha nem no lavabo de baixo, pois conseguia sentir o vazio gritando pela casa. Ele não sabia o que fazer: ligar para a emergência, se jogar pela janela? Voltou para o quarto deles e abriu o armário. Parecia normal. Talvez ela só tivesse ido fazer uma caminhada, o dia está lindo, pensou ele. Decidiu fazer o café, preparar um cappuccino de verdade. Podia sempre ligar para o escritório e avisar que estava atrasado, e até lá Emily já estaria de volta, claro.

Quando Ben terminou o café e Emily ainda não tinha voltado para casa, ele subiu e se ajoelhou no tapete creme para olhar debaixo da cama. Charlie foi atrás dele, choramingando, mas Ben o ignorou. Que bom, a mala grande ainda estava lá. Ele a puxou e a abriu. A bolsa de couro que eles compraram em Marrakech não estava mais lá dentro, onde eles costumavam guardar. Devia estar lá embaixo em algum lugar, disse Ben a si mesmo, e deitou-se no chão, entrou debaixo da cama e puxou coisas, agora freneticamente: um colchão de inflar, uma malinha de rodinhas, uma barraca de criança, uma mochila de caminhada, uma bolsa cheia de coisas, uma meia desaparecida. A poeira subiu e permaneceu suspensa nos raios baixos de sol. Quando não havia mais nada para tirar, Ben ficou imóvel no chão e soltou um único soluço derrotado, depois se sentou e acalentou o pobre Charlie nos braços.

O policial Bob Garrison olhou com solidariedade para o Sr. Ben Coleman do outro lado da mesa na pequena sala de interrogatórios sem janelas. Era um caso triste, disso ele sabia, e agora teria de dizer para o rapaz que não podia fazer muita coisa para tentar encontrar a mulher. Pessoas desaparecidas de alto risco não esvaziam a conta bancária, enchem uma mala de roupas e levam o passaporte junto. O pobre coitado precisa encarar o fato de que ela o abandonou, pensou o policial Garrison. Mas, de alguma forma, apesar de já ter lidado com casos assim mil vezes antes, ele achou mais difícil ficar em frente a esse homem desesperado, vestido em seu terno elegante, e dar a notícia de que, fora catalogar a mulher como pessoa desaparecida, não havia mais nada que ele pudesse fazer.

Apesar de Ben saber que Emily tinha desaparecido por vontade própria, que havia decidido abandoná-lo, ele se recusou a desistir de procurá-la. Ele se convenceu de que ela queria que ele a procurasse, que ficaria feliz de ser encontrada, que aquilo talvez fosse uma espécie de teste. Ele tentou imaginar para onde a mulher tinha ido, que nome estava usando, mas era como procurar um anel que você perdeu nadando no mar. Nas primeiras semanas, ele monitorou dia e noite as contas on-line, em busca de atividade nos cartões dela, mas não houve nada. Ele procurou cada um dos amigos de Emily, mas ninguém sabia de nada, e conseguiu perceber que não estavam mentindo. Fez contato com todos os serviços de caridade de pessoas desaparecidas, e, fora deixar que ele olhasse fotos de cadáveres, eles não podiam ajudá-lo. Ele sabia que as pessoas observavam quando ele colocava pôsteres dela nas árvores, no correio, em frente à estação de trem, mas o que mais podia fazer? Ele até criou uma conta no Facebook, e, apesar de os amigos compartilharem suas postagens e tentarem amplificar seu grito animalesco de abandono, conforme os meses foram passando, quase ninguém mais comentava, como se sua infrutífera busca on-line estivesse provocando nas pessoas um certo nível de desconforto pela impotência em ajudá-lo. Em determinado ponto, na noite do aniversário dela, 15 de novembro, quando os pais dele foram até lá com um bolo de carne preparado na cerveja, o favorito dele, a mãe sugeriu com cautela que talvez fosse hora de deixar Emily para trás. Mas isso despertou uma rara onda de ira, e ele gritou perguntando como ela se sentiria ao acordar em uma cama vazia *todas* as manhãs e reviver tudo de novo. Depois disso, os pais nunca mais falaram nada, apenas o apoiaram silenciosamente, da melhor maneira que conseguiram, e ele seguiu em frente, sozinho e solitário.

7

Angel pede uma pizza e, apesar de estar horrível, eu a devoro, e isso acaba com meu enjoo. Sei que ela consegue perceber que tem alguma coisa muito errada comigo, mas, apesar do jeito aberto, ela é educada demais para perguntar, e eu não elaboro a história sobre terminar com meu namorado, para o caso de ficar tentada a me aventurar perto da verdade.

Então Angel começa a me contar, de forma irônica e engraçada, sobre a vida dela. No passado, eu ficaria chocada por a vida de alguém ser tão cheia de drama, mas agora não fico mais, porque a minha também é. Não consigo acreditar que, no mesmo dia que a Sra. Emily Coleman saiu de casa em Chorlton, Manchester, no dia em que abandonou Ben e Charlie, ela está sentada aqui, usando o nome Cat Brown, em sua nova casa com sua nova amiga Angel tomando vodca e comendo pizza, em Finsbury Park, que fica em alguma parte do norte de Londres. E ninguém sabe onde encontrá-la. Ninguém sabe onde *me* encontrar. Percebo que tenho sorte, ao menos nesse sentido; apesar de meu nome legal ser Catherine Emily Brown, todo mundo sempre me chamou de Emily, e, nos últimos cinco anos, fui conhecida como Emily Coleman, meu nome de casada. O fato de eu escolher não mudar o passaporte, nada mais do que um gesto feminista, como Ben diria, agora irá me ajudar conseguir um emprego, abrir uma conta bancária e viver minha vida sendo essa nova pessoa. E Brown é um nome tão comum que devem existir centenas de outras Catherine Browns. Estou em segurança.

Enquanto Angel e eu conversamos, várias pessoas chegam em casa (do trabalho?) e entram e saem da cozinha, prestando atenção em mim em diferentes níveis. Primeiro chega Bev, que descubro depois ser *roadie* de uma banda e nascida em Barnsley. Ela tem dreadlocks e queixo protuberante. Dá um oi superalegre, como se eu sempre tivesse morado ali, e diz "Está calor pra cacete, né?", vai até a geladeira, remexe lá dentro por um século e, em um instante, o bom humor a abandona e ela solta um grito angustiado, como uma leoa cujo filhote desapareceu.

— Onde está meu chocolate? — grita Bev. — Quem comeu meu chocolate, porra? Angel, você comeu a porra do meu chocolate?

— Ei, calma, Bev, não fui eu dessa vez, juro. Pergunte a ele — diz Angel quando um homem muito alto e pesado, usando calça jeans escura e um moletom Abercrombie, entra. Ele é tão grande que seus tênis são gigantescos como remos, mas suas pernas são curtas demais para o corpo, e, com o rosto doce de menino, me lembra uma criança crescida demais, e quase tenho vontade de abraçá-lo.

— Não, não fui eu, Bev, mas você precisa arrumar algo melhor pra fazer da vida — diz Brad, com sotaque australiano e um sorriso doce.

Mas Bev não está com humor para ser acalmada. Ela para de gritar e se senta à mesa da cozinha, se balançando para a frente e para trás.

— Estou de saco cheio dessa porra de casa. Aquele chocolate era meu — diz ela, de forma lamentável agora. — A porra do meu chocolate.

O palavrão é quase uma carícia, uma sedução, então lamento pelo chocolate perdido de Bev, e não sei o que dizer, pois ela parece muito triste. Sinto como se estivesse testemunhando um luto.

Angel se levanta e vai até o iPod colocar uma música alta. Não sei de quem é, mas a música repete o título sem parar, "Where's Your Head At", que me parece um pouco ridícula, mas Bev não parece se importar, a raiva passou agora. Alguém que só posso supor ser a namorada de Brad entra. Ela é pequena, está usando um minivestido roxo estampado, tem um corpinho perfeito e um rosto estranho, como se alguém tivesse cometido um erro na fábrica de bonecas. Ela para ao lado de Brad e olha para mim com desconfiança.

— Esta é Cat, Erica. Ela vai ficar no quarto que era do Fidel — diz Angel com seu jeito simpático e simples. Mas Erica só olha para mim sem disfarçar a hostilidade.

— Quem deu o quarto pra ela? Nós nem anunciamos ainda. — A voz dela é tão feia quanto o rosto, com um sotaque australiano tão forte que provoca uma pontada nos meus nervos já tensos.

— É, bem, Cat estava desesperada, não estava, meu bem? E isso nos poupa o trabalho — diz Angel implacavelmente.

Eu amo a Angel. Ela é gentil e linda mesmo sem falar nada, e consegue sair de qualquer situação. Eu me pergunto o que faz morando aqui. (*Ela devia ser uma superestrela*, eu penso, mas isso é antes da quarta vodca e das histórias inacreditáveis da infância dela, de ser criada pela mãe irresponsável e uma sucessão de "tios".)

— Ah, e Chanelle sabe? — pergunta Erica, e eu me pergunto sobre quem ela está falando, até que me lembro da garota antipática que abriu a porta para mim três vodcas atrás. Eu percebo que não a vejo desde então.

— Sim, meu bem, ela sabe. Está tudo tranquilo.

Erica parece muito irritada e cutuca Brad para fora da cozinha, como se o passeio dele à loja de doces estivesse encerrado e tivesse chegado a hora de ele ir para casa e tirar um cochilo. Angel ri com deboche. Eu dou uma risadinha. Não sei o que é, se é a vodca, o novo começo ou esses personagens loucamente excêntricos, mas estou quase começando a me divertir pela primeira vez em meses. É insano. Sinto uma pontada de culpa e lembro a mim mesma de não olhar para trás. Estou fazendo o melhor para todos nós a longo prazo. E não tenho outra escolha agora.

O garoto moreno de antes está de volta, no fogão desta vez, cozinhando legumes. O mais impressionante é que ele consegue deixar a cozinha fedendo mais do que estava antes por causa das latas de lixo. Um segundo garoto entra da rua, com o capacete da bicicleta debaixo do braço, seu macacão de lycra amarelo está quente e suado, e ele dá um beijo no garoto moreno número um. Eles dizem alguma coisa um para o outro, acho que em português, e me ignoram completamente. Angel sorri e serve mais bebida.

Sinto como se conhecesse Angel desde sempre. Acho que entramos uma na vida da outra na hora certa, temos uma ligação de tristeza.

E apesar de eu não poder contar minha história, ela não se importa, até entende.

Angel trabalha como crupiê em um cassino de West End, e não sei se isso é incrivelmente glamouroso ou terrivelmente sórdido. Nunca conheci alguém com esse tipo de profissão. Ela mora nessa caótica casa compartilhada há três meses. Ela me conta entre as interrupções na cozinha, pois diz que precisa de um lugar discreto para morar, embora não pareça querer me dizer por que, e me pergunto o que ela fez. Foi através do amigo Jerome que ela descobriu a casa. Ele é segurança e tecnicamente ocupa o quarto de trás, apesar de parecer que fica na casa da namorada em Enfield a maior parte do tempo. Chanelle é prima de Jerome e dona da casa; comprou o imóvel dos pais e, de acordo com Angel, está se mostrando uma boa pequena empresária, pois transformou todos os aposentos com exceção da cozinha e do banheiro em quartos, e o que ela diz é lei. Só Angel consegue se aproximar dela, e Angel diz que, embora Chanelle possa ser uma vaca infeliz, ela não é má pessoa, é até legal quando você passa a conhecê-la melhor. Sinto-me insegura e torço para não voltar a ver Chanelle hoje. Estou meio tonta por causa da vodca e fico exausta de repente. Digo a Angel que preciso muito ir para a cama. São nove e meia, está escurecendo, mas ainda está quente e o odor ainda é doce e desagradável.

— Meu bem, lembre-se que eu te disse para não ter muitas expectativas — diz Angel quando estamos subindo a escada.

O carpete da escada tem espirais, minha cabeça gira em espirais, o quarto é horrível. O colchão é imundo, as paredes estão cobertas de papel áspero cor pêssego, de modo que brilham na luz intermediária. Tem um armário de fórmica vazio, bege e marrom. O quarto fede a velhas caixas de comida e alguma outra coisa não identificável. O carpete está coberto de poeira e Deus sabe mais o quê. Meu bom humor some e me sinto sobrecarregada, desolada, como se isso tudo fosse errado e eu estivesse no lugar errado de novo. Percebo que não tenho lençol. Não posso dormir naquele colchão, isso é certo, mas o chão é tão ruim quanto ele. *Como foi que minha vida inteira se depurou em estar aqui, agora? Como deu tudo tão errado?*

Angel vê meu rosto.

— Olha, meu bem, espero que você não pense que estou indo longe demais, mas vou trabalhar mais tarde e só volto de manhã. Por que você não usa minha cama esta noite? Não tem problema, troquei o lençol hoje mesmo.

Ela me leva pela porta para um quarto perto da escada que é bagunçado, mas limpo o bastante e tem um edredom com margaridas bordadas. Dou um abraço nela, agradecendo-a sem parar, e mal espero que saia para tirar a calça jeans e a blusa encharcada de suor e me jogar na cama, com a bolsa cheia de dinheiro encaixada com segurança entre o colchão e a parede.

Na manhã seguinte, acordo cedo e não sei onde estou. Repasso os eventos da noite anterior e me lembro das vodcas, do cheiro de comida, das latas de lixo… do buraco que é o meu quarto. Lembro que não estou naquele quarto, graças a Deus, estou no de Angel. Isso mesmo, meu quarto está inabitável. Eu me levanto da cama, coloco as roupas do dia anterior e vou dar outra olhada no quarto ao lado. À luz do dia, o quarto é ainda mais desagradável do que na noite anterior, se é que isso é possível. E, apesar de eu me esforçar para não fazer isso, penso rapidamente na minha linda casa em Chorlton, onde eu morava até ontem. Decido que tenho de fazer alguma coisa, senão vou enlouquecer. Desço para fazer uma xícara de chá; não deve haver ninguém na cozinha a essa hora, então posso torcer para roubar um saquinho de chá e leite de alguém por enquanto, de tão desesperada que estou. A chaleira vermelha de plástico está nojenta, coberta de tanta sujeira por dentro e por fora que daria para passar a unha e escrever seu nome. Todas as canecas estão manchadas e a maioria está rachada. Reviro nos armários acima da pia e encontro uma caixa de saquinhos de chá. Quando estou colocando água fervendo na melhor caneca que encontrei, Chanelle, a dona da casa, entra na cozinha. Ela está usando um roupão amarelo, curto e de aparência gasta, que mostra suas pernas compridas e finas de maratonista.

— Ah — diz ela. — É você.

Isso é constrangedor. Não a vejo desde que ela bateu a porta na minha cara ontem. Me sinto uma ladra.

— Oi — digo, sem emoção. — Obrigada por me deixar ficar com o quarto, afinal.

— Agradeça a Angel — bufa Chanelle. — Ela lutou por você. Estou vendo que ela está bancando a boa samaritana de novo. Isso deve fazer com que ela se sinta melhor.

Não sei o que dizer, então apenas sorrio educadamente e aperto o saquinho de chá roubado contra a lateral da caneca, depois o tiro e o coloco na lixeira lotada.

— Aquele quarto está imundo — prossegue Chanelle, com um pouco menos de hostilidade agora. — Fidel o deixou em um péssimo estado. Eu ia dar uma ajeitada antes de outra pessoa vir morar aqui.

— Eu não me importo de ajeitar — digo com ansiedade. — Adoro fazer esse tipo de coisa. Preciso mesmo comprar roupas de cama e outras coisas, então posso escolher algumas outras. E vou pagar, é claro. Tem uma Ikea ou alguma coisa assim aqui perto?

Chanelle parece gostar do rumo que a conversa está tomando e é quase simpática agora. Ela me dá instruções detalhadas de como chegar a um lugar chamado Edmonton e até me dá um pouco de leite, que trouxe da geladeira que tem no quarto. Eu me considero abençoada.

A Ikea está abrindo quando chego, e como é terça-feira de manhã, a loja está praticamente morta. Sinto-me minúscula e sozinha à medida que sigo pela esteira rolante para dentro do prédio enorme, pego uma bolsa amarela e saio em minha aventura de compras, seguindo as setas, como Dorothy, passando por cozinhas iluminadas com espaço otimizado, atravessando soluções criativas de armazenamento, desviando de salas de estar aconchegantes e convidativas, e estou bem, me sinto quase normal, como qualquer outra pessoa — isso até fazer a próxima curva no caminho mágico e dar de cara, de repente, sem aviso, com a seção infantil. Camas em formato de carros e baús de brinquedos em formato de dragão e armários em tons pastel parecem debochar de mim de cada ângulo. Há caixas para guardar brinquedos cheias de bichinhos de pelúcia empilhadas até o alto. Uma garotinha está andando, desengonçada, segurando um macaco e sorrindo para a mãe, que a manda deixar o brinquedo no lugar. Uma imagem do meu menino explode na minha mente, e a dor no meu peito me faz lembrar que ainda estou viva afinal, não presa em um sonho de cores primárias, e continuo andando, já praticamente correndo de cabeça baixa, e só levanto o olhar quando chego no final. Eu me viro para a parede ao lado dos elevadores, ofegante, e nesse momento quero desistir, não estar aqui, derreter no nada.

Tudo isso é demais para mim.

Parece que só posso fugir de mim mesma se mantiver um controle rígido, se deixar todos os aspectos da minha existência anterior no passado, se me tornar imune a crianças. Fico de pé, endireito os ombros e tento respirar fundo. Felizmente, ninguém testemunhou meu ataque de pânico desta vez, mas preciso tomar mais cuidado, não posso ficar agindo como maluca. O café está na minha frente, e, apesar do coração disparado, percebo que estou com fome. Então encho uma bandeja com um café da manhã inglês completo, com banana, maçã, iogurte, um tipo de doce sueco, uma caixinha de suco de laranja, uma caneca de chá, e me sento sozinha em meio a um monte de mesas com vista para o estacionamento. Devoro tudo até o último pedaço. A concentração ao comer me ajuda a lidar com a situação, me ajuda a colocar as coisas de volta no passado. Quando volto para a loja, há mais movimento do que antes; há várias criancinhas, mas desta vez estou preparada. Estudo o mapa e sigo direto para a seção de camas, ignorando o caminho com setas e traçando minha própria trajetória em meio aos sofás, pegando um atalho por trás dos espelhos, ignorando todo mundo. Escolho uma cama branca de solteiro barata, sólida e estilosa demais para o preço, e escrevo o código no bloco. Escolho um colchão, depois procuro armários, que ficam bem perto dali, e escolho uma arara simples com cobertura de tecido branco. Já fui muitas vezes à Ikea, então conheço os procedimentos. Passo rapidamente pela parte de miudezas e encho a bolsa com artigos essenciais, e quanto mais coisas eu pego, mais fácil fica fazer isso; é hipnótico, compulsivo, como estar em um supermercado. Sigo para o depósito com os códigos na mão e para a área de itens grandes para buscar a cama, onde um jovem oriental com olhos claros me ajuda a colocá-la no carrinho. Finalmente chego ao caixa e mal há uma fila formada. Ainda deve ser cedo. Minha cama, meu colchão, minha arara, meus lençóis, minhas almofadas, meu lustre, minhas cortinas, tudo de bom gosto em tons de creme ou branco, custaram menos de 300 libras. Demorei pouco mais de uma hora e meia, incluindo o tempo para o café da manhã. Sinto-me absurdamente satisfeita comigo mesma. Deixo tudo, até os itens menores, para ser entregue naquela tarde, e pego o ônibus de volta para Finsbury Park.

Paro em uma lojinha de materiais de construção e compro a maior lata de tinta branca brilhante, um rolo e alguns pincéis. Quando chego em casa (casa!), só o Moreno Um parece estar lá. Ele mais uma vez está cozinhando alguma coisa de cheiro horrível e me ignora completamente, como se fosse surdo, enquanto tomo um copo d'água em frente à pia. Já é uma e meia, preciso me apressar. Corro para o andar de cima, coloco uma camiseta e o único short que trouxe comigo, coloco a antiga cama e o antigo armário no meio do quarto e começo a pintar.

Está quente de novo hoje e o quarto é abafado, mas estou tomada por níveis anormais de energia. Pareço ter desenvolvido algum tipo louco de instinto de ninho, como quando eu estava... Eu me obrigo a parar, continuo trabalhando, tento não pensar. O quarto é pequeno, e pinto por cima de tudo. Nem me dou ao trabalho de limpar primeiro, só pinto e pinto e pinto, por cima da sujeira e da poeira, até que o papel de parede cor de pêssego se transforma em uma superfície áspera com milhares de pequenos mamilos da cor de carne. Em seguida, pinto o quarto de novo e de novo, até que tudo despareça. Está tão quente que a tinta parece secar rápido o bastante para que eu consiga continuar. Pinto a moldura da janela também, da mesma cor porque só tenho essa, mas não importa, o efeito que procuro é a obliteração do que havia antes.

Ouço a campainha, um daqueles apitos cantarolados antiquados. Minha entrega da Ikea! Corro escada abaixo e abro a porta da varanda. O homem larga tudo no corredor, e parece haver tanta coisa que fico com medo de irritar meus novos colegas de casa se eu deixar minhas compras onde estão. *Tenho que ir logo com isso.* Corro para o andar de cima e termino de pintar, como se minha vida dependesse disso, e talvez dependa mesmo. Quando tudo está branco, pego o colchão velho asqueroso e o empurro pela escada comprida e íngreme lá de cima. Conforme ele pega embalo, a porta da frente se abre, e o colchão fedorento e manchado praticamente cai sobre o homem enorme que entra.

— Merda, me desculpe — eu digo.

— Que merda é essa que você está fazendo? — pergunta ele, mas alivia ao me ver no alto da escada de short, coberta de tinta.

— Oi, sou Emi... Sou Cat — eu digo. — Acabei de me mudar. Estou ajeitando um pouco meu quarto.

— Estou vendo — diz o homem, e percebo que ele deve ser Jerome, o primo de Chanelle. — Me deixe ajudar com isso.

Ele pega o colchão como se fosse uma caixa de cereal e joga lá fora, ao lado das latas de lixo.

— Tem mais alguma coisa que você esteja planejando jogar escada abaixo? — pergunta ele, e penso: graças a Deus ele perguntou, e eu digo que sim, por favor, uma cama e um armário.

Jerome entra na cabana que tem no quintal e volta com uma marreta. Estou um pouco alarmada agora, não por estar usando pouca roupa e estar sozinha na casa com um estranho gigantesco, que por acaso está empunhando uma marreta em minha direção agora, mas porque não pensei direito no que Chanelle acha da cama e do armário antigos. Não fizemos exatamente um acordo quanto a eu ir tão longe na hora de ajeitar o quarto. Decido que, se ela não gostar da mobília nova, posso sempre me oferecer para pagar. Mas espero que ela não se importe, então deixo Jerome subir, ao que ele bate com a marreta e destrói o armário marrom e bege, desmonta a cama e leva tudo para o jardim, para trás da cerca viva. Ele demora dez minutos.

— Quer ajuda com as coisas novas? — pergunta ele, e começo a sentir que estou abusando.

— Tenho certeza de que dou conta — eu digo, mas estou cansada a essa altura, e, apesar de não pretender, devo ter falado sem total convicção, porque Jerome entende a deixa.

Ele se mostra um às da mobília desmontada, e em meia hora minha cama está montada e o colchão é tirado do plástico e jogado em cima dela, como se fosse um colchão inflável, no momento que estou terminando de montar a arara coberta de três partes. Jerome dispensa meu agradecimento e desaparece para o quarto dele, então tiro o lençol e o edredom da embalagem e há plástico por todo lado. Faço a cama, tomando o cuidado de não tocar nas paredes ainda úmidas. Até me lembrei de comprar cabides, então esvazio a bolsa e penduro as poucas roupas que tenho no armário improvisado. Ainda estou com a chave de fenda de Jerome, e, apesar de eu demorar o triplo do tempo que ele demoraria, subo em uma cadeira, consigo soltar o trilho da janela e tiro as cortinas mofadas, com sua estampa desbotada cor de laranja, e penduro cortinas novas, de algodão branco e compridas, no lugar. A tinta ainda não secou direito, mas não importa, elas mal tocam a parede. Estou determinada a terminar isso, então procuro o aspirador e limpo o máximo que consigo do carpete. Troco o lustre por um simples, branco. Levo todas as embalagens vazias para baixo e coloco tudo no jardim junto com o resto. Estou exausta agora, mas volto para o meu quarto e desdobro o tapete peludo bege, e fica perfeito, ocupa quase o piso todo ao lado da cama e esconde as manchas no carpete embaixo, de forma que posso fingir que elas não estão lá. A transformação está completa. No espaço de 36 horas eu tenho uma casa nova, uma amiga nova, um nome novo e agora um quarto novinho em folha. *Mas não tem filho nem marido*, diz uma voz vinda de algum lugar. Eu a ignoro e vou para o chuveiro.

8

O pai das gêmeas acordou de repente e pulou da cama com um movimento só. O corpo ao seu lado estava imóvel e roncava de leve. Ele foi direto para o pequeno banheiro da suíte e tomou um banho para tirar todos os fluidos corporais da garota. Estava irritado por ela ainda estar lá (ele costumava se certificar de que fossem embora logo depois), mas se sentia cansado na noite anterior, e, assim que terminaram, ele rolou para o lado e adormeceu profunda e pesadamente. Talvez estivesse adoecendo.

Eram só seis da manhã, cedo demais para o café, e o segundo dia do congresso só começava às nove, mas Andrew não queria estar presente quando ela acordasse porque era íntimo demais, constrangedor. Ela não parecia prestes a se mexer pelos próximos minutos, estava completamente bêbada na noite anterior, e ele percebeu, chocado, que não conseguia se lembrar do nome dela mesmo que se esforçasse. No final, decidiu sair, dar uma caminhada. Com sorte, ela já teria ido embora quando ele voltasse, isso resolveria o problema.

Ele se vestiu rapidamente, tentando não olhar para a cama. Tomou o cuidado de abrir a porta o mais silenciosamente possível, e, apesar de ela grunhir e se virar, Andrew conseguiu sair sem acordá-la. Ele andou silenciosamente pelo longo corredor com portas inexpressivas, e em frente a algumas delas havia bandejas de comida já apodrecendo da noite anterior. Andrew só relaxou quando chegou ao elevador e as portas espelhadas o fecharam lá dentro, oferecendo em seu reflexo uma imagem dourada dele. Sabia que era um homem bonito, mas conseguia ver que a boa aparência vinha piorando ultimamente; talvez por causa da barriga protuberante, ou pelo fato de já demonstrar sinais de calvície, ou mais simplesmente pelo fato de que sua infelicidade interior começava a transparecer no rosto.

Quando Andrew passou pela recepção, olhou em frente e ignorou o recepcionista da noite sentado atrás do balcão. Sua intenção não foi ser grosseiro, ele só não queria que o homem visse a vergonha em seus olhos.

Do lado de fora, Andrew não fazia ideia de para onde ir, não era exatamente um lugar para caminhadas. Ele virou à esquerda arbitrariamente e foi pela rua principal, já movimentada. Andou por talvez 500 metros, até perder a esperança de que houvesse uma entrada, mas acabou encontrando uma rua menor que, depois de mais algumas centenas de metros, se estreitou e o levou a uma bela área residencial, um pouco parecida com a área onde ele e a família moravam em Chester. As luzes acendiam-se em algumas casas, e Andrew se perguntou o que haveria por trás das portas de entrada bem-cuidadas, com carros elegantes nas garagens e calêndulas nas prosaicas cercas bem-ordenadas, estas que, à meia-luz, já começavam a mostrar suas cores vivas. Será que as vidas de todo mundo eram uma merda como a dele?

Tudo começou a dar errado bem cedo, quando Frances anunciou que estava grávida; foi bem pouco depois do casamento, e ele simplesmente não estava pronto para isso. Era uma reação tão ridícula. A atração pela nova secretária o fazia correr para longe da mulher que tinha em casa e ir para o escritório. Ele adorava os olhares trocados, a emoção da proximidade quando ela se inclinava por cima da mesa dele para anotar recados e a certeza de que não podia tocar nela, embora os dois quisessem, porque era *proibido*. Depois de um tempo começaram os almoços, as permanências até mais tarde no escritório, as conversas íntimas, à medida que a tensão entre eles aumentava. Andrew se segurou o máximo que conseguiu, mas no dia em que eles almoçaram e ela começou a chorar porque o pai estava gravemente doente, ele se ofereceu para levá-la em casa; ela estava chateada demais para voltar ao trabalho, dissera ele, e jurou que, no momento, seus motivos foram honrados. Ela o convidou para entrar, e, enquanto eles esperavam a água ferver, ela chorou de novo, e é claro que ele a consolou, e quando eles finalmente se beijaram, a sensação foi extraordinária, como uma dose de adrenalina misturada com perigo e enganação, uma reação física que o deixou viciado — e perguntando-se que esperança seu recente casamento tinha.

Quando ele voltou para o escritório bem mais tarde naquela tarde mutante, havia três recados de Frances e mais dois do hospital. Ele se sentiu mal. Sentiu a reprovação dos colegas quando saiu correndo, de cabeça baixa, para a esposa. Mas depois do choque de ter perdido os partos, o fato de ser inexplicavelmente pai de gêmeas só tornou seus sentimentos por Victoria mais intensos. Em semanas, ele retomou o caso, apesar da culpa, apesar das promessas a si mesmo. Não era somente sua paixão pela secretária, mas também a necessidade de fugir da esposa malcuidada e exausta e dos bebês que só choravam. Ele começou a "trabalhar até tarde" com mais frequência, a passar menos e menos tempo em casa, e Frances parou de perguntar quando ele voltaria, onde estava, parecendo simplesmente aceitar a situação. Tal fato devia significar que ela não se importava, racionalizou a mente dele, e isso o fez se sentir melhor.

Naquela manhã triste, enquanto Andrew continuava sua caminhada pelas ruas e travessas do bairro de Telford, acabou vendo sua traição como realmente era. Abandono. Como ele podia ter passado menos de um ano casado e com filhas gêmeas e se envolver com outra pessoa? Ele sentia que não podia abandonar Frances fisicamente, não se fazia isso, então ele a abandonou emocionalmente. E em seu lugar ficou um marido insípido e vago, um pai apático de bebês que cresceram e viraram duas garotas muito diferentes, uma calma e gentil como a mãe, a outra instável e neurótica.

Só quando Victoria bateu o pé e terminou o caso, depois de anos e anos das promessas vazias de Andrew de "quando as garotas tiverem 5, 6, 7 anos", foi que ele começou a ter encontros casuais nos eventos chatos de trabalho que seu emprego com vendas oferecia. E se havia uma distância grande demais entre essas oportunidades, ele se via procurando momentos em hotéis baratos de Manchester com prostitutas de meia-idade. Ele desprezava a si mesmo.

Andrew verificou a hora: sete e quinze, ele precisava voltar. Devia mesmo ligar para Frances antes do início do congresso para ver como Caroline estava indo na clínica; o peso dela finalmente tinha começado a se estabilizar, e ela estava voltando para 38 quilos. Ele sentia tanta dor pela filha de 15 anos, que não era *amada* pela mãe e era *abandonada* pelo pai. A clareza dessa percepção foi tão cortante quanto o sol fresco de primavera enquanto ele andava para leste, pela rua principal lotada, em direção ao hotel.

Emily estava sentada à mesa em seu quarto quadrado e iluminado tentando se concentrar nas revisões de matemática. Com a ausência de Caroline, a casa parecia estranha, sem personalidade; sua irmã gêmea sempre acrescentou um toque meio elétrico à atmosfera. Mas, apesar de sentir falta dela, Emily estava aliviada por Caroline finalmente estar sendo medicada. Também estava feliz com a reação da mãe; Frances parecia ter se transformado da noite para o dia em uma mãe mais apropriada e genuína para Caroline, como se um interruptor tivesse sido ligado, e Emily sentiu o foco da mãe se desviar dela, finalmente. Talvez até ajudasse em seu relacionamento com Caroline, pois Emily sempre fez o melhor que pôde para se dar bem com a irmã, não se importando tanto com o comportamento dela. Afinal, não era uma surpresa o fato de Caroline sentir tanta inveja dela, considerando o quanto Emily era favorecida. Era estranho que só agora que a irmã gêmea não estava presente, Emily conseguisse perceber isso direito.

Emily era uma boa garota. Tinha herdado a natureza espontânea do pai, mas nada da fraqueza dele, junto com a força e o estoicismo da mãe. Era uma boa combinação. Ela era doce, tanto na aparência quanto na personalidade, saía-se bem na escola, era popular de uma maneira tranquila, era delicadamente divertida, e completamente irritante para sua gêmea mais nova. Caroline era uma versão mais dura e cintilante de Emily: mais bonita, mais inteligente, mais esperta até, mas não era nada amável, e a ironia era que Emily parecia ficar constrangida por gostarem dela. Mas todo mundo a amava, e Caroline tinha desespero por ser amada, e não era amada por ninguém.

Emily presumia que esse devia ser o motivo para Caroline ter começado a passar fome, para tentar recuperar um pouco do controle em meio a tamanho isolamento. Ela sabia muito pouco sobre a doença, e estava surpresa agora por nenhum deles ter reparado, mas Caroline fora esperta. Quando se recusava a se juntar à família nas refeições, eles achavam que era apenas Caroline sendo Caroline; quando começou a se cobrir da cabeça aos pés de preto, era Caroline passando pela fase gótica; quando as maçãs do rosto dela se destacaram sob a pele pálida, era uma nova escolha de maquiagem. Emily sentia-se envergonhada. Era sua irmã gêmea, afinal; não conseguia acreditar que não percebera. Ela virou a página do livro de matemática, equações simultâneas. Emily gostava de resolvê-las, adorava a solidez delas, a confiabilidade, o fato de que, apesar da complexidade para chegar lá, só havia uma resposta certa no final. Essa era basicamente a abordagem dela para a vida, ela percebeu, sempre procurando a resposta certa e esta quase sempre chegando a ela. Mesmo nessa situação, Emily sentia-se otimista e segura de que o pedido de ajuda de Caroline tinha sido ouvido e agora ela iria melhorar. Elas também se dariam melhor, Emily estava certa disso; ela estava determinada a se esforçar. Observou o problema:

Um homem compra três peixes e duas batatas fritas por £ 2.80.

Uma mulher compra um peixe e quatro batatas fritas por £ 2.60.

Quanto custa um peixe e quanto custa uma batata frita?

Emily se levantou da mesa junto à janela e olhou para a rua; o pai estaria em casa a qualquer momento. Ela se virou para a porta e observou o quarto, com a cama bem-arrumada e almofadas enormes que Frances cobrira com um tecido de padronagem asteca, todas arrumadas casualmente ao longo da parede para que Emily pudesse conversar com as amigas, como se fosse um sofá. Ela estava feliz com os pôsteres novos, da Madonna usando sutiã com formato de cones e de Michael Bolton com seu rosto longo e angular e o cabelo esvoaçante. Ela os achava mais legais do que os que Caroline grudou na parede dela, no quarto ao lado, de bandas grunge das quais Emily nunca tinha ouvido falar, como Stone Temple Pilots e Alice in Chains, e bandas de punk rock intimidantes que só gritavam, como os Sex Pistols. Uma das coisas que a deixou feliz nessa última semana foi não ter que ouvir as músicas de Caroline pela parede do quarto, as quais ela sempre botava em volume muito alto, principalmente quando Emily estava tentando fazer o dever. Ela voltou a se sentar à mesa e estudou a equação. Tinha acabado de descobrir que as batatas custavam 50 pence (descobrir o preço do peixe seria fácil agora) quando ouviu o carro do pai entrando na garagem. Ela gritou com alegria para o andar de baixo enquanto saía do quarto.

— Oi, pai! Como foi no congresso?

Ela parou no patamar e olhou para a sala de estar aberta, com o novo sofá de canto de couro e tapete de pele de ovelha, onde ele estava inerte, com a pasta lustrosa debaixo do braço e desolação nos olhos. Ela desceu lentamente os dois lances de escada e passou os braços ao redor do pai, enquanto ele encostava a cabeça no ombro dela, como se ela fosse a mãe e ele fosse o filho.

— Ah, Emily, que pai mais patético eu tenho sido para vocês duas. Ver Caroline naquele lugar é tão... — Andrew parou quando sua voz falhou. E, depois de todos aqueles anos, a entrega finalmente chegou.

Caroline olhou com hostilidade para a mãe, que estava sentada na beirada da cama do quarto de hospital institucionalmente alegre, com paredes pintadas de amarelo, quadros tristes e apagados e cortinas verdes quadriculadas. Um único vaso de narcisos ainda em botão decorava a mesa que imitava madeira no canto, embaixo da janela e ao lado da cadeira na qual, na opinião de Caroline, Frances deveria estar sentada, e *não* na cama. Ela estava surpresa com a força de sua raiva. Ao longo dos últimos meses seu peso decrescente pareceu diminuir também seus sentimentos, e todo o esforço de planejar o consumo de calorias desviara seus pensamentos de áreas mais perigosas, onde sentimentos mais dolorosos espreitavam: tais como ressentimento contra a mãe, desprezo pelo pai, ódio pela irmã. Era mais fácil decidir se deveria comer um quarto ou metade de uma laranja no café da manhã do que escolher quem desejava que morresse primeiro, a mãe ou a irmã. E agora, ali estava Frances, choramingando na ponta da cama dizendo o quanto lamentava, que a tinha desapontado, que a amava muito, e Caroline sabia que ela estava MENTINDO.

Caroline se sentia cansada de ser ela. Queria que o mundo inteiro fosse à merda e a deixasse em paz, em sua ilha particular de planejamento de refeições e contagem de calorias, um lugar onde pela primeira vez ela se sentia segura e no controle. Ela não queria ter de encarar a mãe ali naquele quarto repugnante. Tinha passado tantos anos, havia tentado tantas estratégias desejando que Frances se concentrasse nela, e não em Emily, que a aceitasse, que a amasse. E agora que ela, Caroline, finalmente desistira da coisa toda, Frances começou a xeretar e tentar ser uma mãe ridícula e salvadora.

— Eu sinto tanto, minha querida. Eu não fazia ideia.

— Você não faz ideia de nada que diz respeito a mim — disse Caroline.

— Vou me esforçar, você vai ver, vamos tirar você daqui, vamos fazer você melhorar.

— Por que você não me deixa definhar? Aí pode se preocupar só com a Emily. Não é isso que você quer?

Frances pensou no dia horrível em que Caroline chegou no mundo, inesperada, alienígena, e de como, bem naquele momento da nova vida, ela desejara que a filha mais nova estivesse morta. A lembrança permanecera enterrada por tanto tempo que a pergunta de Caroline invadiu o cérebro de Frances, quente e clara como uma bomba nuclear, e puxou toda a saga horrível de volta à superfície. Caroline viu a expressão no rosto da mãe e entendeu sem equívoco nenhum que a resposta era sim.

Frances sentiu negação, depois vergonha, e, por fim, um alívio enorme por finalmente ter compartilhado o segredo. O fato de que foi com Caroline, dentre todas as pessoas, não importava. A bola venenosa de ódio que sufocava seu coração foi expelida no quarto, como num gesto físico, permitindo que o amor fluísse. Elas se entreolharam, Frances finalmente com amor, Caroline com desespero. E Frances caiu nos braços ossudos da filha e a abraçou com carinho pela primeira vez, 15 anos tarde demais para salvar as duas.

9

Acordo no meu quarto novo, e ele cheira a tinta. Meu sono foi cheio de telas visuais emulsionadas, manchadas e cruas, no estilo Pollock, e não consigo me livrar delas a não ser que abra os olhos. A cama é bem confortável, embora eu não esteja acostumada com cama de solteiro, e é estranha a sensação de não deitar com as costas para o meu marido, separada dele, sem tocá-lo, mas sabendo que ele está lá, e nossa cama de casal parecendo o lugar mais solitário do mundo no final. Tento não pensar nele e nem no nosso filho, me concentro totalmente no novo ambiente e reparo que o lençol ainda está áspero de tão novo e a sensação é quase boa. O sol vaza pelas cortinas brancas finas e, quando olho meu novo celular, vejo que ainda são seis horas; podem ser lindas, mas são inúteis para escurecer o quarto. Estupidamente, me pergunto o que posso fazer hoje. Tive prazos tão bem-definidos nos dois dias desde que fui embora (encontrar um lugar para morar, tornar meu quarto habitável) que o dia se alonga à minha frente, enorme, sem criança, vazio. Sei que preciso arrumar um emprego logo, abrir uma conta no banco, mas essas coisas me parecem demais. Meu corpo me diz que estou cansada, que preciso de tempo para me recuperar da confusão e do estresse, desse último trauma. Sou uma sobrevivente de verdade, eu acho. É cedo demais para me levantar, mas estou bem desperta, então remexo debaixo da cama e encontro o jornal de segunda-feira, o que comprei em Crewe. Apoio meus novos travesseiros na parede branca irregular e abro as páginas. Leio sobre uma doença que afeta os pintassilgos, fazendo suas gargantas incharem até eles não conseguirem comer; meio milhão de pássaros morreram de fome no ano passado, diz a matéria. Tento não pensar nisso, tento não visualizá-los, mas meus olhos se enchem de lágrimas, e vou para a história seguinte. Um homem estuprou e matou a sobrinha de 12 anos, ela só foi até lá para ver o jogo de futebol e a tia por acaso tinha saído, certamente estaria viva se tivesse sido diferente. Viro a página. Um banqueiro foi condenado por assassinar o amante da mulher enquanto eles acampavam juntos na Bretanha. Uma mulher em uma loja levou uma surra de assaltantes com cassetetes, a cena de violência foi filmada pelo circuito interno de TV e já deve estar disponível no YouTube.

Eu paro de ler. As notícias estão me deixando deprimida de novo, perdida. Tento voltar a dormir, mas minha mente não para, está elétrica demais; pensamentos sobre o meu garoto prodígio voltam sem serem convidados, e fico com medo de que qualquer progresso que eu tenha feito nos últimos dois dias se dissipe aqui, nesse quarto vazio e branco. Não trouxe nenhum dos meus livros de Chorlton, e o romance que comprei em Crewe é ruim. Não consigo encarar o banheiro de novo, eu preferia nem tomar banho hoje de manhã, embora esteja suada da noite. Vou comprar chinelos hoje para usar no banho, e talvez um nécessaire que eu possa pendurar em um prego e abri-lo, para eu não precisar colocar nada em nenhuma das superfícies; isso vai ajudar a tornar o banheiro suportável, vai me dar alguma coisa para fazer. Ainda estou agitada, então tento a seção de críticas do jornal desta vez. Minha mente não se concentra em nenhum dos artigos, mas quando vou deixá-lo de lado, reparo no Sudoku atrás, ao lado das palavras cruzadas. Eu nunca fiz Sudoku, sempre pareceu uma perda total de tempo, mas é exatamente o que quero fazer agora, perder tempo, fazer os minutos vazios passarem. O nível é moderado, pelo que diz o jornal, mas embora eu tente e tente, não consigo preencher um único número. Tem alguma coisa a ver com padrões, eu me lembro de minha irmã me contando (*esqueça-se dela*), e fico olhando até os números aleatórios nadarem, e de repente entendo, preencho o primeiro número e deslancho. Sou boa em matemática, mas isso, na verdade, não tem nada a ver com matemática. É estranhamente compulsivo e continuo fazendo e demoro um século. Peguei embalo agora e no quadradinho final descubro que tenho dois 6 e nenhum 3. Devo ter cometido um erro em algum momento, mas apesar de eu tentar por uma eternidade, é difícil demais de descobrir, e e essa a impressão que tenho da minha vida: tudo estava indo tão lindamente e então coloquei dois 6 e nenhum 3 e agora tudo está estragado, irreparável. As lágrimas vêm de novo, silenciosas, intensas, sombrias, e vejo o quarto como ele realmente é: um quartinho horrível e desagradável em uma casa horrível e desagradável em uma parte horrível e desagradável de Londres. Eu me vejo como sou, uma maldita covarde egoísta que fugiu de Ben e Charlie em vez de ficar e encarar as coisas. Sinto saudade especialmente de Charlie agora, do cheirinho de biscoito dele, da sensação de abraçá-lo com força, apesar de ele tentar se soltar de mim, e de nós dois gostando do abraço mesmo assim, eu por tentar, ele por saber que tentei, que o amo.

Há uma batidinha delicada na porta. Levo um susto e enxugo os olhos, e Angel enfia a cabeça para dentro do quatro.

— Ah, você está aí, meu bem, só queria ver se estava bem. — Ela olha ao redor. — Meu Deus do céu, você esteve naquele programa *Changing Rooms*? O quarto está incrível. Você pode fazer a mesma coisa no meu depois?

— É, estive nessa missão ontem — digo, o mais alegremente que consigo. — Chanelle pareceu não se importar. Está melhor, não está? — Olho para a blusa de paetês. — Você vai sair?

— Não, acabei de chegar, meu bem. Trabalho nuns horários estranhos. Mas estou morrendo de fome. Quer sair pra tomar café? Tem um café na esquina que não é muito ruim.

— Eu adoraria — respondo, me sentindo melhor na mesma hora.

— Vou trocar de roupa então, me dê dois segundos. — Ela desaparece.

Eu pulo da cama e olho as roupas no meu novo armário: duas calças jeans, uma roupa de entrevistas, dois vestidos soltinhos, uma calça de linho, uma jaqueta cinza acinturada cara (estragada), algumas blusas, uma saia jeans, um suéter de linha. Nada mais parece certo. Escolho uma calça jeans e uma blusa azul de jérsei e gola boba, e me sinto chata, não com cara de Cat, embora ainda não saiba quem Cat é. Dez minutos depois, Angel reaparece. Ela tirou a saia preta curta e a blusa vermelha de cetim (*será que é o uniforme dela?*) e colocou um vestido largo de algodão branco estilo indiano, prendeu o cabelo louro-acinzentado, quase curto demais para ser preso, e algumas mechas escapam. Ela parece naturalmente casual, estilosa e inocente. O rosto em formato de coração é pequeno e sincero, e ela não parece alguém que deveria trabalhar em um cassino. Percebo que não sei como é um crupiê, fora os que aparecem no filme *Onze Homens e um Segredo*, e isso não conta.

— Venha, meu bem — diz Angel, e vou atrás dela em silêncio, me sentindo grata, pela escada íngreme e gasta, pela varanda cheia de tênis e casacos, pelo jardim cheio de detritos, para a rua amarelada pela luz matinal.

10

Angela foi empurrando as pernas das pessoas, passando por bancos que eram da altura dela, indo para longe do bar, em direção ao palco. Conforme andava, a mão de alguém aparecia e acariciava o cabelo dela com afeição, como se ela fosse um cachorro. Os jogadores estavam acostumados a ver uma garotinha loura ali nos últimos dias, e Angela quase se acostumou a eles. Ainda odiava a fumaça sufocante e o ar *adulto* do bar, mal percebendo que não era lugar para uma criança e que alguns dos homens olhavam para ela de um jeito que ela ainda não entendia, mas sabia que não gostava, e às vezes até apertavam o traseiro dela quando ela passava. Mas ela já descobrira como passar o tempo ali agora: sentada em um banco do bar secando copos de cerveja quando sua bartender favorita, Lorraine, estava trabalhando. Ela parecia apreciar a ajuda. Ou brincando com a maquiagem da mãe no pequeno camarim atrás do palco, tomando cuidado para disfarçar as marcas que deixava no batom e no blush para que Ruth não descobrisse e ficasse furiosa. Ou às vezes jogando dominó com o tio Ted, se ela conseguisse convencê-lo. No entanto, não era mais divertido ir para lá, ela estava entediada e acabava ficando cansada para a escola. Porém, agora que estava mais velha, a mãe começara a levá-la para o trabalho com cada vez mais frequência, pois não queria pagar babás e ela achava que era melhor isso do que ficar em casa sozinha.

Quando Angela chegou à frente, Ruth já tinha desaparecido e o pianista guardava as partituras. Era mais rápido para Angela chegar ao camarim pelo palco do que dando a volta por trás do bar. Quando levantou os braços para subir nas tábuas altas demais, um dos fregueses disse:

— Precisa de ajuda, querida?

Ele a levantou acima da cabeça, e ela subiu de quatro. Ficou de pé, ajeitou o vestido vermelho de bolinhas para que cobrisse a calcinha e correu na diagonal para a esquerda, o mais rápido que conseguiu.

— Oi, mamãe — disse Angela timidamente ao colocar a cabeça atrás da cortina do camarim. Ela adorava a mãe, mas nunca sabia qual era o humor de Ruth, que recepção encontraria.

— Oi, anjo! — disse Ruth ao se inclinar e abraçá-la. — Você foi uma boa menina com o tio Ted?

Ela usava um vestido apertado de lantejoulas azul-marinho, estava com o cabelo armado e olhos pintados, e Angela achou que era a mãe mais bonita do mundo todo, com a voz mais maravilhosa e emocionante que até ela reconhecia transbordar de tristeza e de experiência de vida.

— Sim, mamãe. Podemos ir logo pra casa, mamãe? Estou cansada.

— Eu sei, querida, vou só tirar este vestido e tomar uma bebida com tio Ted e vamos direto pra casa.

— Mas eu quero ir pra casa agora, mamãe — disse Angela.

— Já falei, querida, uma bebidinha e vamos pra casa. Mamãe está com sede depois de tanto cantar.

— Por favor, mamãe, quero ir pra casa. Quero ir pra a cama.

— Eu disse não, Angela — disse Ruth. — Quer uma limonada?

— NÃO! — gritou Angela, descontrolada de repente, conforme o cansaço a dominava. — Quero ir pra casa AGORA.

— Não fale comigo assim, mocinha — disse Ruth. — Vamos pra casa quando eu disser.

Angela parou de gritar e subiu na única cadeira do aposento, uma cadeira de penteadeira com pernas douradas e braços acolchoados, coberta de veludo rosa desbotado e com uma única mancha em formato de feijão no assento. Ela balançou as pernas com aborrecimento e ficou em silêncio. Sabia que não devia discutir com a mãe quando ela usava aquele tom, pois não queria tomar uma surra.

Ruth tirou o vestido de noite e ficou na frente do espelho com o conjunto de sutiã e calcinha de renda azul-petróleo, ainda de saltos altos, ainda sexy. Secou as axilas com uma flanela úmida e borrifou antitranspirante debaixo dos braços, pela barriga ainda reta e ao redor das coxas. Em seguida, colocou uma calça capri preta lisa e uma blusa justa preta de mangas curtas. Deixou o cabelo e maquiagem como estavam, e nesta luz e pela forma como andava, ela poderia ser uma Marilyn Monroe de cabelo preto. Ela segurou a mão de Angela com firmeza, mas não com grosseria, obviamente não estava *muito* aborrecida com ela dessa vez, e as duas seguiram pelo corredor para o bar enfumaçado, onde Ted as esperava. Ted comprou uma limonada e um pacote de biscoito sabor coquetel de camarão para Angela, e a bebidinha de Ruth virou três ou quatro, e Angela finalmente adormeceu, caída em um banco do bar com a cabeça entre os bracinhos na bancada manchada de cerveja.

11

Eu me sento a uma mesa de canto com Angel e fico surpresa com a fome que estou sentindo, e de novo; parece que estou compensando todas as calorias que deixei passar em Manchester. O local é de um casal grego idoso muito gentil, onde o café é bom, mas a comida é ótima, e engulo ovos e bacon, cogumelos, feijão, tomates fritos, torrada — meu estômago me dizendo que tem mais vida para mim no futuro, mesmo meu coração não acreditando. Angel parece cansada quando olhamos mais de perto, mas continua com a doçura que só algumas pessoas têm, e isso transcende as olheiras no rosto.

— O que você vai fazer hoje, meu bem? — pergunta Angel.

— Não sei, preciso comprar comida, talvez ir ao banco se conseguir encarar, e amanhã preciso começar a procurar um emprego. — A tarefa parece intransponível de repente.

Faço uma pausa e tento aliviar o clima.

— Uma coisa que preciso mesmo fazer hoje é comprar um chinelo. Como você aguenta aquele banheiro?

Angel ri.

— Eu tento tomar banho no trabalho sempre que posso. E espero não ficar lá por muito tempo, meu bem, eu só precisava de um lugar onde não fosse encontrada por um tempo. Normalmente, eu não moraria num buraco daqueles, mas a necessidade é que manda.

— Ah. — Eu olho para baixo.

— Qual é a sua desculpa, meu bem? — pergunta Angel. A gentileza no tom dela me traz lágrimas aos olhos.

— A mesma que a sua, eu acho. E não quero parecer maluca, sei que acabamos de nos conhecer, mas achei que tudo ficaria bem naquela casa horrenda com você nela.

— Não se preocupe, meu bem — diz Angel. — Não vou sair por agora.

Sinto-me ridícula por ter criado um apego tão grande a Angel, mas ela não parece se importar. Tenho a sensação de que ela está acostumada a cuidar das pessoas, de que gosta disso, de que gosta de se sentir útil. Ela parece mais adulta do que eu em qualquer época da minha vida, embora eu deva ser uns dez anos mais velha que ela e mesmo tendo sido ser esposa e mãe.

— Bem, vamos manter contato quando você se mudar — eu digo, sem emoção.

— É claro que vamos, meu bem. Mas estou aqui agora e não tem nenhuma outra pessoa naquela casa com quem eu gostaria de estar. — Ela sorri, e há malícia em seus olhos. Ela faz um sotaque americano horroroso. — Não se preocupe, Srta. Brown. Você e eu vamos nos *divertir*.

Eu me alegro, como uma criança que estava chorando e ganha um sorvete, e embora Angel tenha acabado de comer, ela mostra satisfação em ficar comigo, e permanecemos sentadas mais tempo e pedimos mais cafés e conversamos sobre tudo e nada, e termino as torradas empilhadas entre nós, até o último pedaço.

Quando chegamos em casa, Angel vai direto para a cama, ela trabalhou a noite toda, e como não sei o que fazer, vou olhar a cozinha para ver se está vazia. Ainda não descobri quem faz o que na casa, quando e nem se trabalham, quem vai estar em casa e quando. Como não tem sala, supus que sempre haveria bastante gente na cozinha, mas até agora é um lugar bem tranquilo. Não vi Bev, a garota de Barnsley de quem roubaram o chocolate, desde a primeira noite, mas ela está aqui agora, ocupada na pia. É tarde demais para não entrar, ela me ouviu. Ela vira a cabeça por cima do ombro e abre um sorriso.

— Bom dia! — diz ela. — Malditos cachorros, acabei de pisar numa porcaria de cocô. Não sei por que as pessoas têm esses merdinhas. Podiam pelo menos catar a bosta deles, mas as pessoas daqui são IGNORANTES pra cacete.

Percebo que Bev está com um tamanco de madeira na mão e está raspando-o com uma faca de cozinha, por cima de uma pilha de pratos sujos na pia. Ela vê minha expressão.

— Ah, não se preocupe, os detergentes são um troço incrível, acabam com 99,9% dos germes. Li um artigo sobre isso, está tudo bem.

Fico sem saber como responder a isso. A australiana Erica entra durante a pausa. Está usando um terninho cor de beringela que exibe seu corpo incrivelmente pequeno, o rosto está coberto de maquiagem e o cabelo está preso com um prendedor grande. Dou um sorriso para ela, mas ela só me olha com raiva, depois vai até a pia e vê o que Bev está fazendo.

— Pelo amor de Deus, Bev!

— Ah, não enche, Erica, vou limpar tudo depois.

— Isso é NOJENTO — diz Erica, e embora eu não goste muito dela, tenho que concordar com isso.

Bev ri e continua limpando o tamanco. Erica se vira nos sapatos de saltinho, sai da cozinha e bate a porta.

— Boa sorte com a entrevista — grita Bev alegremente, depois murmura baixinho. — Sua puta azeda.

A palavra "puta" normalmente me ofende, mas nesse caso sinto empatia e quase tenho vontade de rir.

Eu hesito, mas ela parece simpática.

— Bev — eu digo. — Você sabe onde posso comprar chinelos por aqui, do tipo de borracha?

— O quê? Você acha que está em Skegness, amor? Quer uma porra de boia de borracha também?

Bev ri da própria piada, mas eu não me importo, pois gosto dela, com seu linguajar horrível e desprezo total pelas boas maneiras. É renovador.

— Tente em Nag's Head, tem um monte de lojas baratas e lojas de sapato também. Pode ser que você encontre alguma coisa. Quando for lá, pode comprar sacos de lixo, daqueles grandes e resistentes, sempre ficamos sem por aqui.

Essa foi a primeira frase sem palavrões que ouvi de Bev. Concordo levemente e deixo o fedor de cocô de cachorro da cozinha.

Como Bev prevê, tenho dificuldade para encontrar chinelos de borracha em Holloway. Também procuro um nécessaire de pendurar, mas as pessoas não parecem saber do que estou falando quando pergunto. Depois de procurar exaustivamente, não sei mais o que fazer. O que fugitivos *devem* fazer com o tempo que possuem? Decido explorar, tentar conhecer meu novo bairro, esvaziar a mente das coisas. Sigo pela rua principal e ando pelo que parecem ser quilômetros na direção de casa, por ruas velhas cheias de antenas parabólicas e muros em ruínas e lixeiras de rodinha. Uma casa ou outra tem grades nas janelas, e essa me parece uma forma horrível de viver, as pessoas devem estar em suas cadeias particulares. Enquanto sigo sem destino, viro à esquerda em outra rua triste e, de repente, me vejo em uma praça cheia de casas grandiosas e bem-cuidadas com um belo jardim no meio. Eu me sento na grama e inclino a cabeça para sentir o sol no rosto, e a sensação é boa, suportável, não está tão quente hoje. Uma mãe bem-vestida está sentada em um banco e dá colheradas de iogurte para uma criança invisível escondida em algum lugar de um carrinho vermelho, o sorriso da mulher é largo e feliz. Percebo que lido bem com a cena se afasto o olhar rapidamente. Dois jovens suados de calça social e camisas abertas comem sanduíches enrolados em papel-manteiga e bebem de latas de Coca Diet. Eu me deito com a cabeça sobre a bolsa e estou tão cansada que parece que nunca mais vou me levantar. Parece que estou sendo puxada pela grama para o centro da Terra, para a terra do esquecimento, para o sono sem fim...

Acordo com um susto e não faço ideia de que horas são e entro em pânico de novo. Que diabos eu estava fazendo dormindo, principalmente com tanto dinheiro comigo? Como fui idiota! Decido que devo mesmo tentar abrir uma conta no banco, não posso ficar andando por aí com tanto dinheiro, principalmente por essas bandas, por isso volto pelo caminho por onde vim, por ruas similarmente maltratadas, por mais carros ilegais e portas gastas, com medo agora de ser roubada. Não consigo encontrar um banco em lugar nenhum e não gosto da aparência de ninguém na rua para perguntar. Estou sendo paranoica agora, então ando rápido, sigo em frente até encontrar uma agência na Holloway Road. Acho que posso abrir algum tipo de conta pré-paga, que vai quebrar o galho por enquanto, e deve ser bem fácil: sou mesmo Catherine Emily Brown, como diz meu passaporte. Fico estranhamente grata à minha mãe agora por insistir que meus nomes aparecessem nessa ordem na certidão de nascimento, embora eu sempre tenha sido conhecida como Emily; como se ela já não tivesse tanta coisa com que se preocupar quando teve gêmeas. Pelo menos, deixa os aspectos práticos mais simples.

A agência é pequena e antiga, e espero uma eternidade, vendo as pessoas entrarem e saírem, até que uma mulher agitada de terninho de poliéster preto sai dos fundos. Ela me leva para uma salinha horrível com um suporte de folhetos meio vazio traçando a linha entre mim e ela do outro lado da mesa. Ela é bastante cordial, mas percebo que fica desconfiada por eu não ter comprovante de residência e quase 2 mil libras em notas de 50 libras na bolsa. Conto uma história horrível apesar de ela não ter perguntado, dizendo que voltei recentemente do exterior. Acho que ela não acredita em mim, mas abre a conta assim mesmo. Provavelmente já deve ter visto todo tipo de gente nessa agência.

Estou bem mais calma agora e sigo com minhas compras sem sentido, entrando e saindo de lojas, sem nem reparar direito no que está à venda, alheia aos outros clientes. Mas, em uma das muitas lojas de caridade da rua, encontro um pôster velho e empoeirado daqueles homens em Nova York sentados em um guindaste, com os pés balançando lá do alto, indiferentes, como deuses. Não sei se gosto muito da imagem, é meio vertiginosa, mas custa só 7 libras. Penso na parede branca irregular acima da cama e as proporções são as ideais, então compro mesmo assim. Entro no supermercado que fica a duas portas depois e ele está cheio, lotado de pessoas sem alegria comprando pacotes com várias embalagens de salgadinhos e garrafas tamanho gigante de refrigerante para os filhos já gordos. *Cuidem deles*, tenho vontade de gritar. *Vocês têm sorte de tê-los.* Sou oficialmente maluca.

Consigo me controlar por tempo suficiente para comprar cereal, frutas, salada ensacada, chocolate (será que vai estar em segurança na casa? Será que eu ouso?) e várias refeições prontas. Ainda não estou com vontade de cozinhar. O supermercado vende pratos de papel e fico tentada, mas acho meio estranho usar meus próprios pratos, então tento não pensar em Bev e seus hábitos desagradáveis e decido me acostumar; ela deve mesmo estar certa sobre o detergente. É difícil carregar minhas sacolas de compras e o pôster, comprei mais coisa do que pretendia. As alças de plástico estão machucando meus pulsos e me lembro de Caroline. Imagino rapidamente o que ela vai pensar quando souber que desapareci, se vai ficar chateada, mas parece que não ligo mais para o que ela sente, nem um pouquinho. Sento-me na frente do ônibus meio vazio, virada para trás, nos assentos que você deve ceder para as pessoas com deficiência. Os outros passageiros parecem tristes e com calor, como se estivessem derretendo, e acabo lembrando que não sou a única com uma história. A mulher na minha frente está com inchaço nos tornozelos e, quando se mexe na cadeira, sobe um cheiro de suor novo. Ela está usando uma camiseta de Barry Manilow, as quais eu achava que não se faziam mais, e penso que é estranho eu reparar. Talvez seja outro sinal, depois de ter rido com Angel e da emoção do meu frenesi decorativo, do qual estou finalmente despertando, recuperando meus sentidos, rearrumando os traços da minha personalidade para poder ser Cat Brown agora em vez de Emily Coleman. Percebo que Cat já parece ser diferente de Emily, mais difícil, talvez mais parecida com Caroline? Estremeço. É tudo estranho demais. Aqui estou eu, a Sra. Catherine Brown, sentada em um ônibus em Holloway. Moro oficialmente em Londres, está escrito no meu extrato bancário. Aqui estou eu, viva e impossível de ser encontrada.

12

Emily tinha avisado a Ben sobre sua família, e ele estava preparado, pelo menos até certo ponto.

— Minha mãe é adorável e eu amo meu pai — dissera ela. — Mas ele parece um pouco distante às vezes, você vai entender. Caroline pode ser meio difícil se estiver mal-humorada. Ela é ótima depois que você passa a conhecê-la melhor, e tenho certeza de que ela vai adorar você.

Ben ainda achava peculiar o fato de Emily ter uma irmã gêmea idêntica. Ele se via pensando coisas estranhas, como o que aconteceria se ele confundisse as duas, e se achasse Caroline atraente, e se *ela* gostasse dele? Quando o carro parou, ele ficou nervoso, o que não era comum. Ele sabia que estava apaixonado por Emily, já sabia até que queria ficar com ela (embora não tivesse dito nada ainda, era cedo demais), então conhecer a família dela era importante. Ele precisava que gostassem dele.

A casa tinha um telhado bem inclinado e era moderna. Havia sido construída nos anos 1970 com placas de madeira caiadas, tinha quatro quartos, um belo jardim e um BMW reluzente na garagem. Era um pouco *comum* demais para uma pessoa tão especial quanto Emily, na opinião dele, e Ben pensou na casa isolada de sua própria família, com chão de cascalho e um jardim enorme, e decidiu que esse era o tipo de casa que eles teriam um dia. Ele era contador e Emily, advogada, então teriam dinheiro para pagar por uma casa assim em algum momento. Ele achava estranho estar pensando nisso, pois só havia se passado um mês desde a noite em que gastara uma fortuna na viagem de táxi de Manchester até a casa de Emily em Chester. Mas o salto de paraquedas tinha acontecido três meses antes disso e ele pensava nela quase constantemente desde então. Não conseguia acreditar que eles nunca se esbarraram no trabalho, pois ele a procurava todos os dias. E depois, quando finalmente deu de cara com ela, o encontro foi na rua e ele estava despreparado. E, pior, a caminho de um curso com Yasmin, sua colega profundamente irritante. Em seu estado de choque, ele só conseguiu dizer oi; nem parou para perguntar a Emily como ela estava, se tinha superado o trauma do salto, qualquer coisa para mostrar que gostava dela, ao menos como amigo, o que teria sido um começo. Ben sorriu ao lembrar como ficou furioso o dia todo no curso, como não conseguiu se concentrar, que foi o mesmo que não ter ido à aula, tamanha raiva sentiu de si por ter estragado tudo.

Era tão estranho o fato de ele estar ali no carro de Emily agora, prestes a conhecer os pais dela. Supusera, até receber o e-mail, que, independentemente das tentativas que fizesse, tinha *zero chances*, porque ela era absurdamente linda. Quando viu o e-mail de Emily, meio bêbado no pub, ele pulou e deu um soco no ar, como se estivesse realmente no estádio de Old Trafford em vez de apenas numa das ruas próximas a ele. Ligou antes de se dar conta de que horas eram, embora soubesse que teria ligado de qualquer modo.

Emily estacionou o carro atrás do BMW do pai, de forma que o porta-malas ficou na calçada. Antes de Ben ter tempo de sair, a porta branca de plástico se abriu e a mãe de Emily acenou. Ela era loura, tinha uma aparência alegre e o rosto já havia perdido o leve amargor que carregara por tantos anos. No lugar disso havia uma aceitação cansada: pela casa sem personalidade, pelo marido sem disposição (ah, ela sabia), pela filha mais nova que parecia um pesadelo.

— Oi, você deve ser o Ben — disse ela ao apertar a mão dele. — Eu estava doida pra te conhecer. Emily não costuma deixar que a gente conheça os namorados dela, então ficamos muito animados.

— Mããe — falou Emily, constrangida, mas era verdade.

Emily nunca tinha se interessado por garotos, principalmente porque não conseguia suportar brigar com Caroline por eles. Era como se, depois de Caroline finalmente ter feito as pazes com a mãe, tivesse começado a haver menos necessidade de competição por ela, e o campo de batalhas que ela escolheu então foram os rapazes. Emily perdeu todo o interesse e deixou o terreno livre para Caroline, preferindo passar o tempo com os amigos e os livros. E, conforme Emily foi ficando mais velha, os rapazes nunca se aproximaram mesmo dela, parecia que ela não sabia emitir os sinais certos. Assim, ela começou a supor que não era atraente. Os poucos namorados que teve foram mantidos longe da família, só por garantia.

Com Ben foi diferente, pareceu natural levá-lo em casa para um almoço de domingo. Ela ficou com medo de convidá-lo no início, como se estivesse sendo apressada demais, séria demais, mas Ben disse sim imediatamente. Garantindo que adoraria. Era isso que ela adorava em Ben, o fato de não haver outros lados nele, só uma completa sinceridade e um entusiasmo aparentemente genuíno por ela. Mas Emily achava estranho que eles ainda tivessem medo de expressar o que sentiam, como viam o futuro da relação, como se falar fosse estragar tudo. Por esse motivo, eles desviavam das palavras, e seus olhos e corpos falavam em vez das bocas.

— Emily, *alô*! — disse Frances. — Eu perguntei se você quer chá ou café.

— Ah, desculpe, mãe. Café está ótimo.

— Venha se sentar, Ben. Andrew já vem. Ele está terminando uma coisa na estufa. Mas está ansioso pra conhecer você.

— Onde está Caroline? — perguntou Emily, mudando de assunto.

— Ah, ela teve que sair, meu amor, mas logo volta.

— Como está sendo tê-la de volta em casa? — Emily piscou para Ben.

— Ah, você sabe, não podemos entrar no banheiro, ela coloca aquelas músicas horríveis alto demais. Na verdade parece que nunca foi embora. — Frances faz uma pausa. — Mas acho que ela percebe que é o melhor, ao menos por enquanto. — Ela olhou para Ben. — Imagino que Emily tenha contado que Caroline sofreu um colapso nervoso.

— Mãe! — disse Emily.

Apesar de ter contado para Ben, ela não sabia por que a mãe estava sendo tão indiscreta, não era nada típico dela. Ben olhou para baixo, constrangido, para as linhas finas de rejunte cinzento entre os quadrados de azulejo branco do piso da cozinha, e achou que pareciam limpos demais, impecáveis demais, como em um hospital, talvez.

— Me desculpe, querida. Só achei que era melhor todos sabermos onde estamos para podermos ter um bom almoço, só isso.

— Como ela está? — perguntou Emily.

— Está bem, considerando as circunstâncias, eu acho. — Frances se virou para Ben. — Nós achávamos que ela estava tão bem, morando em Londres e com um ótimo emprego no ramo da moda, mas nunca se sabe o que está mesmo se passando com algumas pessoas, não é?

Ben assentiu com nervosismo, sem saber o que dizer.

Será que ela ficou completamente louca?, pensou Emily. Ela nunca tinha visto a mãe assim, era alarmante.

— Só acho que Ben precisa saber, só isso — disse Frances. — Se vamos ter um almoço agradável juntos.

E então, Emily entendeu. Frances estava avisando Ben. Obviamente ela ainda não acreditava que Caroline não fosse roubar o namorado da própria irmã gêmea.

A chave fez barulho na fechadura. Caroline entrou, e estava simplesmente linda. Tinha mechas acobreadas no cabelo, que estava mais curto que o de Emily, acima do ombro e de forma assimétrica. O estilo dela era diferenciado, cheio de linhas ousadas e contrastes intensos, e ela parecia bem-arrumada e perigosa. Seus olhos brilharam, e Ben concluiu onde ela estivera, mas não disse nada.

— Oi, Ems — disse ela, e deu dois beijinhos na irmã sem tocar em suas bochechas. — Como estão as coisas? Esse é o seu namorado? — E falou como se ainda tivesse 16 anos, não 26. Emily se encolheu involuntariamente.

— Oi — disse Ben. — É um prazer conhecer você.

Ele se sentiu aliviado de ver com os próprios olhos que ela era muito diferente de Emily, que elas eram duas pessoas distintas, e chamou a atenção de Emily para mostrar a ela que tudo ficaria bem, afinal.

Caroline tirou o blazer num gesto de ostentação, deixando à mostra uma camiseta laranja apertada com as palavras "Vamos conversar" escritas em azul-turquesa berrante espalhadas descaradamente sobre o peito magro. Depois, jogou o blazer nas costas de uma cadeira da cozinha e se sentou.

— Eu soube que vocês realmente ficaram *caidinhos* um pelo outro — disse Caroline. — Fofo.

Antes que Emily pudesse pensar no que dizer, Andrew chegou do jardim. A calça jeans não possuía um bom caimento, tinha cintura alta, suas mãos estavam imundas e seu cabelo, desgrenhado. Emily reparou pela primeira vez, com uma pontada de solidariedade, que o cabelo do pai estava comprido de um lado e penteado para quase cobrir a careca. Andrew sempre foi tão bonito que era meio patético vê-lo assim.

— Oi, pai. Este é o Ben — disse ela.

Ben esticou a mão por instinto e, quando Andrew a apertou, pedaços de terra caíram no chão branco reluzente. Todos riram com nervosismo, menos Caroline.

— Veio pedir permissão, não foi? — debochou ela, e Emily se perguntou pela milionésima vez por que Caroline se esforçava tanto para constranger as pessoas.

— Não desta vez — respondeu Ben, e Emily achou que foi uma resposta tão perfeita que o amou ainda mais.

Durante o almoço, Ben reparou que Caroline encheu a taça de vinho antes de Andrew oferecer e antes de qualquer outra pessoa estar pronta. Ele ficou surpreso por deixarem, porém ela não era mais criança, então, fora chamar atenção dela de novo, o que mais eles podiam fazer? Caroline era um choque contínuo para ele. O impacto fora enorme quando Emily contou naquela primeira noite em Chester que tinha uma irmã gêmea idêntica. Ele não conseguia acreditar que existia outra pessoa com a mesma aparência de Emily, a mesma voz dela, mas que ele não conhecia e por quem não era louco. Era apavorante.

Na época, ela contou tudo muito rapidamente, enquanto estava deitada na cama ao lado dele, os dois com braços e pernas entrelaçados. Falou que ela e Caroline nunca tinham se dado bem, que aos 15 anos Caroline foi internada com anorexia, mas pareceu se recuperar rápido, e a relação com a mãe melhorou de forma tão milagrosa que ela passou em todas as provas e conseguiu uma vaga na Central St. Martin para estudar moda. Ela contou que todos ficaram orgulhosos de Caroline quando ela fez o desfile final e mandou as modelos para a passarela vestidas como exóticas aranhas gigantescas, um fato que chegou até a imprensa. Caroline tinha namorados glamorosos, vários deles, e foi morar em um moderno apartamento perto de Spitalfields, todos achavam que ela estava ótima. Foi uma amiga dela, Danielle, quem finalmente encontrou o número do telefone de Frances no celular de Caroline e implorou que ela fosse lá *na mesma hora*, pois Caroline estava convencida de que havia terroristas dentro das paredes e aranhas do tamanho de punhos nos ralos. Frances não via a filha havia alguns meses e ficou chocada com o estado dela. Atribuiu o acontecido ao fato de Caroline ter testemunhado aquelas bombas horríveis no Soho alguns anos antes (é claro que ela não conseguia suportar a ideia de qualquer outro motivo): Caroline e o namorado ficaram bem no meio da confusão, e ela ainda era tão nova. A questão demorou um tempo para afetar a mente de Caroline, mas os anos de vida difícil, os relacionamentos tensos e a tendência ao melodrama juntaram-se para finalmente fazê-la surtar, e Frances não soube o que fazer além de ligar para a emergência.

Os motoristas da ambulância não foram solidários, não se deixaram afetar, só recomendaram que ela pegasse a filha e a levasse para uma avaliação ("É o melhor, querida"), e, de qualquer forma, eles estavam terminando o turno e precisavam que todos se apressassem. Caroline ficou no hospital por apenas oito semanas e, quando saiu, parecia bem de novo, talvez um pouco calma demais, porém definitivamente melhor. No entanto, Frances não quis deixá-la ficar em Londres; para variar um pouco, ela bateu o pé e fez Caroline voltar para casa. Só por um tempo, disse ela, só até você recuperar suas forças.

Ben ficou atônito. Os únicos conflitos em sua família foram quando do a mãe deu ré no amado Rover do pai direto no muro do jardim, e, ah, sim, quando um dos primos abandonou a esposa depois de um ano de casamento. Mas era isso. A família dele não era de drama.

— O que você estava fazendo no jardim? — perguntou Ben a Andrew enquanto comia a última porção do almoço de domingo.

— Ah, coisa à toa, tirei um pouco de ervas daninhas, podei as mudas de tomate, molhei os nastúrcios, fiz um pouco da arrumação de primavera agora que o tempo parece ter finalmente mudado.

Ben não sabia o que era podar e nem que tipo de planta era um nastúrcio, então assentiu com educação, sem saber o que dizer.

— Mais batatas, Ben? — perguntou Frances.

— Sim, obrigado. Estão deliciosas, bem crocantes.

Caroline deu um sorrisinho debochado.

— Coma mais molho, Ben — disse ela, e empurrou a tigela oval de molho com a mesma estampa dos pratos, pintinhas marrons, por cima dos descansos e na direção dele.

— Obrigado — murmurou ele, e os dedos dela roçaram nos dele quando ele tentou segurar a alça arredondada. A tigela balançou perigosamente.

— O que você faz, Ben? — perguntou Andrew, apesar de já saber, pois Frances já tinha contado tudo naquela manhã.

— Infelizmente, sou contador — disse Ben.

— Uau, isso parece legal — falou Caroline. — Vocês dois devem ter tanta coisa pra conversar.

Emily olhou com raiva para a irmã.

— A carne estava gostosa, mãe. De onde é? — perguntou Emily.

— Ah, comprei no açougue da cidade, querida. Acho muito melhor do que a carne vendida em supermercados.

— Ah, eu concordo — disse Caroline. — Animais mortos são bem melhores quando são da área, vocês não acham?

— Caroline — falou Andrew calmamente.

Ninguém falou nada. O garfo de Ben raspou de forma agonizante no prato. Emily tomou um gole de vinho tinto.

— Pensamos em dar uma volta com o cachorro depois do almoço — disse ela, para quebrar o silêncio. — O dia está tão lindo, poderíamos levá-lo até o rio.

Boa ideia, posso ir junto? — perguntou Caroline.

— É claro — disse Ben rapidamente. — Na verdade, poderíamos ir todos.

— Ah, preciso arrumar tudo — disse Frances. — E Andrew precisa terminar o jardim. — Ela hesitou. — Vão vocês, jovens.

— Tudo bem, só nós três, então — disse Caroline. — Legal.

— Na verdade, pensando melhor, talvez devêssemos deixar isso pra lá, se não tiver problema — declarou Ben. — Tenho que trabalhar, então é melhor nós voltarmos logo. Você se importa, Emily?

— É claro que não, tanto faz — concordou Emily.

— Que pena — disse Caroline enquanto brincava com os legumes, empurrando-os pelo prato como se os estivesse atormentando. — Adoro uma caminhada vespertina de domingo.

Ben olhou por cima da mesa e se perguntou de novo como Caroline podia parecer tão normal. Uma vaca, sem dúvida, e quase bêbada, mas não louca, não anoréxica. Ela viu Ben observando-a e levantou a taça para ele com um sorriso de deboche.

— Tim-tim — disse ela, e tomou um grande gole.

13

Quando abro o portão de casa vejo que o lixeiro deve ter passado, pois o jardim está vazio. Só as latas de lixo com rodinhas e a mobília quebrada ainda estavam lá, e é nesse momento que me dou conta de que me esqueci dos sacos de lixo. Merda, não estou a fim de ouvir sermão de Bev, mas não dá para voltar carregando tantas compras e meu quadro novo, então eu me preparo e entro. Escuto gargalhadas vindo da cozinha, estrondos altos que parecem tiros de metralhadora e que não tinha ouvido antes. Coloco os sacos de compras no corredor e me apresso até o andar de cima com o quadro. Coloco-o sobre a cama e já gosto dele agora, pois os homens parecem tão tranquilos almoçando no céu, tão casualmente como se estivessem em um banco de parque, e isso me faz desejar poder ser mais como eles de novo, com menos medo da vida. Desço para guardar minhas compras, e é Jerome da mobília desmontada que está na cozinha com uma garota de aparência hispânica, e fica claro que foi a gargalhada dela que eu havia escutado. Ela é toda peitos e apliques de cabelo e infinitas bijuterias douradas, além de calorosa e simpática, quando diz "Oiii queriiida" com um sotaque pesado e não identificável. Está rindo de alguma coisa que Angel acabou de dizer. Ela, por sua vez, está sentada no canto, parecendo macia e rosada com um roupão branco felpudo. Seu cabelo ainda está molhado, ela deve ter acabado de sair do banho, e parece limpa demais para aquele banheiro, para esta casa.

— Ei, Dolores, era dessa garota que eu estava falando, ela tentou me matar com um colchão voador.

Jerome pisca para mim e Angel ri, e Dolores dá outra série de gargalhadas militares. O Garoto Moreno Um ou Dois está no fogão, desta vez cuidando de um cozido de cheiro acre, acho que talvez seja isso, ou será que ele está fervendo a roupa de ciclismo? "Let's Dance" está tocando. Eu amava essa música, e percebi que há meses mal reparo em música. Tem muita gente aqui e me sinto extremamente tímida. Olho para o relógio, são quase seis horas, e me pergunto como o tempo passou tão rápido hoje.

Abro a geladeira, que está cheia de vidros e garrafas e sabe lá Deus o que mais e parece não ter lugar para toda a comida que comprei. Eu nem pensei nisso, mas está quente demais para deixar as compras do lado de fora. Começo a ajeitar as coisas para abrir espaço. Enquanto mexo, descubro uma beringela líquida enrolada em filme de PVC, um quarto de lata de feijão coberta com uma camada grossa de mofo verde, uma salsicha cozida de idade indeterminada, nua entre os legumes de aparência triste na parte mais seca, uma fatia enrugada de presunto. Tem uma camada grossa de gordura em todas as superfícies, e uma mancha de vinho na parte de trás, que um dia foi branca. Apesar de ser nojento, sinto que é grosseria começar a jogar coisas fora, principalmente depois do que fiz no meu quarto, então empilho minhas coisas da melhor maneira que consigo e fecho a porta.

— Por onde você andou, meu bem? — pergunta Angel, e conto a ela sobre meu dia, tentando fazer com que pareça interessante, mas me sinto tímida e com vergonha com tanta gente aqui.

— Então hoje foi meu dia de descanso, mas amanhã preciso começar a procurar um emprego — eu digo no fim, constrangida por ser o centro das atenções.

— O que e que vocêêê faz, Catinha? — pergunta Dolores com um sorriso deslumbrante.

Tenho tudo pronto, até preparei meu currículo secretamente quando ainda estava em Chorlton, antes de ir embora, apesar de não tê-lo impresso, pois não sabia o novo endereço nem o número do telefone para acrescentar, obviamente.

— Sou recepcionista — eu digo. — Eu trabalhava em um escritório de advocacia, mas estou a fim de uma mudança agora, de preferência alguma coisa mais empolgante.

— Dolores é recepcionista, não é, meu bem? — indaga Angel.

Olho para Dolores, com roupa sexy e apertada, alegre e animada, e agora não consigo lembrar por que achei que trabalhar como recepcionista seria um bom emprego para mim. Tinha alguma coisa a ver com ser fácil de aprender (claro), não precisar pensar muito, não aparecer demais. Não ser encontrada.

— Sou mesmo. E adooooro, é o melhor emprego do muuundo, HA HA HA.

Eu me pergunto se Dolores é uma recepcionista boa, com seu sotaque difícil de entender e o uso idiossincrático da língua inglesa. Mas ela é calorosa e divertida e tem boa aparência, e sei que não tenho a aparência de recepcionista, que me falta esse tipo de glamour. Minha roupa de entrevistas é formal, advocatícia, não uso muita maquiagem, não tenho mais joias, nem uma sequer, não depois que deixei minha aliança no banheiro da estação de Crewe.

O garoto moreno se afasta do fogão e pega duas tigelas no escorredor, e realmente espero, para o bem dele, que Bev tenha feito o que prometeu e limpado tudo direito depois do incidente com o sapato. Ele vira colheradas de cozido verde-amarronzado com um cheiro horrível nas tigelas. Pega dois garfos na gaveta e dois copos em um armário, enche os copos com água da pia, coloca os garfos no bolso de trás da calça jeans, com os dentes apontados para cima e para fora, coloca uma tigela no braço direito, como um garçom, pega os dois copos entre o polegar e o indicador da mão esquerda, de forma que suas unhas compridas e sujas entram na água, e finalmente pega a segunda tigela de cozido com a mão livre. Ele anda com hesitação pela cozinha e prende a porta com o pé direito para puxá-la, abri-la, e cai cozido no chão, que ele limpa com o tênis. Quando termina de fazer isso tudo, só consigo pensar que teria sido mais rápido levar as tigelas e voltar para pegar a água e os garfos. Tenho certeza de que há uma lição em algum lugar ali, mas não consigo saber qual é. A última música termina, uma melodia alta e barulhenta que eu não conhecia (acho que o iPod deve estar no modo aleatório, pois a lista de músicas é muito eclética) e "You Are The Sunshine of My Life" começa a tocar. Quando Stevie Wonder canta o segundo verso, meus olhos se enchem de lágrimas e Angel repara, então olho imediatamente para as minhas mãos, para onde ficava minha aliança.

— Como você vai arrumar emprego, queriiida? — pergunta Dolores, e me recomponho para dizer que planejo me inscrever em uma agência de temporários para ver o que aparece.

Dolores me diz para ir a uma que é da amiga dela, logo atrás da Shaftesbury Avenue, especializada em vagas em empresas de mídia. Ela diz para eu procurar por Raquel e falar que a conheço, Dolores, e apesar de eu ficar grata, me pergunto se dizer isso é uma boa ideia. Ela se levanta da cadeira, se inclina e beija Angel nas duas bochechas, puxa Jerome pela camisa até ele ficar de pé, diz "Tchau, tchau. Diga para Raquel que a grande Dolores te mandou. HA HA HA!" e sai andando nos saltos, com o traseiro grande e sexy balançando. Jerome vai atrás dela docilmente, como um cachorrinho gigante amarrado por uma corda, e eu os escuto saindo de casa e presumo que estejam indo para a casa de Dolores em Enfield, onde quer que isso seja.

Ficamos só eu e Angel na cozinha agora. Angel olha para mim e sabe que não deve falar sobre nada muito doloroso. Ela boceja.

— Ugh, preciso de uma noite de folga — diz ela. — Estou exausta.

Ela se serve de vodca e tônica e me oferece também, e penso que queria ter me lembrado de comprar uma garrafa no supermercado, não posso ficar bebendo a dela. Não quero a bebida, mas digo sim e ofereço a ela uma das minhas refeições prontas, e ela também diz sim, então coloco uma lasanha e um canelone no forno e pego um saco de salada verde. Vou até a pia e olho no armário embaixo. O cheiro é de umidade, mas encontro água sanitária. Então tiro a louça e os talheres sujos da pia e derramo água sanitária diretamente na cuba e limpo ao redor. Enxaguo a pia, faço tudo de novo, e encho de água quente com sabão e lavo o resto dos pratos que já estavam lavados e empilhados de qualquer jeito no escorredor. Angel me observa, mas parece achar que sou apenas uma maníaca por limpeza, então conto para ela sobre Bev e a merda de cachorro e nós duas gargalhamos até não conseguirmos respirar o ar quente e fedorento. Minhas mãos estão ásperas e secas por causa da água sanitária, e lambo os dedos para umedecê-los, um hábito nojento que pensei que tivesse deixado para trás. Tomo outra dose de vodca e acabo confessando minha preocupação com a roupa de amanhã, e Angel diz para eu ir com ela e me leva até o andar de cima, e, apesar de eu não poder pegar roupas dela emprestadas porque sou muito maior, ela me empresta um cinto, uma bolsa prateada e uma echarpe com estampa de esqueletos preta e prateada que transformam meu vestido preto. Angel vai se aprontar para o trabalho e eu não consigo pensar em mais nada para fazer além de me deitar na cama. Esses são os piores momentos, sozinha no meu quarto, preocupada com a forma como Ben e Charlie estão, se virando se fiz a coisa certa afinal, mas é tarde demais agora, não posso voltar. Em vez disso, tento me preparar mentalmente para amanhã; fico deitada imóvel à meia-luz e forço os pensamentos para longe do passado, na direção do futuro, por fios telefônicos embolados, por máquinas de fax que apitam, por diretórios internos que se expandem. Afasto velhas lembranças com precisão deliberada até o sono finalmente chegar.

14

Emily descobriu depois que a casa tinha sido construída em 1877 para a amante de um cavalheiro, o grande amor da sua vida. A história dizia que ela adorava a vista de lá, então ele a fez jogar uma pedra em direção ao mar, e onde ela caísse ele construiria a casa, embora fosse um pesadelo de engenharia. Ficava situada no meio das árvores, completamente escondida, exceto do mar, e, se você olhasse da praia, ela parecia pendurada no penhasco, quase desesperadamente, como se pudesse cair. Não parecia nem ser na Inglaterra, a vista era serena e ampla, apenas árvores amarelo-esverdeadas e o mar azul plano, o Mediterrâneo, talvez. Ben e Emily a encontraram naquele primeiro Ano-Novo, quando, para fugir das brigas na casa de Frances e Andrew (afinal, Caroline ainda morava lá), eles colocaram tudo no carro e partiram para o sul, para a Costa de Devon, acreditando que acabariam em seu devido lugar. Enquanto dirigiam pela costa por cidadezinhas sem vida, passando por hotéis tristes no inverno, Emily começou a perder a coragem; talvez eles estivessem loucos de não procurar antecipadamente um lugar apropriado, principalmente porque era o primeiro réveillon que passavam juntos e ela não queria que fosse um desastre. Ela estava prestes a sugerir que talvez fosse melhor eles voltarem e procurarem um pub (todos ficavam lotados nessa data, dissera ela, poderia ser um lugar divertido para receber o novo-ano) quando Ben enfiou o carro em uma rua íngreme ladeada de árvores que ziguezagueava para longe do mar, e, ao fazer a última curva, eles viram uma placa antiquada: Shutters Lodge, Acomodações, Refeições Noturnas.

— Vamos tentar aqui? — sugeriu Ben.

Emily assentiu, em dúvida, e ele virou o carro para o portão e seguiu o caminho em meio às árvores pelo que pareceu uma eternidade.

Finalmente o caminho levou a uma clareira, e nela havia uma enorme casa de campo: perfeita, etérea, como se tivesse sido conjurada ali. Ben estacionou e eles saíram. Não tinha ninguém por perto. Não havia entrada óbvia, nem parecia ser um hotel, talvez a placa na estrada fosse velha. O ar estava intenso e gelado, e Emily se encolheu no casaco. Eram quatro horas, e o céu estava alto e faminto, comendo o que sobrava de luz. Eles andaram na direção da extremidade da casa e entraram por um pórtico de pedra, sentindo-se intrusos. Não havia campainha e, depois de algumas batidas infrutíferas, Emily tentou girar o aro de bronze na gigantesca porta de carvalho. Ela se abriu, e uma onda de ar quente soprou na direção deles.

— Olá! — gritou Emily.

Quando estavam prestes a desistir, finalmente ouviram passos, então um mordomo apareceu do nada e os levou até o calor, como se os estivesse esperando, serviu chá e bolo de frutas ao lado da lareira no salão, e foi assim que eles encontraram o lugar onde um dia se casariam.

Aquela primeira véspera de Ano-Novo foi, por todos os motivos menos um, a melhor da vida de Emily. Ela costumava odiar a alegria forçada da ocasião e, havia muito tempo, desistiria de ir para o pub com os velhos amigos de escola, onde as pessoas achavam que, só por ser véspera de Ano-Novo, seria legal enfiar a língua na sua boca. No ano anterior, ela passou em casa com Maria, do trabalho, e algumas outras garotas. Elas prepararam um jantar caprichado e assistiram a *Jools Holland* e *Entre dois amores*, que estavam passando na TV, e, na opinião de Emily, foi perfeito. Não teve dificuldade para voltar para casa, sem comportamentos abusivos, sem Caroline caçando, bêbada e desagradável. Ela nem se sentiu obrigada a convidar a irmã; Caroline não sonharia em fazer uma coisa tão chata e acabou indo para uma boate em Londres.

Emily e Ben jantaram no hotel, e a comida era elegante de uma forma exagerada e medíocre, com cenouras cortadas de um jeito estranho e respingos de vinagre balsâmico por cima de cordeiro cozido demais. Emily, contudo, não se importou, o restaurante tinha paredes de madeira e era charmoso, e o vinho era bom. Ela e Ben conversaram sem parar, parecia que eles jamais ficariam sem ter o que falar, contando histórias antigas, rindo da forma como se conheceram, como se nunca se cansassem disso. Emily amava o fato de Ben ser a primeira pessoa com quem ela se sentia à vontade para contar sobre a família, pois sabia que ele não a julgava, nem aos outros. Ela percebeu que antes de conhecê-lo passou a vida toda se sentindo solitária, apesar de não ter notado isso na época. Não fazia sentido quando ela pensava no assunto, gêmeas não deveriam ser solitárias.

— ... e, quando estava chegando perto — dizia Emily —, Caroline fechou a porta de vidro, e bati de cabeça nela, como se fosse feita de papel, como no final de algum programa engraçado. Aí meu pai começou a correr atrás de Caroline em volta da mesa de jantar, mas não conseguia pegá-la, e minha mãe gritava como uma louca. O tempo todo eu fiquei em silêncio, sangrando até morrer.

Ela começou a rir, e Ben também riu, e apesar de ele ter perguntado antes sobre a cicatriz no joelho dela, Emily não falou a verdade na época, sem saber por quê. Não era como se Caroline tivesse tentado matá-la ou coisa assim.

— Acho que estou feliz por ser filho único — disse Ben. — A pior coisa que me aconteceu nessa idade foi quando meu bico caiu enquanto eu fazia "Sou um Pequeno Bule" em uma apresentação. Nunca superei a humilhação.

Emily olhou para Ben e refletiu de novo sobre o quanto a infância dele deve ter sido diferente, com pais gentis e mais velhos que o cobriram de amor e sem ninguém para atormentá-lo.

— Era estranho não ter irmãos? — perguntou ela. — Acho que eu teria tido que assistir a novela se fosse filha única. Minha vida teria sido tão chata sem Caroline.

— Na verdade, não. Eu tinha primos que moravam na mesma rua e passava muito tempo com eles, e tínhamos nosso cachorro, claro. — Ele fez uma pausa. — Mas é estranho, nunca me senti tão *completo* como me sinto desde que conheci você. Não quero que isso pareça estranho, como se você fosse minha irmã. — E eles fizeram uma careta de brincadeira um para o outro. — Mas, desde o minuto que nos conhecemos, senti como se conhecesse você, embora você não tenha sido particularmente simpática no começo...

— Me desculpe por isso — declarou ela. — Eu estava tão apavorada com a ideia de pular de um avião... Não sei o que estava pensando quando concordei com aquilo, eu odeio voar e odeio altura. Dave deve ter falado comigo quando eu estava em um momento de fraqueza. Eu jamais devia ter feito aquilo.

— Devia sim — disse Ben, e ela sorriu para ele. Ben prosseguiu. — Não sei por que, mas você fez com que eu me sentisse tão ciente de mim mesmo, de uma forma que ninguém nunca fez. — Ele apertou os olhos. — Principalmente o pescoço vermelho.

Emily riu.

— Me desculpe, mas foi inevitável do local onde eu estava sentada. Pensei que seu pescoço fosse cuspir em mim.

— Queria que tivesse cuspido, sua vaca mal-educada — disse ele, e segurou a mão dela por cima da mesa.

— Terminou, senhora? — perguntou o garçom, que, embora elegante em sua casaca, parecia frágil e velho demais para ainda ser dessa vida, mais ainda para estar trabalhando. Não parecia haver nenhum jovem trabalhando ali, o lugar todo parecia de outra época. Ele pegou os pratos com mãos trêmulas, e Emily e Ben deram sorrisinhos um para o outro. Emily percebeu seus olhos se enchendo de lágrimas por algum motivo.

— Vamos dar uma caminhada mais tarde — sugeriu Ben com urgência. — A noite está tão linda.

— Está escuro, vamos acabar nos matando lá fora — disse Emily.

— Não, não vamos, a lua está enorme. Vamos subir nos penhascos para passar a meia-noite. Vai ser ótimo.

Emily olhou para o namorado sob o brilho natalino e se perguntou como pôde pensar antes que ele era um nerd; ele era *lindo*. Ela amava a paixão dele, seu entusiasmo pela vida, a profundidade nos olhos dele, leais como os de um cachorro, e ela soube, simplesmente soube, sentada ali naquele momento em um hotel em Devon, que nunca o abandonaria, jamais.

* * *

Eles se agasalharam bem: Emily colocou todas as peças de roupa que tinha por baixo do casaco, de tão gelado que estava lá fora. Eles tiveram que implorar ao mordomo por uma chave, já que a porta ficava trancada a essa hora da noite, e apesar de ele obviamente achá-los loucos, acabou dando a chave. Uma chave grande e antiquada, como a de uma prisão, e, quando eles correram pelo caminho, já meio bêbados e com uma garrafa de vinho dentro do casaco de Ben, se sentiram como crianças travessas fugindo do colégio interno. Ben estava certo: a lua estava única, como se tivesse sido cortada com a própria tesoura de Deus em um círculo perfeito de luminescência, só para eles. Andaram até o penhasco, onde o vento estava fraco, a água estava calma abaixo deles e a terra parecia em movimento, em vez do mar, delicadamente, como se roncasse.

— Venha, vamos chegar mais perto — disse Ben.

— Tem certeza que não é perigoso?

Emily estava nervosa e, apesar de não gostar de altura, não era só isso, tinha mais alguma coisa, esquecida havia tempos.

— É claro que não, desde que a gente não chegue perto demais da beirada. Não se preocupe, eu cuido de você.

Emily ficou a uma distância segura de onde terminava a grama e o ar começava, e, enquanto olhava para a área de mar prateado iluminado pelo luar, uma série de cenas surgiu em sua mente, confusas, fora de sequência: *Emily chorando; Andrew gritando; Caroline pulando ao lado dela, de mãos dadas com ela; muros de castelo; Frances pálida e calada; sorvete, tinha sorvete em algum lugar; uma confusão, Emily brigando com a irmã, como se pela própria vida; um banho quente.*

— O que foi, Emily? — perguntou Ben ao ouvir a mudança na respiração, mesmo sem ela ter dito nada, sem ter se movido.

As palavras a arrancaram do passado e ela correu, correu pelo menos 6 metros para longe do precipício e se jogou na grama concreta e ficou ali ofegante, até o mundo parar de girar.

— Não é surpresa eu ter surtado quando aquele instrutor me empurrou do avião — disse ela por fim e tentou rir, mas acabou chorando. Ben a abraçou e, entre acessos de choro, ela contou do que havia se lembrado. E Ben se perguntou se era capaz de amá-la mais, ou de gostar menos de Caroline, e se questionou como Emily podia ser tão doce e normal tendo uma irmã gêmea tão má.

15

Acordo chorando, parece que meus sonhos me seguiram. Fico um pouco na cama, está muito cedo para levantar. Encontro meu jornal velho, o de Crewe, debaixo da cama, e me perco no Sudoku, o difícil desta vez; consigo terminar e fico vagamente satisfeita comigo mesma, como se tivesse conquistado algo. Eu me obrigo a ir até a cozinha tomar café da manhã, depois tomo banho e coloco minha roupa incrementada, ainda me sentindo envergonhada, pois a combinação não me parece certa; talvez não esteja suficientemente com cara de Cat, seja lá o que isso queira dizer. Tenho uma sensação opressiva quando enfim saio de casa, mas, como sempre, me sinto melhor do lado de fora. É um alívio tão grande ser anônima aqui, não ter de me preocupar se estão apontando para mim, cochichando sobre mim. Angel me disse para pegar o metrô até Covent Garden, que de lá a caminhada até Shaftesbury Avenue é tranquila e que isso me poupa de ter que trocar de linha. Ela me emprestou um guia de bolso *De A a Z*, então hoje me sinto mais confiante por saber para onde estou indo.

O metrô é nojento. O vagão fede a suor, um suor fresco de office boys com calor, suor velho de gente que provavelmente tem que encarar banheiros como o meu e não deve tomar banho há um tempo, e um suor profundo e sempre presente que se entranhou nos bancos por dias e meses e anos e agora sobe de novo nessa onda de calor incomum. É esse último tipo que mais me causa repulsa, então fico de pé, apesar de haver lugares para sentar, e seguro na haste amarela vertical com a mão um pouco acima de uma negra com unhas bem-cuidadas nas quais havia borboletas pintadas. A dona da mão parece agitada, talvez esteja atrasada para o trabalho, e bate e balança as borboletas, e olha o relógio no outro pulso e dá batidinhas com o pé direito calçado com um lindo sapato, desejando que o trem siga mais rápido pelo buraco escuro e profundo.

Procuro um café com internet para poder atualizar meu currículo. Preciso acrescentar meu novo endereço, meu novo celular, diminuir meu novo nome. Acho frustrante não ter acesso à internet e lamento minha insistência em comprar o aparelho mais barato. Eu devia ter escutado o vendedor lindo em vez de ser uma cliente vinda dos infernos. Minha falta de acesso ao Google parece mais uma perda, mais uma ausência, e decido que, se conseguir arrumar um emprego rápido, vou gastar com um laptop novo ou algum tipo de smartphone. *Se ao menos eu pudesse perguntar a Ben, ele saberia o que é melhor para mim.* Eu me obrigo a parar. Não posso perguntar a ele.

Não consigo encontrar um café com internet. Achei que seria fácil, então preciso parar algumas pessoas para perguntar, mas ninguém sabe. A maioria das pessoas não precisa disso, pois tem conexão com a internet em casa e trabalha em escritórios conectados ao mundo. Desisto de perguntar e ando por ruas aleatórias, procurando sem destino, com lágrimas ameaçando surgir de novo, até ver algumas garotas com cabelo embaraçado e de aparência suja e piercings no nariz, de saias com babados, usando legging por baixo e tênis All Star nos pés. Não sinto vontade de perguntar a elas, mas pergunto mesmo assim. Elas não falam inglês muito bem, mas sabem onde tem um desses cafés e me direcionam de volta pela Leicester Square.

Eu me sento em frente a uma das telas nos fundos da sala cheia de terminais de computador e pessoas robóticas e me pergunto que vidas elas vivem no ciberespaço, o quanto são diferentes da realidade de carne e osso. Como a história se desenvolveu rápido para criar isso nos últimos dez anos, o que aconteceu com a interação humana, que impacto vai ter no futuro? Por que me questiono isso? Nunca gostei de cafés com internet, pois o próprio nome já é uma enganação, uma vez que ninguém tenta tornar o ambiente agradável, não tem nenhum atendente para me servir café, e neste em particular sinto que estou em uma espécie de filme de ficção científica apocalíptico. Levo um susto quando um estalo alto soa acima do zumbido dos discos rígidos e das batidas no teclado, mas é só alguém comprando uma Coca Zero na máquina que tem no canto.

Meu currículo está no único e-mail, fora os spams, que recebi na minha nova conta do Hotmail, a que criei para Catherine Brown enquanto ainda era Emily. Fiquei acordada até tarde um dia para criá-lo, e falei para Ben que queria escrever algumas cartas, uma das muitas mentiras que contei para ele nas últimas semanas antes de ir embora. (É estranho pensar que *antes* sempre fomos tão abertos, tão capazes de contar qualquer coisa um para o outro.) Mandei o currículo como anexo em um e-mail do meu antigo eu para meu novo eu, depois apaguei o arquivo de texto e o e-mail enviado, e esvaziei a lixeira e apaguei o histórico. Com apenas alguns cliques do mouse, foi fácil encobrir meus rastros. Eu me odiei por isso.

Procuro uma agência de serviços temporários grande e encontro uma filial em Holborn, para o caso de não conseguir nada com a amiga da Dolores; não estou muito confiante nessa dica, apesar de sentir que deva tentar, pois Dolores insistiu tanto, quis tanto me ajudar. Termino de atualizar o currrículo e aperto o botão de salvar, depois mando o arquivo para mim mesma de novo, para ficar com ele guardado. Aperto o botão de imprimir e faço dez cópias. Custa uma fortuna, mas pelo menos não vou ter que ir a um lugar como esse por um tempo. Com sorte, nunca mais. Vejo o papel branco e limpo ser sugado pela máquina e sair coberto de mentiras lindamente formatadas. Pago ao garoto no caixa, que fede a maconha, e ele nem olha para mim ao me dar o troco.

Meu livro *De A a Z* me leva até Charing Cross Road e à esquerda, a uma rua estreita com cheiro de fumaça de ar-condicionado e comida chinesa. É quase meio-dia e estou com fome. Pareço estar sempre com fome agora, mas decido resolver isso logo, enquanto ainda sinto coragem suficiente. Encontro o número certo na rua, e a porta que procuro é de metal sólido, com várias campainhas do lado direito. O botão do meio diz Mendoza Media Recrutamentos. Deve ser essa, então aperto e espero.

Percebo que estou tremendo. Abandonei minha família. Meu currículo é completamente inventado. Mudei meu nome, minha ocupação, troquei de emprego. Não faço ideia de como mexer em um painel telefônico de recepcionista.

— Pode subir — diz uma voz com sotaque forte, e há um zumbido. Empurro a porta, que é pesada.

Estou em um hall de entrada bagunçado; há uma porta à esquerda com um adesivo apagado e descascando da Smile Telemarketing e uma escada pintada de cinza na frente, pela qual subo por não haver outra opção. No patamar acima, uma garota de cabelo escuro está me esperando.

— Você que veio para a MMR? — pergunta ela, e acho uma abreviação estranha, então sinto uma pontada de dor, mas concordo. — Você tem hora?

— Não, hã, uma amiga me mandou. Ela disse para eu procurar a Raquel.

— Tudo bem, como posso anunciá-la? — pergunta a garota.

Ela está um pouco acima do peso e a saia e a blusa estão apertadas, mas o rosto é bonito, e acho que é mais jovem do que aparenta.

— Cat Brown — eu digo com confiança. — Dolores me mandou.

— Dolores de quê? — pergunta ela, e não sei o sobrenome. A garota olha para cima só um pouco, mas eu reparo — e ela está certa: sou uma idiota.

Ela me leva para uma área pequena de recepção com um sofá cinza que já foi moderno e uma mesinha baixa de vidro com uma samambaia morrendo no meio. Não me passa a ideia de uma agência de publicidade, não que eu realmente saiba, mas a garota faz sinal para que eu me sente, o que faço de forma obediente, e ela desaparece por uma porta atrás de mim.

Depois de vinte minutos, estou pronta para ir embora. A garota não voltou e Raquel não apareceu, e estou ali sentada, com fome, ansiosa, sentindo que isso foi um desperdício de tempo, afinal. Quando penso em me levantar, ouço o zumbido lá embaixo e passos pesados na escada, e vejo uma mulher muito grande ofegando no patamar. Ela está usando uma túnica e a pele é laranja e brilhosa, presumivelmente em função de todos os peelings faciais e bronzeamentos artificiais. O cabelo é comprido e louro platinado e não combina com a cor dela. A mulher me convida para entrar em sua sala, e, acima da mesa, há uma grande foto emoldurada dela muito mais jovem, uma foto de estúdio, na qual ela está magra e muito bonita. Eu me sento em frente e lamento a aparência perdida dela, minha empatia perdida. Eu me esforço para não ter pensamentos relacionados aos Muppets e entrego meu currículo.

— Então você conhece a Dolores, é? — Ela fala com sotaque leve, e penso que é do Oriente Médio, talvez israelense.

— Divido uma casa na qual o namorado dela também mora — explico. — Acabei de me mudar para Londres e estou procurando um emprego de recepcionista.

Ela me pergunta o que mais gosto na profissão de recepcionista, como lido com clientes difíceis, como resolvo cinco ligações ao mesmo tempo, esse tipo de coisa. Tento esquecer que estou mentindo, que tudo parece mais difícil do que direito corporativo, e respondo da melhor forma que consigo. Ela mexe em alguns papéis na mesa e me diz que não tem nada no momento, mas vai me colocar no arquivo. Quando começo a me levantar, um tanto decepcionada, um tanto aliviada, o telefone dela toca, e ela franze a testa enquanto escuta, com um dedo com unha postiça cor-de-rosa sinaliza para que eu espere e diz que retorna aquela ligação logo em seguida.

— Você está disponível amanhã?

Entro em pânico por dentro.

— Estou.

— Acabei de receber uma ligação sobre uma vaga temporária, de algumas semanas, numa agência de publicidade no Soho. — Ela olha para mim em dúvida, para o lenço de esqueletos. — Acho que você serviria. Você tem referências?

Tenho duas referências impressas prontas, as duas de empresas grandes em Manchester onde não trabalhei. Suponho que Raquel não vai verificar e dou o melhor sorriso que consigo.

Raquel faz uma ligação.

— Oi, Miranda, sim, tenho uma pessoa para amanhã... Sim, o nome dela é Cat Brown... Sim, isso mesmo, Cat, de gato. Oito e quarenta e cinco? Ótimo... Ela estará lá. Tchauzinho.

Ela me dá os detalhes da Carrington Swift Gordon Hughes, uma das melhores agências de publicidade, na Wardour Street, Soho, e saio do escritório dela em estado de choque, perplexa com o quanto isso tudo está sendo fácil, ao menos em termos práticos.

16

Emily achava difícil se concentrar no trabalho depois que ela e Ben finalmente ficaram juntos. Ele invadia os pensamentos dela em momentos inoportunos, e ela se via sorrindo como boba, ou até sonhando acordada durante reuniões importantes nas quais precisava se concentrar. Sentia como se tivesse ganhado vida. Sentia agora que tudo o que havia acontecido em sua vida foi vivenciado através de um véu, como se ela estivesse um pouco fora de foco. Ben tornava a vida linda e intensa para ela, e tornava a questão rotineira de ser advogada uma inconveniência, uma distração. Ela teve que proibi-lo de mandar mensagens de texto durante o trabalho, pois sua concentração evaporava enquanto ela digitava o retorno mais inteligente que conseguia e esperava a resposta dele. Ela respondia então alguns minutos depois, e às vezes tinha que esperar três minutos pela mensagem seguinte dele, e seu estômago dava nós de empolgação por tudo isso. Embora eles raramente se encontrassem para almoçar (Emily não gostava da ideia de tornar a coisa tão pública), ela costumava mandar mensagens de texto quando descia para a cantina, e ele sempre passava para bater um papo, abria aquele sorriso tímido, e isso dava ânimo a ela durante a tarde. Depois de um tempo, claro, ela recuperou a concentração, mas nunca voltou a ter a paixão ao emprego pelo qual tinha se dedicado tanto.

Alguns meses depois, Ben e Emily estavam sentados na cantina em uma manhã de segunda-feira, bem cedo, bebendo um café horrível, a especialidade do lugar. Os dois estavam cansados, haviam escalado as duas montanhas mais altas em Peak District no fim de semana e quase não dormiram à noite; choveu, e a barraca ficou alagada. Além disso, eles estavam empolgados demais. Estavam sentados juntos a uma mesa perto da entrada, à vista de qualquer pessoa interessada; já havia um tempo desde que decidiram parar de fingir que não eram um casal, e felizmente as pessoas tinham parado de fazer brincadeiras, de dizer que eles não deviam se apressar, como era legal terem se apaixonado, ha ha, bocejo. Agora, as pessoas simplesmente os aceitavam como casal, até os chamavam de Bemily, e os dois não se importavam, estavam felizes demais para se importarem com qualquer outra coisa.

Mas Emily estava envergonhada de novo hoje, e apesar de normalmente segurar a caneca com as duas mãos e apoiar o queixo em cima, com os cotovelos firmes na mesa de melamina, esta manhã ela manteve a mão esquerda longe dos olhares dos outros.

— Vá em frente, pode ostentar — sussurrou Ben. — Acabe logo com isso.

Ela olhou para o colo cintilante e não conseguiu evitar mais um pulinho do coração, a sensação descendo pelos pulmões, pelos rins, pelo intestino grosso. E lembrou que ainda nem tinha contado à irmã, talvez devesse esperar até depois de fazer isso para permitir que as outras pessoas soubessem. Ela olhou para a frente. Ben ainda a encarava com expectativa, e ela não queria que ele pensasse que ela estava relutante; afinal, ela poderia ligar para Caroline mais tarde.

— Por que tem que ser eu a fazer isso? — perguntou ela finalmente. — É tão machista. Não sou sua propriedade nem nada. Você não me ganhou numa rifa.

— Uau, Senhorita Sensível — disse Ben. — Me dá aqui então.

Ela tirou o anel e fingiu jogá-lo para ele; Ben o segurou com eficiência, logo acima do café, e colocou no mindinho da mão esquerda. Ficou tão apertado que provavelmente ficaria preso, e ele ficou de pé e andou até o bufê do café da manhã, balançando a mão como John Inman, pois andava bem menos reservado atualmente.

— Sente, seu idiota — sibilou ela, só um pouco de brincadeira, mas era tarde demais, alguns colegas estavam lá tomando café da manhã e um deu um gritinho.

— Isso é o que estou pensando?

O chefe de Emily ouviu lá de perto da torradeira e, antes que ela pudesse perceber, havia um grupo de pessoas ao redor dela e de Ben, impressionadas com o anel, dando parabéns, abraçando-os. E apesar de Emily normalmente odiar ser o centro das atenções, ela acabou percebendo que, nesse caso, não se importava.

17

No primeiro dia do meu novo emprego, uso mais uma vez o vestido preto, não tenho mais nada adequado para uma agência de publicidade, e Angel me empresta os acessórios de novo. Na verdade, me diz para ficar com eles, mas eu falo para ela não ser tão boba. Acordo cedo, mas ainda assim preciso esperar para usar o banheiro, pois Erica chega primeiro. Quando ela sai, o banheiro está cheio de vapor e com cheiro de enxofre e enxaguante bucal, e eu me pergunto se ela é tão venenosa por dentro quanto parece ser por fora. Embora eu tente sorrir, ela faz cara feia para mim ao passar, enrolada em uma toalha curta e puída que deixa à mostra as pernas perfeitas.

Ainda não comprei os chinelos, mas estou me acostumando à rotina do banheiro agora: tento não tocar em nenhuma das superfícies, tento evitar que a cortina mofada do boxe encoste no meu corpo e, quando estou limpa, apoiada numa perna só, seguro o chuveirinho para limpar a sola do outro pé e seco-a com a toalha que pendurei no suporte da cortina para que não tenha contato com nenhuma das outras superfícies. Depois, coloco o pé seco no sapato, lavo o outro pé com o corpo metade para dentro e metade para fora do boxe, seco e calço o outro sapato. Tenho certeza de que vou acabar me acostumando, vou baixar meu padrão, mas no momento só consigo lidar com isso dessa forma.

Brad e Erica estão na cozinha e ele é simpático, mas ela não. Por que um cara tão legal está com uma pessoa como ela? Tento não deixar que ela me incomode, eu devia estar acostumada, tendo crescido ao lado de Caroline, e me sento silenciosamente à mesa com uma tigela de muesli e uma caneca de chá forte e doce como minha mãe fazia para mim.

Saio antes da hora, não posso me atrasar, e é só uma linha até Oxford Circus e demora só meia hora. Ando pela Oxford Street e viro à direita na Wardour Street. Encontro a agência a 100 metros, à direita. São oito e vinte e cinco. Cheguei cedo demais. Olho para a parede de vidro espelhado e consigo ver a mobília em formato de órgãos internos e a placa elegante acima da porta dupla; olho para meu vestido horrível e as sapatilhas sem graça e sei que não estou com aparência boa o suficiente. É o Quinto Dia, sexta-feira da minha primeira semana em Londres, e fico em frente a esse tributo reluzente aos egos de quatro pessoas e me vejo com vontade de me virar e correr... mas para onde? Talvez eu devesse ter me mudado para perto do mar, eu amava o lugar. *Pare com isso. Você já fugiu, não pode fazer isso de novo. Agora, é isso.* Afasto as lembranças dos momentos mais felizes, ajeito o vestido e o lenço e espero do lado de fora por mais alguns minutos, até chegar a hora de entrar.

18

Caroline ajeitou o véu de Emily uma última vez; as duas olharam para o espelho e duas garotas muito diferentes olharam para elas. A noiva tinha o rosto franco, de aparência natural, com cabelo louro escuro preso no alto, acima do pescoço longo. Usava uma jaqueta branca de cetim com mangas ajustadas e pequenos botões na frente. A saia ficava um pouco rodada na altura dos joelhos, e os sapatos eram altos, no estilo anos 1940. O véu curto completava o traje, e Caroline pensou que nunca tinha visto sua irmã gêmea tão glamorosa. Emily ficou preocupada com a ideia de a irmã fazer a roupa, não sabia se podia confiar nela, mas Caroline pareceu tão ansiosa que ela achou que seria grosseria dizer não, afinal ela era estilista. Além do mais, ela podia reagir mal, ficar chateada de verdade. Mas Emily não precisava ter se preocupado, já que ficara muito satisfeita com o resultado.

Caroline estava usando um vestido rosa-shocking, ousadamente curto, e estava com o cabelo ruivo intenso, cortado na altura do ombro com uma franja pesada, como quando tinha 3 anos. A maquiagem era extravagante. Mal dava para perceber que elas eram irmãs.

Frances entrou no quarto, viu suas duas filhas juntas e reparou no quanto elas pareciam felizes, e, sim, próximas até, como gêmeas devem ser, e torceu para que talvez eles pudessem finalmente ser uma família decente. Até Andrew parecia um pouco mais disponível para elas atualmente, um pouco menos distante. Era estranho pensar nisso, mas talvez a permanência de Caroline naquele hospital tivesse feito bem a eles, de uma forma ou de outra. A equipe fez um trabalho excelente para trazer Caroline de volta à sanidade, e a insistência de Frances para que a filha voltasse para casa por um tempo foi um sucesso surpreendente. Passado o choque inicial com música alta e furiosa, o tempo que ela passava no banheiro e o jeito naturalmente desagradável de Caroline, foi catártico para todos eles. Pela primeira vez, havia só Frances, Andrew e Caroline. Emily já tinha ido morar em um apartamentinho do outro lado de Chester, e Caroline não se sentia mais em meio a uma competição com a irmã, pelo menos não diariamente, o que foi bom para ela. Já estava com os pais havia pouco mais de um ano (nenhum deles esperava que durasse tanto tempo) e parecia ter ficado mais gentil, tanto que finalmente aprendera a ser mais legal com as pessoas, na opinião de Frances. Ela conseguiu um emprego de gerente administrativa em uma agência de moda em Manchester e parecia estar indo bem. Frances estava feliz por ela. Caroline até parecia odiar Emily um pouco menos atualmente, e deixou a irmã tão *linda* hoje. Frances sentiu os olhos se encherem inesperadamente de lágrimas e se controlou para não estragar a maquiagem.

Uma hora antes da cerimônia, Ben estava se vestindo no quarto do padrinho, que ficava nos fundos do hotel e era um dos poucos que não tinham vista para o mar. Ele estava agradavelmente surpreso por tudo estar indo tão bem. O jantar na noite anterior havia sido perfeito, completamente desprovido de maus comportamentos, mas ele ainda estava alerta, pois sabia que não devia concluir que eventos da família Brown transcorreriam sem incidentes. Ele ainda achava Caroline desagradável, com aquele talento de deixar as pessoas tão nervosas pelo que diziam que acabavam dizendo bobagens, das quais ela sentia prazer em debochar; mas tinha melhorado, e não havia nada de concreto que ela tivesse dito ou feito no casamento para perturbar ninguém. Ela até fez o vestido de Emily, o que o havia deixado secretamente preocupado, mas a noiva pareceu satisfeita, então era melhor deixar para lá. Ben não sabia por que estava tão agitado. Era para ser o dia mais feliz de sua vida, com eles se casando no hotel mais romântico do mundo, com o visual estonteante e a história improvável, e ele sabia que Emily era a garota mais inacreditavelmente perfeita para ele.

Ouviu uma batida na porta. Que bom, devia ser Jack com a casaca, pensou ele. Terminou de dar o nó na gravata e estava colocando a camisa dentro da calça quando abriu a porta.

— Ah. Oi — disse Ben.

Havia alguma coisa em Caroline que sempre o deixava pouco à vontade, e vê-la agora encostada de forma provocante na moldura da porta o fez afastar o olhar dos olhos azuis intensos para a boca rosa vívida, por todo o vestido de seda e pelas pernas lisas expostas, até o chão.

— Aqui está, Benny boy — disse Caroline, e entregou a casaca magenta que tinha feito para ele. — Desculpe pelo atraso, eu só estava fazendo alguns ajustes finais.

Ben não tinha gostado muito da casaca, mas estava feliz em usar para Emily, desde que ela achasse que estava bom. Ele acabou deixando, com relutância, que Caroline o ajudasse a vestir, depois ela insistiu em fechar todos os botõezinhos, alegando que os dedos dele eram grandes demais e que ele marcaria o tecido. Ela pareceu demorar uma eternidade e, quando terminou, olhou para ele de cima a baixo, como se Ben estivesse nu.

— Uau, você está demais — disse ela. — Minha querida irmã gêmea tirou mesmo a sorte grande. — Ele começou a se afastar, constrangido, mas ela se inclinou e sussurrou: — Boa sorte, Ben, espero que você e Emily sejam muito felizes juntos.

E, antes que ele pudesse impedi-la, ela o beijou, bem na boca, muito delicadamente, e, por um nanossegundo, Ben sentiu seu corpo responder, mas logo se afastou, murmurou um agradecimento e fechou a porta.

Ele colocou os sapatos novos, que apertavam um pouco, e suas bochechas estavam quentes, mas ele estava pronto. Seu padrinho, Jack, colocou a cabeça pela porta.

— Está quase pronto, amigão? Ei, você está com uma aparência horrível! Tudo bem?

— Estou bem, é só um nervosismo de último minuto, eu acho.

— Está tudo tranquilo, o juiz está aqui, acabei de ver Frances e Andrew, eles já estão prontos, e as pessoas estão começando a chegar.

Dei a música para o pessoal do hotel, tudo está funcionando em perfeita ordem. Vai dar tudo certo.

— Espero que sim — disse Ben.

— Ah, Deus, você não está em dúvida, está? Preciso arrumar uma bebida pra você.

— Não, não, não é isso. Tenho certeza quanto a Emily, só não tenho quanto à família dela

— Ben, agradeça por não ser o contrário — disse Jack e riu. — Venha. Não há nada que uma cerveja não resolva.

Ele pegou Ben pelo braço e os dois foram juntos até o bar.

Andrew reparou em Danielle assim que eles chegaram, na noite anterior. Caroline resmungou sem parar por não ter um namorado para trazer, que odiava ir para esse tipo de coisa sozinha, e no final Emily e Ben perguntaram se ela gostaria de convidar uma amiga, então. Ela e Danielle eram amigas próximas em Londres, foi Danielle quem ligou para Frances na noite em que Caroline teve o "episódio", como eles agora chamavam a situação quando era preciso fazer alguma referência. Danielle morava em Londres, mas viajou até Devon especialmente para a ocasião, e agora que estava aqui, sentia-se feliz por ter ido. Ela achou o hotel esplêndido, uma extravagância gótica com um terraço enorme cheio de flores e uma vista maravilhosa. Havia um salão imenso que ficava bem frio, mesmo em um dia de verão. Tinha fogo de verdade ardendo em enormes lareiras de cada lado. Poltronas pesadas de couro Chesterfield formavam três dos quatro lados de um quadrado ao redor de cada lareira, e cortinas pesadas de cor marrom ladeavam as janelas, dando ao aposento uma penumbra agradável. Uma escadaria ampla levava à sacada dos músicos, que contornava o salão, e era a partir de lá que se chegava a cada um dos 12 quartos do hotel. Eles contrastavam diretamente com o salão: eram iluminados, ensolarados, com atmosfera do mar, com paredes cinzentas, lençóis brancos de algodão egípcio e travesseiros. Os banheiros tinham sabonetes extravagantes e banheiras com pés em formas de garra. Danielle amou o local, e todo mundo foi tão simpático! No caso de Andrew, um pouco simpático demais, mas ela estava acostumada a lidar com esse tipo de coisa, e, além disso, ele dava um caldo para a idade que tinha. Ela era o tipo de garota que os homens achavam atraente, embora as mulheres não costumassem entender por que, e era alegre e expansiva, o que ela sabia, às vezes passava os sinais errados, mas ela era assim mesmo e não via por que precisava mudar.

As notas melancólicas de "There Is a Light That Never Goes Out", dos Smiths, tocou quando Emily entrou pelo caminho improvisado entre fileiras de cadeiras cobertas de tecido creme no jardim com vista para o mar. Frances achou uma escolha de música estranha, mas só Emily e Ben sabiam sua importância, o pano de fundo do primeiro abraço hesitante, e estavam felizes. Eles decidiram fazer um casamento pequeno, para apenas quarenta pessoas, em que todos os convidados compareceriam porque os amavam e estavam felizes por eles, em que não se falava mal pelas costas do vestido da noiva e nem que o casamento não duraria. No começo, Emily até se perguntou se eles deviam fugir para se casar em alguma praia, pois não queria chatear Caroline, dissera ela, mas Ben bateu o pé pela primeira vez. Ele a lembrou do hotel incrível na Costa de Devon, de como eles conversaram sobre a hipótese de que seria um lugar incrível para um casamento, sabendo na época, mesmo que não tivessem ousado declarar, que falavam do casamento deles. Caroline ficaria bem, disse ele, não era culpa deles o fato de ela não ter conhecido ninguém e, além do mais, ela estava bem melhor em questões como essa atualmente. Até agora, pensou Emily, Caroline estava mais do que bem; ela realmente parecia feliz por eles, o que era lindo.

Andrew e Frances estavam juntos vendo a filha mais velha fazer suas juras de amor, e isso os fez pensar no casamento deles e em quanto tempo tinha se passado. Os dois se perguntaram se Andrew foi sincero em seus votos, mas nenhum deles sabia a resposta e achavam que agora já não importava. Enquanto olhava o mar, hoje parado e calmo como um lago, os pensamentos de Frances voltaram para o passado, para a lua de mel deles, para aquele parto horrível, os cansativos primeiros anos de vida das filhas, e até o quanto Frances ficou surpresa por Andrew não tê-la abandonado quando as gêmeas ficaram mais velhas, pois ela sempre soubera que havia outra pessoa. Andrew estava pensando no quanto a vida dele poderia ter sido diferente se tivesse se casado com Victoria, se a tivesse conhecido primeiro, e se perguntou pela milésima vez por que não jogou tudo para o alto e abandonou a família, já que o amor não era mais importante? Porém era tarde demais agora. Ele pensou no quanto tentou ter tudo, ficar com Victoria, ficar com a família, e viu que em vez de fazer todo mundo feliz, tinha feito mal a todas elas. No final, Victoria devia ter se sentido usada, enganada, ele sabia. Depois que ela finalmente terminou tudo, ele ficou perdido. O que mais poderia ter feito além de voltar aos habituais casos de uma noite e aos relacionamentos deprimentes? Ele descobriu nesse momento que precisava sim de Frances, precisava da firmeza e da calma dela, precisava de alguém em casa esperando.

E qual era a desculpa de Frances para não ir embora? Ela estava perto de Andrew, desejando que ele segurasse sua mão, sabendo que, apesar de todas as mentiras e volubilidade, ela ainda amava o marido. Ele era, de muitas formas, um bom homem, e ainda era tão bonito, e, além do mais, como ela poderia sobreviver sozinha?

— Eu os declaro marido e mulher — disse o juiz, um galês de tom gentil que conseguiu tornar significativa a curta cerimônia de casamento, torná-la perfeita, com as palavras se espalhando na brisa. — Pode beijar a noiva.

Quando Ben se inclinou para a frente e deu o mais delicado dos beijos em Emily, Caroline se mexeu na cadeira e bocejou.

A recepção do casamento foi na área externa, com pratos de porcelana de coleções diferentes, com um bufê simples com rosbife e um salmão inteiro enorme, com oito saladas diferentes e batatas frescas. Um pudim funcionou como bolo de casamento, e havia a maior pilha de profiteroles que Emily já tinha visto, melhor do que ela imaginara. O tempo estava perfeito, e, como era julho, ela nem se deu ao trabalho de pensar em um plano B, pois tinha certeza de que o sol brilharia para ela e para Ben, para a felicidade deles. Só queria que todos comessem uma comida deliciosa, tomassem champanhe e apreciassem a vista, e não pensou muito em mais nada. "As pessoas certas, o local certo, como poderia dar errado?", dissera ela, e Ben a amou ainda mais por ela não ser uma daquelas mulheres que ficavam chatas por causa dos planos de casamento, que sofriam por causa da cor das fitas nos cardápios ou das flores que decorariam as mesas. Caroline passeava com um copo na mão, mostrando as coxas de dançarina, falando o tempo todo que tinha criado todas as roupas, irritando a esposa de Jack ao flertar com ele sem parar, fazendo elogios a várias pessoas que mais pareciam insultos. Com o passar da tarde, ela ficou um pouco mais agitada, um pouco mais ríspida, e quando começou a dizer em voz alta que também queria encontrar um bom marido, mas um que não fosse um capacho como Ben, Frances puxou-a para o lado e falou baixinho que ela já tinha passado do limite.

— Limite de quê? — debochou Caroline. — Da minha irmãzinha boazinha e do marido que me dá vontade de vomitar?

— Caroline! — respondeu a mãe. — Estamos no casamento de Emily. Pensei que você estivesse feliz por ela.

— Mãe — disse Caroline com cansaço, em meio a tanto champanhe. — É claro que estou feliz por ela, Emily é minha irmã gêmea, está apaixonada, eu só queria que ela não precisasse me forçar isso garganta abaixo.

As palavras de Caroline estavam ficando arrastadas agora, e Frances sabia que ela precisava sair da festa, pois as pessoas estavam ouvindo e ela não queria problemas. Ela procurou Andrew desesperadamente. Ali estava ele, conversando com aquela amiga peituda de Caroline de novo. Não era possível que seios daquele tamanho fossem naturais. Frances sentiu gratidão por Danielle ter cuidado de Caroline na noite em que ela foi internada e por manter contato depois, enquanto todos os outros supostos amigos da filha se afastaram, mas não gostava de vê-la rindo das piadas de Andrew. Eles estavam conversando havia muito tempo, as pessoas acabariam falando.

— Andrew — chamou ela. — *Andrew!*

Ele a ignorou nas primeiras duas vezes, até não poder mais fingir que não a tinha ouvido. Quando finalmente olhou, viu a mulher com a linda filha rosa e laranja, que parecia estar se segurando na mãe, com pernas compridas e trêmulas, os olhos vidrados, sem foco. Ele suspirou e pensou: O que foi agora? Por que eles não podiam todos se divertir, só para variar? Ele foi até lá e ficou claro que Caroline estava terrivelmente bêbada. Tudo aconteceu muito rápido, talvez tenha sido o sol, mas eles precisavam tirá-la dali antes que ela fizesse uma cena. Andrew segurou Caroline pelo ombro e, com a esposa, tentou dar apoio e levá-la para o quarto.

— Mas não quero ir pro quarto, mãe. Estou me divertindo tanto! É o casamento da minha irmã gêmea, eu quero pegar o buquê — disse ela com a voz arrastada.

— Vamos lá, querida — disse Frances, tentando persuadi-la. — Vamos sair do sol e tomar um pouco de água, você vai ficar melhor.

As pernas de Caroline se abriram quando os saltos vermelhos afundaram na grama. Ela puxou o esquerdo, mas ele ficou preso na grama e só o pé se soltou, e ela quase caiu. Andrew tirou o sapato da relva e o segurou, depois pegou Caroline por baixo do braço, com mais firmeza desta vez, e, ao fazer isso, o salto pontudo cutucou-a nas costelas ossudas.

— AIIII. Me larga, seu merda — gritou Caroline. — Por que você não me deixa em paz e vai passar a mão na minha amiga, seu cretino?

Todos ficaram em silêncio, e quase dava para ouvir o mar batendo, apesar de ser bem abaixo, o som infinito das ondas, a terra respirando ameaçadoramente. Foi humilhante para todos eles, de formas diferentes. Ninguém abriu a boca.

Foi Ben quem finalmente rompeu o silêncio.

— Está ficando tarde — anunciou ele com o máximo de calma que conseguiu. — Por que não entramos? A banda vai começar a tocar e tem bastante champanhe ainda.

Todos se deslocaram seguindo as instruções de Ben, aliviados por não precisarem testemunhar a expressão sofrida no rosto da noiva.

Mais tarde, bem mais tarde, Caroline estava apagada, ainda com o vestido fúcsia, na cama de solteiro na escuridão profunda. Andrew gemia na outra cama com o rosto entre os seios de Danielle, e ela se movia até os dois chegarem ao orgasmo, depois do qual o desprezo do próprio Andrew se instalou delicadamente, como o mar abaixo deles, como a maré subindo.

19

Enquanto espero em frente à agência, uma garota impecável sobe pela rua e flutua para dentro do prédio. Tem cabelo escuro e comprido como nos comerciais de xampu e as roupas obviamente são de marca, um vestido curto vermelho com sandálias gladiador douradas. Ela me faz sentir ainda mais desarrumada, e sei que deve ser Polly, a garota que tenho de procurar. Não sei por que me sinto tão deslocada, eu era bem feliz com minha aparência, mas hoje me sinto como se estivesse me candidatando a um papel no qual não me encaixo. Quando finalmente entro, percebo que ela me observou ainda na rua e que não me acha glamourosa o bastante, mas sorri, me oferece café e me leva para trás da recepção para me mostrar o que fazer. Polly é legal, bonita, uma daquelas garotas que nos apavoram, e tenho dificuldade em pensar no que dizer para ela. Parece que esqueci como falar sobre amenidades. Enquanto ela fala sobre os sócios, como eles gostam de ser contatados, quem gosta que seu número de celular seja passado, quais são as neuroses específicas dos principais clientes, eu olho para mim mesma e me sinto ainda mais deslocada aqui do que naquela porcaria de casa no norte de Londres. Fico ciente de que eu antes encarava isso tudo como uma coisa simples: atender telefonemas, ouvir que os clientes estão me esperando na recepção, reservar salas de reunião. Eu não fazia ideia de que envolvia tanta coisa. As recepcionistas na minha empresa em Manchester eram normais como eu, e não pareciam troféus exibidos como flores exóticas. Enquanto Polly me orienta, as pessoas começam a chegar para trabalhar e estão todas dolorosamente na moda; há rapazes usando a marca mais moderna de calça jeans e camisetas com declarações de opinião, o cabelo com musse. Devem ser do tipo criativo. Outros usam óculos de armações grossas e calças ajustadas com sapatos de bico quadrado bem-engraxados, bolsas de couro reluzente transpassadas sobre o peito. As garotas usam saltos altos e roupas que eu talvez usasse em uma festa, carregam consigo bolsas de marca de tamanho exagerado. Apesar de todo mundo ter aparência diferente, é como se quase estivessem de uniforme. Elas chegam aos poucos, com copos de café na mão, e ninguém parece ter muita pressa, afinal, é sexta-feira. Às nove e vinte e cinco um cara mais velho de terno bem-cortado e tênis brancos entra, diz "Bom dia, Polly querida", olha para mim sem interesse e só acena. Eu sorrio em resposta e ele entra no elevador. Polly diz:

— Aquele era Simon Gordon, ele é DEUS.

O telefone toca e Polly atende. Ela escuta e diz:

— Tudo bem, me dê dois segundos.

Em seguida, desaparece em algum lugar e me deixa na escrivaninha; a central telefônica começa a piscar e eu esqueço o que fazer. Aperto o botão que está piscando e digo:

— Bom dia, Carrington Swift Gordon Hughes, em que posso ajudar?

Quando termino de falar isso tudo, a pessoa do outro lado está impaciente.

— Simon está aí? — diz uma voz *extremamente* bem-colocada.

— Que Simon? — pergunto, ao reparar em dois Simons na lista plastificada que Polly me deu.

— Simon Gordon — diz ela, com um tom na voz de quem diz "sua burra".

— Quem devo anunciar?

— A mulher dele — diz ela.

Procuro o ramal de Simon, 224, e aperto o número. A ligação é feita e depois de alguns toques ele atende, e eu digo:

— Sua mulher está na linha, Simon.

Ele diz:

— Ah. — Ele faz uma pausa e diz: — Obrigado.

Eu aperto o botão para transferir a ligação, e um bipe alto furioso e contínuo soa no meu fone de ouvido.

Merda. Minhas axilas estão ficando quentes. A central pisca de novo e sei quem é, mas não sei o que fiz de errado e estou morrendo de medo de atender e fazer de novo. Estou começando a entrar em pânico agora, talvez seja melhor não atender para evitar desligar na cara dela de novo. Estou desesperada para que a central pare de piscar, me parece uma ameaça, um aviso. Sei que se eu fizer besteira provavelmente serei despedida, mas aí Polly aparece graciosamente no canto, e eu faço um sinal desesperado. Ela vai até a recepção na hora em que eu atendo.

— Alô, é a mulher de Simon? Me desculpe — eu digo com minha melhor voz, tentando disfarçar meu sotaque monótono do norte.

Aperto 224 de novo e olho sem entender para Polly.

— Onde foi parar minha mulher?

Na hora em que Simon diz isso, Polly vai para trás da grande escrivaninha de vidro, com movimentos como os de um leopardo, e, com a ponta da unha bem-feita, transfere a ligação.

Polly é uma garota surpreendentemente legal. Temos pouca coisa em comum e ela é moderna demais para mim, mas tem bom coração e me mostra exatamente como funciona a central telefônica. Apesar de não ser difícil, é impossível se ninguém explicar. Simon esqueceu o celular hoje, então todas as ligações que ele normalmente receberia de forma direta passarão por mim. A mulher dele conseguiu redirecionar as ligações. Passo metade da manhã me concentrando em não desligar na cara das pessoas e em lidar com a confusão de todo mundo por não ser Simon quem atende, mas, depois de algumas horas, já peguei o jeito. Polly já me disse que não preciso dizer Carrington Swift Gordon Hughes todas as vezes e que CSGH serve muito bem. Felizmente, Simon achou o incidente com a mulher engraçado ("Depende do humor dele, Cat", disse Polly), e isso criou um laço entre nós ("Ha ha, fico feliz de não ser o único que irritou minha mulher hoje"), e Polly me diz que é porque ele tem um longo almoço no Ivy pelo qual ansiar, não um almoço com clientes nem nada chato assim, mas um reencontro com seu melhor amigo, gerente de um dos canais via satélite.

Sexta-feira é definitivamente o melhor dia para começar nesse emprego: só há um dia para encarar antes do fim de semana, e todo mundo está de bom humor ou com uma ressaca horrível, e assim (fora a mulher de Simon, obviamente) todos são um pouco mais generosos do que teriam sido no começo da semana. Foi uma boa decisão, em termos de timing, ao menos, fugir em uma segunda-feira, não que eu soubesse disso na hora, claro. Significa que conheci Angel logo de cara e que tive uma semana inteira para me organizar, e, apesar de à noite minha alma ainda gritar no escuro por meu garoto, pela forma como o abandonei, como o perdi, ainda estou estranhamente orgulhosa das minhas conquistas. Eu consegui, cheguei até aqui, já tenho uma casa, um emprego, já comecei a esquecer.

20

Tio Max segurou Angela pela mão e atravessou com ela uma rua movimentada. Angela gostava mais dele do que de qualquer outro tio, até mesmo do tio Ted, mas ainda queria ir para casa, não gostava desses passeios e odiava profundamente ser obrigada a se arrumar. Eles andaram mais pela New Brook Street e, depois de esperar um pouco, entraram em outra joalheria. Tio Max pediu para ver alguns anéis, um enorme de safira e outro com um rubi solitário grande cercado de diamantes em miniatura, assim como todos os anéis de noivado mais tradicionais. Se Angela ficasse nas pontas dos pés, conseguia ver o brilho na bancada de vidro, mas nem se deu ao trabalho, estava entediada, e não via por que precisava ser arrastada de um lado para o outro assim *de novo*. Tio Max prometeu um milk-shake depois se ela se comportasse bem, então ela fez o que ele mandou e ficou quieta e esperou.

A porta da loja se abriu e uma mulher entrou. Ela usava calça capri preta e um casaco de pele grande, tinha cabelo preto preso, sobrancelhas escuras arqueadas, usava maquiagem pesada. Parecia exigir atenção, como uma estrela de cinema. O homem atendendo tio Max ergueu o olhar brevemente e cumprimentou a mulher. O outro vendedor já estava ocupado com outro cliente, e a mulher ficou impaciente, fedendo a perfume, batendo com o salto alto do sapato no chão. Angela a ignorou e começou a prestar mais atenção nos anéis que tio Max estava olhando. A mulher foi ficando cada vez mais irritada, presumivelmente por ter que esperar, e começou a bufar e andar de um lado para o outro, batendo os pés pela lojinha. Quando se virou para o balcão pela terceira vez, ela pareceu tropeçar. Soltou um gritinho e caiu com elegância de joelhos, com a cabeça batendo no chão como numa posição de súplica, o casaco se espalhando como um animal. Os vendedores olharam horrorizados, mas estavam do outro lado dos balcões de vidro e não podiam chegar até ela imediatamente. Foi tio Max quem reagiu primeiro e correu para ajudá-la. Os vendedores estavam hipnotizados, aquela era a coisa mais interessante que acontecia havia séculos. Max se inclinou por trás da mulher e colocou as mãos debaixo das axilas dela. Levantou-a do chão, ajudou-a a se sentar em uma cadeira e colocou a cabeça dela entre os joelhos para o sangue retornar, pois tinha certeza de que ela havia desmaiado. A essa altura, uma vendedora apareceu vindo dos fundos da loja e deu um copo d'água para a mulher enquanto a abanava com um catálogo até ela se sentir melhor. Angela ficou onde estava, perto do balcão, e fez o que mandaram. A coisa toda acabou em poucos segundos, e tio Max voltou a olhar os anéis, mas no final não comprou nada. Depois, ele estava de tão bom humor que levou Angela ao cinema para ver *Esqueceram de mim* e até comprou pipoca.

21

Angel se oferece para sair comigo para comprar roupas, mas digo que, apesar da deficiência do meu guarda-roupa, não tenho dinheiro para fazer muitas compras no momento. Só tenho trabalho por duas semanas e não sei quando vou conseguir outro emprego. Angel ri e diz que é boa em encontrar pechinchas. Além disso, está de folga no sábado à noite e sugere irmos no fim da tarde, assim ficamos na rua depois para tomarmos alguma coisa. Eu me vejo dizendo sim, afinal são dois dias inteiros que tenho pela frente para tentar não ficar pensando em tudo até voltar ao trabalho na segunda. Não tenho nenhum outro plano, mas odeio a ideia de sair para me divertir, principalmente quando penso em tudo o que aconteceu. Eu me pergunto se um dia a culpa vai sumir.

Ela diz que vai dormir até as duas da tarde, pois trabalhou na noite anterior. E, como a manhã está bonita, eu talvez saia para caminhar. Vai ajudar a matar o tempo e talvez o ar fresco clareie meus pensamentos. Sinto saudade de nosso jardim em Chorlton, sinto saudade da possibilidade de mexer nas plantas quando o dia está bonito demais para se ficar dentro de casa, de tirar ervas daninhas, de podar as rosas, ou, melhor de tudo, de colocar um cobertor na grama e brincar de trem com meu garotinho.

Pare.

Brad me conta sobre uma linha de trem que não funciona mais e está sendo transformada em pista de caminhada ao longo cidade. Vai desde Finsbury Park até um lugar legal que esqueci o nome. É linda, pelo que Brad conta, e dá para ir até Hampstead Heath por lá, já ouvi falar disso. Erica parece irritada, como se tivesse raiva de mim por saber disso e de Brad por contar. Acho que ela não gosta de compartilhar nada, nem coisas gratuitas, e isso me faz lembrar novamente da minha irmã.

Definitivamente preciso de exercício depois do estresse todo de ontem: cortar ligações de pessoas, dizer os nomes errados, ter que falar CSGH mil vezes, ficar olhando o relógio conforme a semana acaba e a quantidade de ligações diminui. E sorrir me pareceu muito trabalhoso. Mas Simon Gordon parece ter gostado de mim, felizmente, apesar das minhas falhas no começo, e eu gosto dele. Ele é legal por baixo de toda a baboseira da qual se cercou. Apesar de eu mal tê-lo conhecido, tem alguma coisa nele; Simon parece ter enxergado dentro de mim, quase como se soubesse o que fiz e desejasse ter a coragem (ou a covardia, depende de como você encara) para fugir de sua vida também. Dois dos outros sócios (ainda não conheci Carrington, cujo primeiro nome é Tiger!) são menos carismáticos. Simon parece ser a força motora por trás da agência, mas para mim ele parece cansado de tudo. Quando estava saindo ontem para o almoço, ele me pediu para preparar um carro para ele mais tarde, para levá-lo a algum lugar em Gloucestershire, e eu disse:

— Vai passar o fim de semana fora, Simon?

Ele respondeu:

— Não, eu moro lá, só fico na cidade durante a semana.

Ele pareceu tão triste e sem entusiasmo que me perguntei se a mulher dele era uma vaca com ele também.

— Ah — eu disse, tentando ser educada. — Deve ser uma delícia ter um lugar para ficar em Londres e uma casa de verdade no campo.

Simon olhou para mim de um jeito estranho e Polly me contou depois que ele tem uma casa em Primrose Hill e que é *cheio da grana*. Eu me pergunto como ele pode ganhar tanto dinheiro com comerciais bobos de loção pós-barba e batatas fritas e como isso pode deixar a pessoa tão sem alegria. De certa forma, sinto tristeza por ele.

Fico surpresa com a Parkland Walk. Apesar de ser difícil encontrar o começo, depois que entro nela só preciso seguir reto para chegar no meu destino, e isso é perfeito para mim. Eu queria que a vida pudesse ser assim. Ela forma uma faixa verde estreita pelo norte de Londres, e, por ser verão, as árvores estão pesadas de tantas folhas, e mal consigo ver os fundos das casas que me lembram de que estou na cidade. De vez em quando, passo por um túnel todo rabiscado de pichações, ou por um parquinho que a natureza parece querer de volta e agora é perigoso demais para as criancinhas para as quais foi feito. Quando passo por uns arcos, meu olhar é atraído para cima, e vejo uma criatura de pedra, acho que algum tipo de fada, saindo da parede e vindo na minha direção, como se estivesse tentando me pegar. Isso me dá arrepios. Suponho que deva ser uma obra de arte, mas não gosto e apresso o passo.

É estranho, nem consigo acreditar no quanto progredi em menos de uma semana, no quanto foi bizarramente simples começar minha vida de novo, e que talvez eu vá ficar bem afinal, agora que já consegui agir. Vou ficar bem desde que não pense em Ben nem em Charlie e no que eles devem estar fazendo agora, no primeiro fim de semana sozinhos, e em como estão lidando com a situação. Tento não admitir que o que fiz foi loucura, algo imperdoável; que, apesar de Ben talvez não me amar mais, eu desapareci, ele não sabe onde nem como estou, se estou viva ou morta. Charlie ainda não entendeu direito, é claro; a dor dele virá mais tarde.

Em vez de pensar nisso, me concentro no ato de manter os pés em movimento, em tudo que me aconteceu esta semana (tento não pensar no *antes* de novo), e fico perdida no ritmo da sola macia, no movimento das árvores e nos meus passos firmes e certeiros, e, antes que eu perceba, já estou caminhando há quase uma hora. Quase cheguei ao final desse túnel rural, e ele me ajudou a me reconectar com a terra, me ajudou a voltar ao chão. O sol deve ter entrado atrás de uma nuvem, pois as cores mudam de amarelos alegres e verdes frescos e intensos para marrons sombrios e verdes sem graça. A temperatura cai. Eu viro à esquerda, meus passos esmagam os galhos mortos e podres debaixo de mim, e ando pelo caminho estreito entre as árvores, na direção do som dos carros.

Fico de costas para o lago e olho pelo gramado para a enorme casa branca do período da Regência. Percebo que não fazia ideia de que Londres era tão bonita. Andei o caminho todo até aqui — devem ser talvez uns 8 quilômetros — e consegui ignorar todas as famílias bem-ajustadas com crianças, cachorros e inocência insuportável que encontrei pelo caminho. Talvez eu esteja começando a esquecer que costumava ser como eles, talvez eu já esteja à vontade com meu novo eu, me tornando Cat, e fico aqui me sentindo realmente viva pela primeira vez em meses. Há um formigamento de novo, onde antes ficava meu coração. O dia está quente, mas de uma forma agradável, o ar parece limpo e imaculado, o mundo parece ser um lugar bom de se estar, afinal. Começo a pensar que talvez eu não só consiga sobreviver aqui em Londres, mas talvez possa até ousar um dia ser feliz de novo. Ser feliz de uma forma diferente, sem dúvida; mas seis dias atrás eu estava concentrada apenas em sobreviver, e hoje estou olhando para a beleza e a serenidade como um possível caminho à frente (esqueci por um momento os horrores do Palácio de Finsbury Park, a pretensiosa CSGH). Quando olho ao redor, admirada, como se vendo o mundo pela primeira vez, percebo que estou sorrindo como uma idiota, e quero girar pelo gramado em uma expressão absurda do meu alívio e da minha alegria, por ter sobrevivido, por estar aqui, por ter feito a coisa certa, afinal, porque nós três *vamos* ficar bem um dia. E quando começo a levantar os braços para o céu, reparo que tem uma pessoa olhando para mim. O homem olha para mim, não com a expressão de quem pensa *o que aquela maluca está fazendo sorrindo para o nada*, mas da forma como as pessoas fazem quando têm certeza de que conhecem você, e começa a andar na minha direção e a sorrir como se fosse dizer oi, e entro em pânico, *fui descoberta*; então me viro e saio correndo ao lado da cerca junto ao lago, pela ponte, pelo bosque escondido do sol, e apesar de estar cega e tropeçando, só paro quando minha respiração manda.

Estou perdida. A charneca é enorme, não tem mapa, e ando por uma eternidade de cabeça baixa, sem reparar para onde estou indo, sem me importar, desde que eu não precise ver aquele homem de novo. Finalmente chego a uma rua, e tem um ônibus esperando no ponto. Não sei para onde ele vai, mas subo nele mesmo assim e me sento ereta, olhando pela janela, nervosa, desorientada, até que ele acaba parando em frente a uma estação do metrô. Não tenho ideia de onde fica, nunca ouvi falar de Archway. A rota de metrô de volta a Finsbury Park é tortuosa e demora um século, mas pelo menos não preciso perguntar o caminho para ninguém. Sinto-me muito frágil. Em casa, subo a escada sorrateiramente até meu quarto branco e limpo, me deito de bruços na cama e choro. Choro por mim, pelo meu marido e pelo meu filho, por nossas vidas perdidas. Estou cansada, esgotada, cansada de mim. Cometi um erro horrível achando que eu podia simplesmente fugir, que seria fácil, a melhor coisa para todos. É um alívio quando o choro acaba e simplesmente fico deitada ali, silenciosa e sozinha.

A batida me acorda, e horas se passaram. Angel está na porta com o roupão branco e felpudo.

— Ah, desculpe, te acordei, meu bem? Você ainda quer fazer compras? Vamos ter que ir logo se você...

Ela olha para o meu rosto e parece que toda a dor dos últimos três meses se acumulou nele durante o sono, como uma máscara de infelicidade. Não sei o que fazer, não sei direito por que o homem na charneca me incomodou, mas foi o que aconteceu. Ele me CONHECIA. Será que não tenho onde me esconder? Angel se senta na beira da cama, e eu me levanto e começo a chorar de novo, com soluços primitivos que tomam conta da casa, e pela primeira vez não me importo de as pessoas ouvirem e nem com o que elas pensam. Eu me encolho, me aperto e tento conter a dor, e Angel só pode ficar sentada olhando. Quando finalmente a dor diminui um pouco, ela segura minha mão e a aperta, ainda sem dizer nada. Ficamos assim por um bom tempo, depois seco os olhos e digo da maneira mais alegre que consigo:

— Posso ficar pronta em dez minutos, se ainda estiver bom pra você.

Angel diz:

— Claro, se você tem certeza, vamos, meu bem.

Fico impressionada por ela não tentar consertar as coisas para mim, apenas me aceitar, com defeitos e em carne viva, como eu sou.

Seguimos "para o oeste", como Angel diz, e isso me lembra da novela *EastEnders*, pois eu não sabia que as pessoas falam assim de verdade. Estou me esforçando para me sentir normal, para ser normal, para deixar a aparente normalidade das outras pessoas tomar conta de mim. Seguimos pela Oxford Street, passamos pelas lojas de departamento e pelos turistas confusos (*isso* é Londres?) e pelas lojas de rede e lojas de celular, até chegarmos à Selfridges, que é bem maior e mais movimentada do que a de Manchester. Angel parece conhecer tudo, e subimos a escada rolante até o segundo andar. Ela escolhe roupas para mim que eu nem sonharia em escolher. A avaliação dela é boa, e, apesar de tudo, eu me pego olhando no espelho e pensando, sim, talvez Cat Brown usasse isso. Mas ainda estou nervosa, me sinto estranhamente desleal por estar fazendo uma coisa tão frívola, experimentar roupas, e fico nervosa quanto a gastar o dinheiro do qual preciso para sobreviver. As vendedoras não estão interessadas em nós, está tarde, elas estão entediadas e examinam as unhas perfeitas enquanto esperam para ir para casa, portanto somos basicamente deixadas em paz. Angel continua trazendo pilhas de roupas para o pequeno provador, um daqueles antiquados que ficam escondidos atrás de um espelho de corpo inteiro. Angel sabia onde ficava. O pequeno aposento parece deslocado aqui, resquício de uma época menos exibicionista, antes de haver provadores voluptuosos com enormes espelhos ornamentados e cortinas grossas de brocado, cheios de garotas magrelas em lingerie cara. Angel volta toda hora com mais roupas de vários tamanhos para que eu experimente e, em pouco tempo, o provador está cheio de peças. Depois da minha relutância inicial, eu penso *que se dane* e experimento tudo, qualquer coisa que Angel traga, por mais ousado que seja. O choro de antes parece ter sido catártico, talvez tenha me feito bem finalmente botar para fora. E então, do nada, eu me lembro da última vez que fui fazer compras, logo *antes* de ir embora, com minha mãe, e é nessa hora que eu percebo: meu Deus, eu também a abandonei. Não consigo acreditar que só pensei nela e no papai agora, no quanto eles ficariam arrasados; não pensei neles nem em Manchester, quando estava planejando a fuga. Até agora, só pensei em Ben e Charlie, e em mim, claro. Que porra tem de errado comigo?

Perdi a vontade de fazer compras, embora, contrariamente, eu fique com medo de ofender Angel se não comprar nada, já que ela parece tão empenhada em me ajudar. (E quanto a partir o coração dos meus entes queridos, será que eu não deveria estar mais preocupada com *isso*?) Angel sente minha relutância e sugere irmos tomar um café e talvez voltar depois, quando eu já tiver tido tempo de decidir do que realmente gosto, pois não quer me apressar. Assim, saímos do provador com todas as roupas empilhadas para as vendedoras arrumarem (eu tento arrumar, mas Angel me diz para não ser boba, vai ser alguma coisa para elas fazerem) e descemos a escada rolante, passamos pela seção de bolsas, de perfumes, e saímos na Oxford Street. Apesar de todas as pessoas, eu me acalmo um pouco, o movimento parece ajudar. Quando Angel está desfilando pela multidão, reparo de novo no quanto ela parece frágil, tão pequena e nova para ser crupiê, tão inocente para viver em um submundo noturno de esperança, irresponsabilidade e perda. Ela me confunde. Encontramos um bar ali perto; eu não tinha reparado na hora, está tarde demais para um café, tarde demais para voltarmos à Selfridges hoje, e fico preocupada com o que vou usar na segunda, como se isso importasse. Não preciso perguntar a Angel o que ela quer, peço duas vodcas com tônica, que são servidas em copos grandes e cheios de gelo e limão. O bar deve ser novo, tem ar sofisticado e de decoração de interiores, como se estivesse se esforçando demais, como eu. Nos sentamos no fundo, perto de uma parede com papel decorado com flores, em cadeiras polidas idênticas, ouvindo música não identificável, provavelmente aprovada pela gerência em algum lugar, e sinto saudade de cafeterias de verdade com placas enferrujadas de Martini e mesas diferentes e talvez até velas sobre garrafas, por mais que sejam bregas. Por que o mundo ficou sanitizado, homogeneizado, chato? Eu poderia estar em Londres ou Manchester ou Praga, bares como esse são todos iguais. *Você deveria estar em Manchester*, diz uma voz, e sugo pelo canudo com força para obliterá-la. Angel parece satisfeita e remexe na enorme bolsa Mulberry (será verdadeira?) que a faz parecer ainda menor, como uma boneca, então me entrega um saco plástico por baixo da mesa. A sensação é estranha, metálica, e quando a abro, encontro dentro o vestido laranja de seda e a saia de brim dos quais gostei antes, mas que estava ansiosa demais para comprar, junto com uma blusa azul de lantejoulas e um vestido prateado que amei, mas descartei por ser caro e ousado demais. Demoro um momento para entender, todos ainda estão com as etiquetas, e então olho para o rosto dela e estou perplexa.

Angel dá um sorriso doce.

— Ah, meu bem, não se preocupe, não faz falta para eles, lugares assim têm orçamento que cobre isso.

— Essa não é a questão — eu sussurro enquanto enfio as roupas de volta na bolsa forrada de alumínio e empurro para debaixo da mesa.

Angel parece magoada.

— Só estava tentando ajudar — diz ela, parecendo chateada, como uma criança.

Não quero ferir os sentimentos de Angel, já gosto absurdamente dela. Então pago outra vodca com tônica e agradeço, digo que estou emocionada, mas por dentro estou furiosa. Nunca roubei nada, nem conheço ninguém que tenha feito isso; exceto Caroline, eu imagino. Angel percebe que me avaliou mal e parece envergonhada, então decido ficar com as roupas. O que mais posso fazer com elas, o que mais posso usar na segunda-feira? Quando estamos no nosso terceiro drinque, um grupo de homens entra. O bar ainda está sem vida e vazio, e Angel sorri para eles, e, antes que eu perceba, eles mandam champanhe para nós. Não quero falar com eles, são bem mais velhos do que nós, usam camisas caras, estão ficando calvos e têm expressão de expectativa nos olhos, como se o champanhe fosse uma transação e agora devêssemos alguma coisa a eles. Quero ir embora, mas Angel está se divertindo, seus olhos brilham com o álcool e a adrenalina. Um dos homens não é feio e obviamente está de olho nela; fico ali feito uma boba enquanto eles flertam, e como não consigo pensar em nada para dizer para os outros, então eles desistem de mim e voltam para o bar. Talvez eu devesse ir para casa e deixar Angel aqui. Ela inclina a cabeça para trás e expõe o pescoço branco e comprido, que se move conforme ela bebe, e consigo ver por um instante o desejo nos olhos do homem refletido nos meus. Quando Angel termina a bebida, coloca a taça de champanhe na mesa escura de madeira com força (acho que ela calculou mal, estamos as duas bastante alcoolizadas agora), mas, apesar de a energia fazer o copo vibrar, ele não se quebra.

— Ops — diz ela. — Obrigada, pessoal, adorei conhecer vocês.

E sai de uma vez da cadeira, passa o braço pelo meu, me puxa até eu ficar de pé e saímos delicadamente pelo bar vazio na direção da porta. Quando olho para trás, o pretendente de Angel parece irritado por um segundo, como se tivesse sido enganado, mas ela acena de maneira sedutora para ele e o homem sorri em concordância, com devoção até, e então volta para os amigos e pede outra bebida.

Angel sugere conferirmos um bar que ela conhece no Soho. Estou cansada e infeliz e quero ir para casa, apesar de saber que ela vai ficar desapontada, porque ela disse que é a primeira noite de sábado de folga em várias semanas.

— Vá sem mim, eu vou ficar bem — eu digo.

Embora Angel insista em também voltar para casa, pois está preocupada comigo, o celular dela toca duas vezes e percebo que alguém quer muito que ela saia. Fico sem jeito agora. Apesar de termos nos tornado amigas muito rápido (foi praticamente por causa dela que me ajustei tão bem àquela casa, a essa vida), tudo parece diferente aqui no West End. Ainda estou nervosa por causa do incidente com as compras, pelas roupas caras e roubadas escondidas na bolsa dela e, apesar de eu admitir que ela já me contou todas as coisas doidas sobre os golpes com o namorado gângster da mãe, quando ela roubava anéis de diamante de bancadas de joalheria enquanto todos os olhos estavam na mãe dela, eu achava que isso tinha ficado no passado, quando ela era uma garotinha. Eu me vejo tateando em novo território, com uma pessoa que viu a vida e viveu e, apesar de tudo que aconteceu, até poucos dias atrás eu ainda era apenas uma advogada sem graça de Chester. De repente, fico nervosa por causa dos eventos da última semana, dos últimos meses, e me sinto fraca e com uma enorme necessidade de descansar.

— Ah, meu bem — diz Angel. — Vamos só tomar um drinque e ver como você se sente. Vamos nos divertir, prometo. — E ela pega minha mão e dá um sorriso tão satisfeito que acho impossível negar.

Andamos o caminho todo até a Oxford Street (como ela anda com aqueles saltos?) e atravessamos até a minha rua, onde eu trabalho, onde tenho um emprego! Mostro a agência para Angel, e ela diz:

— Caramba, é meio de bacana, não?

Seguimos pela Wardour Street e atravessamos a Old Compton Street, e a essa altura meus pés doem e meu desejo de ir para casa (qual casa?) é muito forte. Angel está praticamente me arrastando agora, e descemos uma escada estreita na qual eu nunca teria reparado. Parece um pouco suspeito, mas quando passamos pela entrada, chegamos a um bar enorme, com teto alto e paredes de tijolos e candelabros imensos. Há um filme pornô sendo projetado em uma tela que cobre a parede dos fundos inteira. Não há som acompanhando as imagens ampliadas, graças a Deus, só música techno alta, é assim que se chama? O bar está lotado de pessoas bonitas e modernas, e me sinto constrangida pela calça jeans e blusa sem graça. Meus olhos não sabem para onde olhar, nunca vi um pênis tão grande nem aquilo que ele está fazendo, então fico no bar com Angel esperando uma das pessoas ocupadas, mas ao mesmo tempo despreocupadas e distantes que trabalham no bar, prestar atenção em mim. Percebo então que mais ninguém está olhando para a tela, é como se ela não estivesse ali. Um ato gigantesco de atividade sexual, mas daria no mesmo se fosse um homem falando sem parar segurando um cartaz, pois as pessoas são bastante cuidadosas em ignorá-lo. Por que está sendo exibido então? Seria arte, seria moda? E me pergunto por que me importo. Enquanto espero para pedir duas vodcas com tônica, ouço acima da música uma voz cantarolada e exagerada gritando:

— Angel, que-rida! Você veio!

Eu me viro e vejo um homem negro imaculadamente monumental. Ele usa camiseta apertada e amarela esticada sobre o peito esculpido. Abraça Angel e a envolve contra si, como se ela fosse uma criancinha que acabou de sair do banho. Angel sorri e olha para ele com expressão sedutora, embora seja óbvio até para mim que ele é gay. Perdi meu lugar no sistema duvidoso de espera e continuo esperando, convencida agora de que estou sendo deliberadamente ignorada. Quando sou servida por uma linda jovem com piercings nas sobrancelhas, peço três bebidas duplas; o amigo de Angel está longe demais para eu perguntar o que ele quer, e não consigo encarar a ideia de ter que voltar. Me cobram uma quantia inacreditável de dinheiro; não fazia ideia de que três bebidas pudessem custar tanto. Quando chego até Angel em meio à multidão, ela diz:

— Dane, esta é minha incrível nova colega de casa, Cat. Eu a encontrei debaixo de um arbusto. — E ela começa a rir.

— Oi — eu digo, sorrindo timidamente. — Eu não sabia o que você queria, então trouxe uma vodca.

Dane dá um gritinho e diz:

— Aah, sou mais do tipo mojito, não se preocupe, querida, Ricardo vai me trazer um.

Eu olho para onde ele olha e, vindo na nossa direção, há outro homem de aparência divina, com corpo perfeito, escuro e pequeno, com duas bebidas verdes congeladas, parecendo ornamentos em suas mãos com unhas bem-feitas. Angel pega a bebida dela e eu fico com duas vodcas duplas. Bebo a primeira o mais rápido que consigo, principalmente para poder me desfazer do copo, e logo sinto um calor se espalhando pelo corpo. Tento oferecer a outra bebida para Angel, mas ela balança a cabeça e diz:

— É sua, meu bem.

Em 15 minutos, terminei as duas. Me sinto meio tonta agora, como se não estivesse realmente aqui, mas faço o melhor que posso para acompanhar a conversa acima da batida da música, tento ignorar a genitália inimaginável, tento esquecer o quanto me sinto deslocada.

Não tenho ideia de que horas são. Estou de pé em uma mesa (estou em um lugar diferente?) e com o vestido prateado que Angel roubou para mim hoje. Meus pés estão descalços, e sei disso porque a mesa está grudenta e molhada debaixo de mim. Angel está ao meu lado, dançando de um jeito sexy, enquanto eu me balanço de um jeito embriagado, minhas longas pernas se dobrando com a música, meus pés firmes no tampo da mesa. Tenho presença de espírito suficiente para perceber o quanto devo parecer ridícula antes de ser tomada de novo pela euforia da liberdade e desprendimento e álcool, então jogo a cabeça para trás e grito de alívio, sem ligar mais para o que as pessoas pensam, ainda dançando, vagamente em sincronia com a música.

— Vamos beber mais uma! — grito acima do barulho para Angel, e pulo no estilo *Dirty Dancing* de cima da mesa, e minhas pernas se dobram debaixo de mim.

Alguém (Dane?) me ajuda a levantar, e logo Angel está ao meu lado e eles me arrastam para o banheiro. Minhas pernas não parecem funcionar agora. Eu me apoio em Angel e conseguimos entrar em um cubículo, onde me sento toda vestida com a cabeça entre os joelhos, e nem fico enjoada nem repugnada pela sujeira e pelo cheiro, só me sinto exausta. Só quero ir dormir, o dia de hoje está oficialmente ACABADO. Angel está me dando tapas, me sacudindo, e diz:

— Vamos, meu bem, acorde.

Eu levanto a cabeça, fico sentada e olho com expressão vazia para ela, e aquela imagem horrível aparece na minha cabeça do nada e começo a chorar histericamente de novo, como se nunca fosse parar. Angel acaricia meu cabelo e diz:

— Chega, meu bem, vou cuidar de você, vai ficar tudo bem.

Ela se mexe ao meu lado e começa a fazer alguma coisa na caixa de água da privada atrás de mim.

— Use um pouco disso, meu bem, vai ajudar, de verdade — diz ela.

Cambaleio até ficar ajoelhada no assento do vaso e olho sem entender para a linha comprida e reta. Sei o que é, mas não quero saber. Já me ofereceram antes, na faculdade, mas nunca fiquei tentada, nem um pouco. Estou vagamente ciente de que meu vestido prateado, que tem botões na frente, está aberto quase até o umbigo. Meus pés descalços no chão do cubículo estão em uma área mais molhada agora, meu cabelo comprido está desgrenhado ao redor da cabeça, e só quero ir para casa, para minha casa de verdade, para Ben e Charlie e... e o quê? Estou tão cansada. Puxo o cabelo para trás e pego uma nota enrolada da mão de Angel, minha amiga, minha salvadora, posso confiar nela, não? Meus olhos giram para a inconsciência de novo, e

Angel me sacode, com força desta vez. Não sei o que fazer. Só quero que tudo pare. Se ao menos eu pudesse dormir aqui, mas parece que não posso. Assim, no fim, acabo me inclinando para a frente, derrotada, com a decisão tomada, e entro no próximo estágio da minha vida muito estranha, infelizmente o menos edificante.

Parte Dois

22

As portas se abrem e as pessoas jorram para fora, e depois mais pessoas infelizes entram e se espalham como líquido, preenchendo cada espaço disponível, me empurrando para passar por mim, se esfregando no meu casaco de lã bege com corte bonito. Saí do apartamento mais cedo hoje de manhã, e o metrô está mais lotado do que estou acostumada a ver. Fico em meio a meus companheiros de transporte público, balançando com o movimento do vagão e da multidão do oeste da cidade indo para o centro. Ninguém repara em mim, sou apenas mais uma garota com sapatos altos de marca, com um buraco onde antes ficava a alma. Fui fazer "compras" ontem, Angel disse que eu merecia, e estou com um lenço de seda novo envolvendo graciosamente o pescoço. O metrô está quente e aconchegante, apesar dos estranhos tristes, apesar de eu ter que ficar de pé. É reconfortante estar aqui embaixo depois do vento gelado da manhã de maio lá fora.

Estou determinada a ficar de bom humor hoje, apesar de estar sendo empurrada e esmagada, apesar de ser segunda-feira. É meu primeiro dia de trabalho desde minha promoção, então tenho obrigação de estar alegre. Nos curtos nove meses que estou na CSGH, passei rapidamente de temporária cobrindo férias a recepcionista permanente (a antiga não voltou de Bodrum, parece que se apaixonou por um soldado turco), a gerente de escritório (a doce e desocupada Polly) foi para uma agência concorrente, depois passei a executiva de contas e agora a gerente de contas! Até eu estou perplexa com a velocidade do meu progresso. Em julho passado, eu achava que um gerente de contas calculava orçamentos, e não que supervisionava o processo de fazer painéis de 96 folhas para outdoors e exorbitantes comerciais de TV. Acho que em parte é porque sou mais velha, era advogada (não que as pessoas saibam disso, claro), e sou um pouco mais séria do que os outros executivos, mas é claro que também ajuda eu ser a favorita de Simon. Sei que as pessoas da agência falam e que provavelmente pensam que estou dormindo com ele, e já pensei em fazer isso, confesso, provavelmente teria feito em outras circunstâncias (afinal eu o acho atraente e não tenho compromisso nenhum com a mulher megera dele). Mas não consigo, apesar de tudo o mais que já fiz, dormir com uma pessoa que não seja Ben. Não sei por quê. Já fiquei tão absurdamente bêbada e doida o bastante para simplesmente cair na cama de um estranho qualquer ou transar de qualquer jeito no banheiro de uma boate, mas essa é a única área da minha vida na qual mantive algum padrão, na qual não estou preparada para mudar.

Quando chegamos na estação seguinte, mais pessoas entram, ninguém sai, e não tem mais lugar nenhum sobrando agora. Não está mais confortável, e sim apertado e desagradável do jeito que estou espremida, perto demais de estranhos aleatórios. Felizmente, é só uma linha, sem baldeação, direto até Shepherd's Bush, e faltam só três estações para eu sair.

O apartamento que Angel e eu dividimos é uma melhora clara em comparação ao Finsbury Park Palace. Pagamos bem mais por mês cada uma, mas temos um apartamento recém-pintado e novo em uma grande vila vitoriana. Temos uma sala de estar agora, uma cozinha legal (sem lixeiras fedorentas nem cheiros de comida brasileira) e o banheiro é novo, completamente sem mofo e sem cortina nojenta. Foi por isso que o escolhemos, porque é limpo, neutro, a antítese da nossa antiga casa, além de ser bem perto do metrô. Pelo menos não preciso usar chinelos, e todos os meus produtos de higiene estão arrumados no armário com espelho acima da pia, e não mais amontoados no meu nécessaire. Angel e eu estamos felizes, cada uma do seu jeito. Ela ainda trabalha em cassinos e leva uma vida estranha que parece estar de cabeça para baixo, ainda tem o hábito de roubar e usar cocaína, mas, novamente, também não estou muito atrás atualmente. Estou a um milhão de quilômetros da garota que eu era; talvez ficar doidona tenha sido a única forma que encontrei de lidar com isso depois que a adrenalina daquela primeira semana sofrida passou.

É estranho como passei a ser mais parecida com minha irmã gêmea ultimamente, talvez o mau comportamento também esteja nos meus genes. Eu só nunca entendi antes o que ela obviamente sabia o tempo todo: que drogas e álcool podem te entorpecer, te ajudar a esquecer.

O motivo de eu roubar é difícil de entender. Não é só para acompanhar Angel, embora, sendo sincera, isso também conte, porém é mais do que isso. No exato momento em que pego alguma coisa, aquilo parece preencher um vazio, o furto me leva a um clímax, ajuda, naquele instante, a compensar minha perda. E, apesar de depois eu sentir nojo de mim mesma (*meu Deus*, eu era advogada), nunca sinto vergonha suficiente para devolver alguma peça. É uma ironia que meus novos vícios sejam parte do motivo pelo qual as coisas começaram a melhorar para mim no trabalho; depois que comecei a me vestir corretamente, a ir a bares depois do trabalho, a dar umas fugidinhas até o banheiro sem os clientes perceberem, tudo isso me renovou, me tornou reluzente e brilhante, minha perspicácia aumentou, quase como a de Caroline, mas sem tanto ódio. É realmente estranho, mas as pessoas me acham glamorosa agora, até engraçada. Na minha antiga vida, eu tinha uma confiança silenciosa, uma beleza comum, uma popularidade fácil, mas agora sou superenergética, elegante, sedutora. E apesar de eu saber no fundo do coração que uso drogas demais e roubo roupas demais, convenci a mim mesma de que não tem problema agora, que tudo isso é parte do processo, parte do esquecimento. Não vou fazer isso para sempre.

Apesar de eu adorar nosso novo apartamento, quase sinto saudade dos antigos colegas de casa, por mais que eles me irritassem: a empresarial Chanelle e o Jerome, da mobília desmontada, Bev boca suja, os garotos morenos taciturnos, o bebezão Brad e até a megera da Erica. Eles se tornaram uma família para mim e, para ser sincera, não eram mais malucos do que minha família de verdade quando se olhava além das aparências. Apesar de agora sermos só eu e Angel, temos um fluxo constante de visitantes, então nunca me sinto solitária: os vários traficantes de Angel, o querido amigo dela, Rafael, que Angel conheceu em um cassino, os dois adônis, Dane e Ricardo, e às vezes até a mãe de Angel.

Ruth é uma mulher de aparência incrível. Tem apenas 47 anos e parece ter uns dez a menos. Ainda canta em boates e tem pelo menos um namorado em qualquer período da vida. Mora em um condomínio em Bayswater, acho que subsidiado pelo governo, e aparece de tempos em tempos para dormir no sofá depois de mais uma briga com o homem do momento. Angel a trata como uma irmãzinha ou até mesmo uma filha, e, como faz comigo, não julga a mãe nem tenta mudá-la, e sim a aceita com a mesma doçura que sempre teve comigo. Eu amo Angel. É quase como se metade do amor que eu tinha pelo meu marido tivesse se transformado em um amor platônico por essa pobre mulher linda, com seus genes defeituosos e maus hábitos. A outra metade foi para o bem-sucedido e triste Simon, sentado em seu escritório reluzente controlando chiliques e egocentrismos, fazendo comerciais caros de cereais matinais e carros. Me sinto sortuda por ter os dois na minha vida, eles me ajudaram a evoluir de uma pessoa destruída e desolada que fugiu de casa em uma manhã quente do último mês de julho à garota bem-sucedida e ainda viva que sou agora.

Apesar de ter me tornado bem próxima de Angel e Simon, me surpreende o fato de eu nunca ter me sentido nem tentada a contar meu segredo, de que já fui casada e feliz, de que tinha um lindo garotinho de 2 anos com o brilho do sol no olhar e cabelo dourado, outro bebê a caminho. Até recentemente, consegui transformar minha vida de forma tão dramática a ponto de deixar tudo isso firmemente para trás; às vezes, até eu esquecia que já tinha sido verdade.

Também nunca senti vontade de contar nem para Simon e nem para Angel que tenho uma irmã gêmea, que eu era a supostamente normal e descomplicada das duas, e isso também me deu uma sensação de libertação. Ter uma irmã gêmea faz você parecer estranha aos olhos das pessoas, você é diferente, é metade de um todo, não um indivíduo, as duas têm um laço que mais ninguém sente ou entende. Se ao menos as pessoas soubessem a verdade. Fico feliz de estar livre de Caroline, de finalmente tê-la deixado para trás, ela merece, depois do tudo o que aconteceu. *Eu a odeio agora.*

Enquanto o metrô ribomba em direção ao leste, meus pensamentos seguem para onde querem, livres, apesar de eu fazer um pequeno esforço para tentar impedi-los. Eu me vejo pensando em meus pobres pais, que nos últimos trinta anos precisaram controlar os humores e as vontades de Caroline, os últimos problemas dela (anorexia, loucura, alcoolismo, ela os manteve bem ocupados), a destruição que ela causou. Com o tempo, tudo agora parece um episódio de um programa de entrevistas, nada real e muito menos uma parte de quem eu sou. Eu nunca entendi direito o papel de mamãe nisso tudo, como foi que Caroline se tornou tão complicada, mas tenho certeza de que tem muito a ver com ela. Eu sempre percebi, mesmo quando era pequena, que havia alguma coisa que não era muito certa entre as duas, percebia até que mamãe me preferia; só agora, estando distante, é que consigo admitir. E quando elas finalmente pareceram se acertar, resolver as coisas, durante a permanência da minha irmã naquela clínica para tratar distúrbios alimentares, acho que já era tarde demais para Caroline, o mal já estava feito.

Não sei por que, mas raramente tentei analisar essas coisas antes; apesar de eu sempre tentar me dar bem com minha irmã, ela era mais alguém na minha vida com quem ter cautela, alguém a observar, mesmo quando éramos pequenas. Acho que eu tinha um pouco de medo dela, relembrando agora. Mesmo quando ela quase destruiu nossa festa de casamento, eu a perdoei; afinal, eu ainda tinha Ben, ele se casou comigo mesmo assim. E, na época, eu tinha certeza de que ela não havia feito de propósito, era um percalço do caminho, só "Caroline sendo Caroline". Mas depois do que ela fez, estou feliz de estar livre dela, essa é uma das coisas que não lamento como consequência de ter fugido.

Meu sentimento quanto a abandonar meus pais é diferente, e pensar neles de longe, da segurança de uma nova vida, me deixa triste pelos dois. Meu pobre e patético pai. Ele achava que nenhum de nós sabia que ele havia dormido com a amiga de Caroline no nosso casamento, mas a expressão no rosto de Danielle na manhã seguinte, o atordoamento de Caroline (pelo amor de Deus, ela devia estar no mesmo quarto) significavam que nada precisava ser dito. Acho que foi a humilhação pública definitiva que deu à mamãe coragem de finalmente ir embora, e, depois disso, tudo veio à tona, todas as aventuras que mamãe passou anos ignorando. Eu fiquei estupefata, não consegui acreditar que ele pudesse ter feito tudo aquilo, eu o admirava tanto. Mamãe veio ficar conosco no começo, e Ben não se importou, apesar de estarmos recém-casados; teria sido tranquilo se não significasse que Caroline aparecia com mais frequência, flertava com Ben, e que papai ligava *todos os dias*. Chorava, implorava para falar com mamãe, embora ela recusasse. Ben foi um verdadeiro santo, agora parando para pensar. Ele devia me amar muito na época.

Conforme o trem corre adiante, vejo meus pensamentos voltando ao passado ainda mais rápido. Do nada, estou pensando em todo mundo que deixei para trás e me pergunto o que eles devem estar fazendo neste minuto: Ben e Charlie, claro, mamãe e papai, meus adoráveis sogros, Dave e Maria, do trabalho (será que eles já ficaram juntos?), minhas damas de honra, minhas amigas das aulas de pré-natal de quem fiquei tão próxima, nosso vizinho Rod e seu cocker spaniel velho e, com sorte, ainda vivo, minha amiga Samantha, vizinha que morava na nossa rua, a moça da cantina que nos fazia beber um café horrível. Fico pensando que exatamente um ano atrás ainda era *antes*, por pouco, e sinto desespero de novo.

Quando o metrô chega em Oxford Circus, eu balanço a cabeça para tentar me livrar desses pensamentos, e meu cabelo cortado até os ombros com mechas que custaram uma fortuna cai nos olhos. Ajeito o cabelo, me recomponho, deixo o passado para trás, onde é o lugar dele. Luto para sair do trem, me movo com a multidão pela plataforma lotada, subo a escada rolante (na ponta dos pés para proteger o salto, treinando mentalmente meus "ois" alegres até chegar lá) e saio no dia de primavera frio demais.

23

Caroline olhou para a linha azul no palito branco de plástico e soltou um suspiro de... quê? Medo ou expectativa? Tinha apenas 22 anos, mas já havia se formado em St. Martin's, tinha um apartamento em Brick Lane, um namorado bonito, uma carreira promissora no ramo da moda. Já tinha ficado grávida duas vezes antes e nenhuma delas pareceu o momento certo. Mas e desta vez? Ela não sabia. Ficou surpresa por ser tão fértil, apesar de ter feito o corpo passar fome quando adolescente, e decidiu ser mais cuidadosa no futuro, não dava para ficar fazendo abortos. Dominic ia levá-la para jantar mais tarde, talvez ela pudesse sondar o que ele achava de ter um bebê. Ela colocou a tampa do teste de gravidez e o guardou no fundo do armário do banheiro, depois tomou banho e colocou sua roupa favorita, pois percebeu que queria estar com a melhor aparência possível hoje. Sentia-se próxima desse princípio de bebê, ao contrário dos outros; talvez por conseguir se ver amando o pai desta vez, afinal, ele era seu namorado, não um parceiro sexual qualquer de uma noite em que as coisas saíram de controle. Caroline olhou para a barriga por baixo da camiseta laranja e imaginou-a crescendo e ficando redonda, abrigando um lindo bebezinho. Alguém para ela amar, que a amaria incondicionalmente. Ela percebeu que gostava da ideia.

Caroline terminou de se vestir e ajeitou o edredom prateado na cama em vez de deixá-la desarrumada, como de costume. As paredes estavam pintadas de fúcsia e cobertas de gravuras que ela comprou de amigos na faculdade de artes: uma tela abstrata de mulheres nuas com as pernas abertas, fotos em preto e branco de homens musculosos usando coleiras e cintos sadomasoquistas, um pôr do sol manchado de sangue. Ela amava o fato de as imagens serem tão ousadas. E quem sabe um dia não valeriam alguma coisa? Apesar de o quarto ser bom, a cama era tão grande que ali mal caberia um berço. Ela provavelmente precisaria se mudar antes de o bebê nascer, pensou. Talvez ela e Dominic pudessem morar juntos, em um lugar um pouco mais adequado para crianças, Islington, talvez, ou mesmo Ealing. Caroline calçou os sapatos (tênis plataforma dourados com os quais era quase impossível andar) e foi para a cozinha. O apartamento ficava no sótão de uma casa convertida, portanto as paredes eram inclinadas e os armários ficavam em ângulos malucos, mas o aposento era claro e iluminado e Caroline se sentiu abençoada, eufórica, ao olhar para o azul Virgem Maria no céu. Colocou café na cafeteira e foi acender um cigarro, mas aí se lembrou, estava *grávida*, então acabou pegando o jornal do dia anterior e até as notícias ruins pareciam boas hoje. Ela pensou em ligar para a mãe.

Não, esperaria para contar a Dominic primeiro, pensou ela, na verdade, ligaria para ele agora. Ela discou o número, e tocou sem parar, mas não caiu na secretária eletrônica. Ela olhou o relógio, ainda eram só nove e meia. Ela tentaria de novo mais tarde. Decidiu ligar a TV, só precisava chegar no trabalho ao meio-dia, e mudou de canal até encontrar seu programa favorito: pessoas simples gritando e berrando umas com as outras sobre brigas que tinham com a irmã, ou sobre dormir com o amante da mãe, ou sobre o namorado não ser o pai do filho delas. Caroline podia ter desenvolvido um jeito durão, uma cara de "não se meta comigo", mas, quando assistia a esses programas, sempre chorava, parecia que o destilar das emoções humanas nessas brigas indignas a emocionava de forma que poucas outras coisas conseguiam fazer. Glen, de Sheffield, estava prestes a descobrir se era ou não o pai da filha de 2 anos quando o telefone de Caroline tocou e ela hesitou em atender antes de ver quem era.

— Oi, Dom — disse ela, e sua voz não carregava o tom sarcástico que tanto afastava as pessoas, que as deixavam preparadas para um ataque.

— Oi, linda. Vi que você me ligou.

— É... — Ela ia falar, contar tudo, mas mudou de ideia. — Er, eu estava pensando, que horas você vem hoje?

—- Umas sete e meia? Está bom pra você? Achei que poderíamos comer alguma coisa na cidade e ir para o bar comemorar o aniversário da Danielle.

— Está ótimo — disse Caroline. — Vejo você mais tarde.

Quando desligou, ela pensou no quanto seria melhor contar pessoalmente, afinal. Voltou-se para a TV, porém era tarde demais. Tinha perdido o destino do pobre Glen cara de fuinha, pai orgulhoso ou corno humilhado? Mas, ao levar o café preto forte até os lábios com gloss roxo, percebeu que não se importava.

24

Quando estou cortando caminho por ruas menores, passando pela Liberty's, seguindo na Great Marlborough Street (há muito tempo aprendi a evitar os turistas da Oxford Street), tento novamente ignorar por que estou pensando em minha antiga vida hoje, por que apesar de ter tentado tanto, agora que maio chegou, não consigo esquecer que o aniversário é *sexta que vem*. É por isso que o momento da minha promoção foi bom para mim de várias formas: terei três contas para gerenciar, duas pessoas subordinadas a mim, e precisarei trabalhar diretamente com a temida Tiger Carrington. Não vou ter tempo para ficar pensando no que aconteceu quase um ano atrás.

— A gata e a tigresa. — Simon rira durante o almoço no dia em que fora anunciado, e, irritada, pedi que ele parasse.

— Não é engraçado — eu disse. — Tenho certeza de que ela me odeia.

— Cat Brown, ninguém pode odiar você — disse Simon, e eu sabia que não era verdade. E todas as pessoas no escritório que achavam que transei para subir os degraus da agência? E meu marido?

Quando chego em frente às enormes portas de vidro, com quatro nomes no alto, acima da minha cabeça, não me sinto mais intimidada, deslocada, como me senti naquela primeira sexta-feira, com meu horrível vestido preto e o lenço emprestado. Agora posso andar rebolando como as outras garotas, estou toda maquiada, minha aparência é sofisticada e elegante, fui seduzida pelo brilho de uma forma que me surpreende. Sim, sou uma pessoa completamente falsa atualmente.

Ando pelo saguão como se fosse a dona do lugar, passo pela mobília de formatos estranhos, pela mais nova recepcionista bonita e pego o elevador com paredes de vidro até o terceiro andar. Sou a primeira a chegar e me sento à minha mesa. Ligo meu laptop e verifico minha agenda, apesar de já saber o que ela diz. Tenho uma reunião com o cliente do desodorante à tarde, uma apresentação criativa para a conta do carro na quarta de manhã, premiação na sexta.

Sexta.

Não quero ir, mas sei que preciso, Tiger espera que eu vá, e não consigo pensar em uma desculpa, pelo menos não uma que eu possa usar. Estamos concorrendo a um prêmio por Frank, a marca de desodorante, com um comercial que filmamos na Espanha, nas colinas em Málaga. Na época, fiquei feliz de ter permanecido legítima, de ter escolhido voltar a usar o nome de solteira, pois significava que eu podia usar meu passaporte. Mesmo assim foi difícil passar pela alfândega, não só por medo de ser descoberta, mas também por lembrar que eu deveria estar levando meu filho em sua primeira viagem de férias para fora do país exatamente naquele momento; embora, claro, uma vodca dupla no avião tenha ajudado a afastar um pouco o pensamento.

Aquela viagem à Espanha me fez bem. O sol brilhava e todos estavam ótimos, ajudados pela sangria, claro. E, no último dia, o personagem principal (o suado) foi derrubado em um arbusto pelo pônei que deveria estar montando. Depois que ficou claro que ele estava bem, rimos até doer a barriga, principalmente porque tudo foi registrado pela câmera.

Sinto a presença de Tiger melhor do que a vejo. Ela tem luzes prateadas no cabelo e o bronzeado só pode ser falso, ainda assim ela consegue ter classe, parecer arrumada. Na verdade, ela é linda, deve ter colocado botox. Usa roupas clássicas de marca em vez das que estão na última moda, e elas lhe caem bem; na verdade, eu gostaria de ter essa aparência na idade dela. Percebi que atualmente costumo pensar livremente no futuro, supondo que ainda estarei nele no fim das contas, e mais uma vez fico impressionada com a virada que dei na vida, por ter superado aquela primeira semana, os últimos meses, embora não goste de pensar muito em como fiz isso, no que me meti.

— Bom dia — resmunga Tiger.

— Oi, Tiger — respondo, com mais alegria do que sinto. Tento pensar em alguma coisa para dizer, pois ela ainda me deixa nervosa.

— Como foi o fim de semana?

— Ótimo — responde ela. Eu sei que não foi e me arrependo de ter perguntado.

Apesar de nunca ter me contado, Tiger está passando pelo segundo divórcio, e acho que está no processo de mudança, saindo da casa da família em Barnes para um condomínio chique atrás da Harrods. Sinto pena dela, mas não posso falar nada. Não é para eu saber. Só sei porque Simon me contou, não é de conhecimento geral da agência, mas sou boa em ficar de boca calada, por isso Simon me conta quase tudo. Sou como a esposa substituta atualmente, a pessoa com quem ele deveria poder compartilhar suas esperanças, seus medos e as fofocas do escritório, alguém que pode confortá-lo e aconselhá-lo. Mas a mulher dele mesmo só parece interessada em seu mais recente projeto de redecoração, em uma das casas dele, ou nas aulas de tênis duas vezes por semana, ou no carro novo que deve comprar para substituir o Porsche, que já tem um ano. Eu nunca a vi, só falei ao telefone com ela, mas Simon me conta essas coisas e, pela forma como ela fala comigo, suponho que seja verdade. O filho de 8 anos está em um colégio interno, então ela nem precisa se preocupar com ele, e fico espantada de ver como uma mãe do século XXI consegue deixar o filho pequeno sozinho, cuidando da própria vida em uma instituição ultrapassada; mas então a ironia me pega de surpresa e as lágrimas surgem, e volto para a segunda-feira de manhã.

— ... então, eles esperam ver os primeiros conceitos hoje — conclui Tiger, e não ouvi uma palavra do que ela disse e nem sei de qual cliente ela está falando.

— Hã? Sim, claro, pode deixar, Tiger — respondo, e está claro para nós que estou boiando. Tiger dá um grito.

— Pelo amor de Deus, Cat, preciso dizer tudo de novo? Eu avisei Simon que era muito para você, que não tem experiência nenhuma.

— Me desculpe, Tiger — eu falo. — Não é isso. — Tento usar um tom de brincadeira, mas a forma como ela me olha me deixa apavorada, e as palavras saem agudas demais. — Não tomei café e acho que ainda estou um pouco no clima de segunda de manhã. Você quer um?

— Tudo bem — diz ela depois de uma pausa, e acho que escapei desta vez

25

Emily voltou do hospital em estado de choque. Tinha ido investigar uma anormalidade no preventivo, e, apesar de Ben ter se oferecido para ir junto, ela dissera que não precisava, que estava tudo bem, que não diriam nada para ela hoje e que ele não precisava faltar o trabalho. Foi aí que ela errou. Ela estava sentada, bem nervosa, em uma cadeira de vinil na sala de espera iluminada demais, folheando um exemplar antigo de *Reader's Digest*, quando a recepcionista se aproximou e pediu que ela preenchesse um formulário; eles precisavam de algumas informações antes da consulta. Emily pegou a prancheta de plástico preta e mordeu a caneta esferográfica, presa com um fio oleoso, como se por punição, e leu o formulário. Nome, endereço, data de nascimento, alguma medicação no momento (não), alguma outra doença (não), alguma cirurgia nos últimos cinco anos (não), data do último ciclo (?). Emily leu a pergunta e sua mente não reagiu. Quando foi a última vez que ficou menstruada? Ela não conseguia se lembrar. Antes das férias de verão ou depois? Sem dúvida não quando eles estavam em Creta. Ela não conseguia pensar. No final, só colocou um ponto de interrogação e entregou o formulário na recepção. Ela ficou sentada ali, com medo agora, com a mente tentando relembrar as semanas, mas andava tão ocupada no trabalho ultimamente que não conseguia se lembrar de ter ficado menstruada. Ela consultou sua agenda. Eles voltaram da viagem quando? Cinco semanas atrás? E, não, ela definitivamente não ficou menstruada depois disso. Então deve ter sido mais de cinco semanas atrás. Bem mais do que cinco semanas. Ela pegou a revista de novo e folheou as páginas sujas. Não conseguia se concentrar. Abriu a bolsa, pegou o celular e se perguntou se devia ligar para Ben para perguntar se ele lembrava, mas havia outras pessoas por perto e ela não queria que ouvissem. Também não podia se arriscar a sair da sala de espera, para o caso de ser chamada. Ela pensou em mandar uma mensagem de texto, mas ele pensaria que ela estava louca, teria ainda menos ideia do que ela.

— Sra. Coleman — chamou a médica, e Emily deu um pulo e a acompanhou até a salinha, tentando não olhar para a cadeira com estribos frios de metal, tentando não pensar que teria que se sentar lá em pouco tempo.

A médica se sentou e olhou o formulário de Emily de forma rápida e eficiente e logo chegou à pergunta final. Ela ergueu o rosto com expressão confusa, e Emily disse:

— Eu sei, me desculpe, é ridículo, mas não faço ideia.

Ela fez uma pausa.

— Fui a Creta recentemente — prosseguiu ela, como se isso explicasse, e talvez explicasse mesmo.

A médica sorriu.

— Você gostaria de fazer um teste de gravidez?

— O que, agora? Você poderia me dizer se eu estivesse?

E assim que acabou de falar, ela se sentiu boba, todo mundo sabia fazer testes de gravidez. Só que Emily nunca tinha feito um, sempre fora cuidadosa, até paranoica, com controle de natalidade. Afinal, não queria acabar como Caroline.

— É claro que podemos fazer um. Você consegue agora? — perguntou a médica. Emily assentiu. — Que bom. Vamos fazer isso primeiro e depois faremos o exame.

A enfermeira levou Emily até uma salinha, onde ela tirou a calça preta e a calcinha branca, colocou a camisola de hospital que lhe deram, entrou no banheiro ao lado e voltou para a sala de exame com um vidrinho na mão, evidência ou negativa de uma nova vida em potencial.

— Pode subir, Sra. Coleman.

Emily subiu na cadeira e abriu as pernas com relutância para colocar os pés nos estribos.

— Sei que isso não é agradável, mas será que você pode abrir um pouco mais as pernas? — pediu a médica. — Assim está melhor. Agora, a sensação pode ser um pouco fria.

Emily fez uma careta. Odiava isso mais do que tudo, não tanto a dor, mas a sensação de vulnerabilidade. Ela fechou os olhos e respirou fundo, tentando sufocar a vontade de fechar as pernas.

Dois minutos depois, a enfermeira entrou repentinamente na sala. A médica parou e ergueu o olhar.

— E aí, ela está? — disse ela, tão casualmente como se tivesse perguntando se Emily tinha parado o carro no estacionamento do hospital.

— Ah, sim! — respondeu a enfermeira.

Emily sufocou um gritinho, pôs as mãos no rosto e começou a chorar, dizendo "oh, oh" com uma voz estrangulada.

A médica e a enfermeira foram para os dois lados dela, dizendo:

— É uma notícia maravilhosa, não chore, Sra. Coleman.

Elas deram um abraço em Emily apesar de suas pernas ainda estarem nos estribos, e em meio à ansiedade e pânico, Emily teve dois pensamentos exatamente ao mesmo tempo: o quanto as duas estavam sendo maravilhosas e como exatamente ela ia contar isso para a irmã.

26

Faço um café delicioso para mim e Tiger, até esquento o leite no micro-ondas, mas ela nem levanta o rosto quando o entrego. Ela está lendo os e-mails agora. Decido deixá-la em paz por enquanto e não correr o risco de irritá-la mais, então volto para minha mesa. A essa altura, o restante da equipe já chegou, e todos estão falando de seus fins de semana: quem transou com quem, a quais boates foram, se a mais recente celebridade traída devia largar o parceiro. Eu me sinto meio estranha ao participar, não por achar a conversa pueril, pois gosto desse tipo de papo atualmente, mas porque na sexta eu era colega deles e agora sou a chefe, e não sei o que eles acham disso.

— Belos sapatos — diz Nathalie. — Aposto que foram caros, não?

— Obrigada, foram um pouco — respondo, pensando nas 300 libras que gastei neles na semana passada, para comemorar minha promoção, e que nove meses atrás comprei um quarto inteiro com a mesma quantia. Sinto uma pontada de vergonha.

Tento me acomodar à mesa enquanto a falação de segunda de manhã continua, e estou nervosa, inquieta, sem saber direito o que devo fazer. Decido mandar um e-mail para Tiger para esclarecer o que ela me pediu mais cedo, não quero correr o risco de entender errado e ainda estou morrendo de medo de falar com ela.

"Oi, Tiger", eu escrevo. "Só para confirmar, é para Frank que temos que entregar aqueles primeiros conceitos hoje?"

Aperto o botão de apagar para o caso de não ser para Frank, meu cliente do desodorante. Tento de novo.

"Oi, Tiger. Me desculpe, sei que pisei na bola, mas você pode confirmar quem está esperando os primeiros conceitos hoje?" Sincera de uma forma brutal demais, com um pedido de desculpas evidente demais, e logo no primeiro dia após minha promoção.

"Oi, Tiger. Você pode confirmar quem está esperando os primeiros conceitos hoje? Obg, Cat." Bem direto, econômico nas palavras, sem pedir desculpas, e espero que tenha menos chance de irritá-la. Eu aperto o botão de enviar.

Passo a manhã reunindo as coisas das quais preciso para a reunião com o cliente, discursando para a equipe criativa, tranquila demais, discutindo com planejadores, melhorando briefings fotográficos, montando agendas, verificando se Nathalie pediu mesmo o almoço. Ao meio-dia, ainda estou nervosa, tensa, e, apesar de ter jurado não fazer isso, principalmente nessa semana, me vejo no banheiro feminino, com suas portas de vidro fosco, superfícies brancas reluzentes e sabonete líquido caro. Só tenho meia carreira, e isso basta para me fazer enfrentar a tarde, mas por dentro eu me odeio. Volto para minha mesa toda animada. Tem um e-mail de resposta na minha caixa de entrada, de Tiger que diz "Você está despedida", mas estou me sentindo ousada e invencível e concluo que ela está brincando.

27

Andrew sentou-se à mesa cinza vazia e olhou para o relatório mensal de vendas à frente, mas nenhum dos números fez sentido. Apesar de ele estar bastante ciente da sua reputação como o canalha do escritório (seus casos sempre foram muito evidentes), até pouco tempo ele era bem-visto por conta de sua capacidade. Mas atualmente mal conseguia trabalhar, e sabia que o chefe teria de fazer alguma coisa em breve se ele não melhorasse.

As coisas tinham começado a ir mal para Andrew anos antes, desde que a esposa finalmente agiu e o abandonou. Ele havia se tornado tão blasé por ela aceitar as traições que nem percebera o desprezo que Frances sentira pelo comportamento dele no casamento de Emily. Assim, quando eles estavam no carro, voltando para casa depois de Devon, e Frances falou com segurança que ia sair de casa, ele não acreditou. E quando ela fez a mala e saiu naquela mesma noite, a noite após o casamento, ele teve certeza de que ela voltaria. Afinal, para onde ela iria? E quando ela não voltou, ele percebeu que não sabia o que fazer: não sabia ligar a máquina de lavar, fazer comida, não tinha ideia de onde ficava o sabão da máquina de lavar louça, nem sabia para onde Frances tinha ido. Ligou para todo mundo em quem conseguiu pensar: todas as amigas dela, a irmã Barbara, Caroline, mas ela não estava com nenhuma dessas pessoas. Ele acabou descobrindo e apareceu na casa de Ben e Emily, apesar de eles ainda estarem em lua de mel, implorando, batendo na porta, mas Frances não o deixou entrar. Andrew descobriu tarde demais que ela era o tipo de mulher que podia ser pressionada e pressionada e pressionada, mas que quando chegava ao limite, era o fim, pronto. Tudo bem, Frances tinha uma chave extra, mas mesmo assim não era do estilo dela ser tão invasiva, e ele percebeu que ela devia estar desesperada.

Sozinho, Andrew foi ficando mais deprimido com o passar do tempo, principalmente porque Frances parecia prosperar, estar cheia de vida, e, de acordo com Caroline, tinha cortado o cabelo curto, na moda, e estava viajando para uma escalada beneficente no Quênia. Ele até procurou Victoria (afinal, era ela quem ele amava o tempo todo, não era?), mas sua antiga amante de coração partido ignorou suas investidas cada vez mais desesperadas pela internet, e no fim mandou um e-mail para dizer que chamaria a polícia se ele não parasse de persegui-la.

Até o sexo perdera a graça para Andrew. A ironia era que, quando era proibido, clandestino, o risco valia a pena, valia até pagar por isso, mas agora que ele podia fazer sempre que quisesse, não tinha mais vontade, e começou a perceber o que fizera com a mulher durante tantos anos. Ele começou a só trabalhar e voltar para o pequeno apartamento alugado, comer comida de restaurante e ver filmes, um monte de filmes no canal por assinatura. Desenvolveu uma dor recorrente no braço e acabou indo ao médico. Durante a consulta ele desmoronou e colocou tudo para fora: o casamento fracassado, a nova e deprimente casa, a solidão, o estresse no trabalho. A médica receitou antidepressivos e indicou terapia, ficou muito preocupada. E apesar de Andrew ter de esperar três meses, ele foi à sessão com certa relutância. A terapeuta era morena e bonita, e Andrew se animou um pouco, decidiu que poderia ser bom para ele, afinal.

Depois de um ano, Andrew finalmente conseguiu dar um jeito na vida, começou a comer de forma mais saudável, a jogar badminton, recuperou a apreciação por um belo sorriso ou um bom par de seios. Os anos se passaram. Suas duas filhas pareciam finalmente encaminhadas, e ele até virou avô, o que foi uma delícia. Mas então recebeu a ligação de Ben que o enviou para um lugar em sua mente que ele nunca havia visitado antes, nem mesmo quando perdeu o nascimento das gêmeas ou quando percebeu sua inutilidade como marido e pai certa manhã em uma propriedade em Telford, nem mesmo quando Frances o abandonou. A planilha oscilou conforme seus olhos foram se enchendo de lágrimas, uma ocorrência quase diária agora, e ele se inclinou por cima dos números inúteis e indecifráveis, seu couro cabeludo brilhando sob as luzes do escritório, em meio aos restos de cabelo.

28

Levo meus clientes até a porta e me sento na recepção, folheio uma revista *Campaign*, aliviada porque a reunião foi bem afinal. Jessica e Luke, meus dois clientes principais do desodorante Frank (slogan: "Seja fabuloso, seja Frank"), já tinham recebido um e-mail sobre minha promoção e ficaram felizes por mim — foi merecido, uma grande notícia e tal —, o que foi bom. Os novos conceitos criativos foram bem recebidos (eles eram para Frank, graças a Deus, embora Tiger nunca tenha esclarecido), o briefing fotográfico foi perfeito e os planejadores tiveram uma ideia inovadora sobre como posicionar a nova fórmula multipartículas do Frank, que impede o suor até em temperaturas mais altas. Acho que eu poderia ter encarado tudo sem a cocaína, no fim das contas, e em um raro momento de autopercepção, eu me pergunto em que me meti. O efeito passou agora e me sinto um pouco letárgica depois do estresse do dia, então apoio a cabeça por um momento no caroço estranho que é o apoio de cabeça do sofá e penso de novo em como ridiculamente desconfortável é a mobília da recepção. Vou me levantar em um segundo, mas estou com sono e o sol do fim da tarde entra pelo vidro, aquecendo meu rosto. A sensação é boa. Eu fecho os olhos.

Ouço portas batendo, mas não assimilo, estou me sentindo quente e aconchegada nesses sessenta segundos de descanso no meio do dia.

— O que você acha que está fazendo? — rosna uma voz, e, antes que eu abra os olhos, sei que é Tiger e que passei dos limites agora.

Como consegui começar as coisas tão mal com minha nova chefe? *Porque você foi imposta a ela, porque ela acha que você está dormindo com Simon*, me diz uma voz baixinha. Eu me lembro do e-mail da manhã ("Você está despedida") e me sento abruptamente. Há medo em meus olhos.

Tiger está empertigada sobre os saltos, como uma amazona, olhando para baixo, para mim, e estou espalhada e desamparada no sofá em formato de feijão. Ela está com um sorriso largo no rosto e isso não parece certo.

— Pois bem — diz ela. — Acabei de esbarrar com Jessica e Luke, e eles ficaram elogiando você pela reunião. Talvez você seja mais do que uma puxa-saco, afinal.

E, com isso, ela se vira e sai andando até o elevador.

Estou meio tonta agora, então pego um táxi para casa. Tiger ficou tão satisfeita com os comentários dos meus clientes do Frank que, quando voltei para minha mesa, ela nem me deixou sentar, me carregou escada abaixo e para o outro lado da rua, para uma champanheria onde tomamos duas taças compridas e cintilantes cada uma, servidas em porta-copos brancos ao lado de tigelas de ervilhas de wasabi de aspecto fluorescente. Não entendo Tiger. Num minuto ela é uma vaca em pessoa, no outro está fazendo piadas que não entendo (e-mails com "Você está despedida", por exemplo — ela me contou que viu uma reprise ontem na TV e ficou viciada), e no seguinte me ama, mas só porque os clientes me amam. E esse último ponto resume Tiger: se eu for útil para ela, se ajudá-la a ganhar dinheiro, posso até ter duas cabeças que ela nem liga, posso transar com quem eu quiser. Eu poderia até ter matado alguém, provavelmente.

Me arrasto de volta para território mais seguro. O maior segredo que Simon já me contou é que o verdadeiro nome de Tiger é Sandra Balls, e não é surpresa que ela tenha mudado de nome. Simon me fez prometer, jurar pela vida da minha mãe, que eu jamais contaria a alguém, mas esta noite o champanhe estava borbulhando e fazendo cócegas, e, quando ela me disse que eu precisava ir com tudo de novo na quarta, em nossa maior apresentação para o cliente do carro, eu me inclinei meio tonta e quase respondi "Não se preocupe, Sandy". Mas acabei apenas dizendo que precisava voltar para casa, que teríamos visitas, e quase saí correndo pela porta antes de provocar minha própria desgraça.

Eu me sento no táxi e fico rindo da pobre Sandy Balls (Simon me disse que é um parque em New Forest) e tenho certeza de que o motorista pensa, pronto, outra bêbada, que mundo é esse, por que as damas não podem ser damas? Ele não tenta falar comigo, ainda bem, e olho pela janela para as pessoas que estão naquela hora perdida, tarde demais para estarem saindo do trabalho, cedo demais para estarem indo para casa bêbadas. Passamos por uma ciclista com uma bunda enorme, as nádegas mexendo como as bochechas de um esquilo, e me viro para ver como é o rosto dela. A mulher está com uma expressão tão intensa de esforço sincronizado, de convicção, de *destino*, que me sinto inadequada por estar sentada aqui, uma passageira apenas fazendo uma jornada, e uma jornada bem ruim, na verdade. Eu me encosto no banco e olho para o teto do carro, desejando que a tontura repentina vá embora.

Chego em casa por volta das oito da noite, ainda está cedo. Angel está deitada no chão da sala com o roupão branco macio, impecável e virginal, jogando xadrez com Rafael, o amigo espanhol que é garoto de programa. Ele é brilhante no xadrez, Angel sempre perde para ele, apesar de também ser muito boa. Ela está tomando vodca, mas gosta com *cranberry* agora, então o copo está avermelhado, como sangue aguado. Decido tomar chá, e Rafael diz que também quer uma xícara. Faço no bule de forma apropriada e até coloco o leite em uma jarrinha, somos civilizadas a esse ponto atualmente.

Rafael é um menino lindo. Ele tem 18 anos, embora pareça mais novo, e me contou que já trabalha há mais de três anos. Diz que não se sente explorado, e acha que, uma vez tendo desenvolvido um apetite voraz por sexo anal, valia a pena ser pago por isso. Admiro seu espírito empresarial, de certa forma. A maioria dos clientes é legal, de acordo com ele, não dá muito trabalho, e noventa por cento são casados, então precisam ser discretos. Pensei no meu pai quando Rafael me contou isso. Depois que mamãe o abandonou e toda a verdade sobre ele veio à tona, seus infinitos casos, sua queda por prostitutas, eu fiquei enojada. Eu me pergunto agora se elas foram sempre mulheres; por que ele pagaria por sexo quando era tão fácil conseguir mulheres? Acho que nunca vou saber, nunca mais vou ver meu pai de novo, então sinto uma saudade repentina dele e penso que talvez eu devesse tomar uma vodca, sim.

— Xeque — diz Angel, triunfante.

Rafael olha para o tabuleiro por uns quatro segundos. Move o bispo para comer o cavalo de Angel.

— Xeque-mate — responde ele, e Angel fica olhando boquiaberta por um instante, depois finge um grito e vira o tabuleiro.

Vou mesmo fazer um esforço de agora em diante, ficar doidona antes de reuniões não é como eu quero que minha vida se desenrole. Está na hora de crescer, de recuperar a moral; acabei ficando parecida demais com minha irmã gêmea para o meu gosto. Estou feliz por ter resistido à vodca e ter feito um bule de chá para mim e para Rafael, que, apesar da ocupação, é bastante caseiro. Decidimos assistir a um programa de TV sobre um casal que está transformando uma usina caindo aos pedaços em uma construção high-tech de aço e vidro, e fico impressionada com o quanto eles são arrogantes, com sua futura casa dos sonhos, com seus filhos vestidos com roupas Boden, com o quanto estão convencidos de que suas vidas são abençoadas e podem ser meticulosamente planejadas, e me pergunto que futuras tragédias os esperam, desejando que elas se apressem e aconteçam logo. Não gosto desse meu lado, eu não era assim, mas não consigo controlar isso hoje.

Talvez seja porque o dia seis de maio é daqui a quatro dias.

Quando o programa termina, o celular de Rafael toca, ele verifica as mensagens e se levanta com alegria, dizendo:

— Cliente regular. Estou de saída, *hasta luego.*

Ele joga um beijo e sai para um encontro sobre o qual prefiro não pensar. Angel vai tomar um banho de banheira, ela tem que trabalhar esta noite, e coloco no noticiário. Uma mulher matou os filhos em um hotel na Grécia, e eu não consigo acreditar que alguém possa fazer uma coisa dessas. A história me deixa mais deprimida e me sinto exausta por causa do longo dia, exausta devido ao meu trajeto reflexivo até o trabalho, por causa da cocaína, da reunião e do champanhe com Tiger. Acho que também preciso de um banho de banheira, vou tomar depois de Angel. Eu me sinto tão suja por fora quanto por dentro. E, então, vou para a cama cedo tentar dormir, tentar não pensar na sexta-feira.

Eu me deito na banheira e reflito sobre o dia, sobre os últimos nove meses. Sinto certo orgulho de mim, mas também sinto nojo. Não sou como Angel. Ela passou metade da vida cuidando da própria mãe, não é surpresa ela fazer algumas das coisas que faz. Ninguém nunca mostrou a ela a diferença entre o certo e o errado. Mas a mim, *sim*. Agora que estou estabelecida, até bem-sucedida, não preciso usar drogas nem roubar mais. Não preciso me diferenciar tanto da garota que fui um dia; já consegui, já fiz a travessia para o outro lado. Eu levanto os joelhos e deslizo as costas pela parte angulosa da banheira, e minha pele estala contra a superfície esmaltada. Continuo escorregando até minha cabeça chegar à água e continuo a descer e descer, e consigo sentir as bolhas estourando acima de mim e meu crânio apoiado no fundo duro da banheira. Fico assim até minha cabeça ficar quente e parecer que vai explodir, e permaneço nessa posição por mais um tempo. Quando a sensação toda é demais, empurro os pés na parede onde fica a torneira e surjo em meio à espuma, e uma onda escorre pela parte de trás da banheira, às minhas costas, e há água por todo o chão. Pego uma toalha e afundo o rosto nela. Quando a afasto, está quente e molhada, da água da banheira e das lágrimas — lágrimas de renovação e absolvição.

29

Dominic chegou na casa de Caroline pontualmente às sete e meia da noite. Ela sempre se impressionava com a pontualidade dele. Usava uma camiseta branca apertada com gola V e uma calça jeans com aparência de nova, e, apesar de ser carpinteiro, ela achava que ele parecia mais um modelo, maravilhando-se novamente por ele ser hétero. Ele era o encarregado de fazer cenários para os desfiles de moda de fim de ano dos alunos, e todas as garotas suspiravam por ele. Mas Dominic se interessou por ela, Caroline (ele caiu nas épicas teias de aranha dela), e ainda parecia encantado, quase cinco meses depois. Por algum motivo, os comentários venenosos e insultos cansativos foram ignorados ou não tiveram efeito com ele, e ela acabou desistindo. Ele não era burro, só era uma daquelas pessoas que pareciam ter tanta autoestima que não levavam nada para o lado pessoal. Caroline viu seu respeito pelo namorado crescer com o passar do tempo, e isso foi uma mudança bem-vinda em relação a quanto ela costumava se sentir diminuída depois da empolgação inicial, depois de ter destruído outros homens, de ter pisado na confiança deles como se fosse uma guimba de cigarro.

Ele parecia estar de bom humor hoje, e, apesar de Caroline pensar que ficaria feliz de ficar em casa e dar a notícia, ele queria muito sair.

— Pensei em experimentarmos um restaurante italiano novo no Soho — disse ele. — Ouvi falar que é bom. Pode ser?

— Claro — concordou Caroline.

Ela amava a forma como Dominic assumia o comando, não esperava para ver o que ela ia sugerir, e estava feliz por ter um homem forte em sua vida, finalmente. Enquanto eles estavam andando na direção do metrô, um táxi preto passou e Dominic o chamou, o que a surpreendeu; nenhum dos dois tinha muito dinheiro e aquilo pareceu uma extravagância.

— Não se preocupe, Caz — disse Dominic, passando o braço ao redor dela.

Ela conseguiu sentir o cheiro de limpeza e pensou que sim, talvez isso fosse funcionar: ser normal, ter um relacionamento direito, ser como as outras pessoas. Ela podia ainda ser jovem, mas já tinha visto muita coisa, já tinha vivido bastante. Não, não era cedo demais. Ela se encostou nele e se sentiu mais segura do que precisava para contar a notícia quando o táxi seguia pelas ruas que escureciam, na direção de West End.

Caroline se sentou em frente a Dominic no restaurante de azulejos azuis e percebeu que ele estava nervoso, embora ela não soubesse por quê. A não ser, claro, que ele tivesse adivinhado sobre o bebê, que estivesse captando a agitação dela. Caroline normalmente teria agido de forma bem diferente: teria jogado o teste fora, pegado o celular sem nem lavar as mãos e dito qualquer coisa do tipo "Estou grávida. Imagino que você queira que eu faça um aborto, certo?"

Desta vez, achava que talvez não quisesse fazer um aborto, que talvez estivesse com um homem que realmente a amava, que ficaria feliz com a notícia. Ela ajeitou o guardanapo quando os cardápios chegaram. Dominic pediu champanhe; ele *devia* ter adivinhado, pensou ela, e estava feliz, ainda bem.

O garçom colocou duas taças na mesa e uma pareceu a Caroline estar suja, como se houvesse alguma coisa presa no fundo. Ela não disse nada, pois não queria fazer uma cena e estragar o momento. Quando as bolhas estavam subindo pelo copo, Dominic ergueu a taça e disse:

— A nós, Caroline.

Ele levantou da cadeira como se tivesse deixado alguma coisa cair no chão e, quando Caroline olhou para ele ajoelhado ao lado dela, houve um estrondo, um sopro de vento, e os dois estavam no chão. Sua barriga se encheu de dor. Houve uma longa pausa até que alguém a rompeu com um grito prolongado de dor, e logo todos estavam gritando, em pânico, todos exceto Dominic.

* * *

Deitada embaixo da mesa do restaurante, Caroline percebeu que não estava seriamente ferida, talvez alguma coisa tivesse caído em cima dela, e Dominic já estava se levantando, graças a Deus, perecendo ileso, mas com expressão atordoada e cheia de medo. Outras pessoas pareciam sem ar e em pânico, mas não estavam sangrando nem com nenhum membro amputado. A maioria dos pratos e copos tinha se quebrado e a mobília estava espalhada por todo lado, mas havia poucos danos, o que era surpreendente. Os gritos diminuíram e as pessoas estavam acuadas, como se não soubessem o que fazer. Havia um pandemônio na rua lá fora, alguém gritou que a parte da frente toda do pub Admiral Duncan tinha sido explodida. Dominic pegou uma cadeira no chão, fez Caroline se sentar nela e disse:

— Você está bem, Caz? Deve estar uma carnificina lá fora, vou ver se posso ajudar. Espere aqui.

Ele beijou o topo da cabeça dela e correu para a noite, para a fumaça, gritos, pregos tortos e pele ferida, e não voltou. Caroline ficou tremendo e sem entender nada por talvez 45 minutos, era como se não conseguisse processar o que tinha acontecido com ela hoje: uma linha azul, um táxi preto sacolejante, um brilho branco intenso, uma fumaça cinza e fedorenta Quando finalmente se deu conta do que Dominic estava prestes a fazer antes da bomba, Caroline foi procurá-lo, ignorando as pessoas sangrando e o caos. Ela só queria encontrá-lo, seu quase noivo. A polícia estava tirando todo mundo da Old Compton Street, pela Frith Street até a Soho Square, onde já havia um acampamento improvisado para os feridos. Ela se livrou do toque de uma policial e rompeu o isolamento, gritando:

— Preciso encontrar meu noivo!

Ela passou por cima de corpos, sem se importar se estavam vivos ou mortos; tinha de encontrá-lo, dizer que sim, dizer que em meio a tanto ódio e horror havia um novo coração batendo, imaculado e inocente, em algum lugar bem dentro dela.

* * *

Ela não conseguiu encontrá-lo. O celular caía direto para a caixa postal. Decidiu verificar se ele tinha voltado para o restaurante, talvez eles tivessem passado um pelo outro na confusão, mas estava escuro lá dentro agora e alguém o havia trancado. A parte da frente do pub ao lado fora pelos ares, e fumaça e detritos subiam preguiçosamente para o céu cinzento. Ela não sabia o que fazer, para onde ir, então seguiu as últimas pessoas que se afastavam do pub, de volta para a praça, onde todos estavam sendo colocados e equipes médicas cuidavam dos feridos. O clima era de desolação. Caroline procurou duas vezes na praça, mas não o encontrou. Estava prestes a atravessar o isolamento policial para a Charing Cross Road, prestes a desistir, quando viu uma cabeça escura inclinada sobre uma pessoa ferida, com uma camiseta antes branca manchada e suja. Um dos integrantes da equipe médica estava ao lado dele, bombeando com urgência.

— Dominic — gritou ela, e, quando ele ergueu o olhar, ela viu que o jovem na frente dele tinha o que parecia ser um buraco na lateral do corpo.

— Desculpe, Caz, agora não — disse ele, e afastou o olhar.

Alguma coisa em Caroline se partiu.

— Estou procurando você há horas, porra — gritou ela. — Como você pode me largar assim?

— Shh, Caz — disse Dominic, e sua voz estava cansada.

— Não, não vou "shh, Caz" porra nenhuma, seu filho da puta. Você me abandonou, me deixou naquela porra de restaurante e não voltou para me buscar, eu fiquei sentada lá esperando como uma babaca, querendo contar pra você que vou ter uma merda de bebê seu.

E saiu correndo, cambaleante, pelo gramado e pelo portão da praça, ignorando os apelos chocados de Dominic para que ela voltasse.

Caroline acabou pegando um táxi preto em frente a um bar na Goodge Street, onde pessoas estavam rindo, bêbadas ou quase bêbadas e, embora fosse verdade que tivessem ouvido algum tipo de explosão, estavam ocupadas demais esquecendo a semana para se importarem com o que poderia estar acontecendo a menos de um quilômetro de distância ou se perguntarem por que essa garota suja e chorosa cambaleava por elas. O motorista também mal notou o estado dela, era algo óbvio para uma noite de sexta, e ele também não sabia da bomba; não costumava ouvir o noticiário, era ruim demais. Sentada sozinha no banco de trás, o espaço lhe pareceu amplo, vazio, como se ela pudesse desabar ali no meio sem Dominic para mantê-la em segurança. Como diabos a noite dera uma guinada tão horrível, de um trajeto de táxi cheio de promessas a um trajeto de volta manchado de dor. Ela sabia que Dominic jamais voltaria para ela, não depois daquilo, estava tudo arruinado; pela tragédia que os tinha envolvido, pelo comportamento doentio dela, pela expressão que ela viu nos olhos dele.

Caroline percebeu que precisava contar a novidade para alguém, para fazer com que parecesse real; estava tão desorientada que talvez tivesse imaginado a linha azul. Tentou ligar para a mãe, mas o telefone ficou ocupado uma eternidade. Ela xingou e ligou para o pai, mas tocou e tocou até cair na secretária eletrônica. Digitou o número seguinte antes de ter tempo para pensar. Quando sua irmã gêmea atendeu, Caroline ficou sem saber o que dizer.

— Oi, Caroline! — disse Emily. — Que bom você ligar... Alô? Alô? Caz, você está aí?

— Estou — soluçou Caroline. — Estou grávida.

— Ah — disse Emily. Ela não sabia se era uma coisa boa ou ruim, não sabia o que dizer. — Por que você está chorando, Caz? — perguntou ela com delicadeza.

— Eu estava lá na hora da bomba e perdi Dominic e ele ia me pedir em casamento e ele nem sabia sobre o bebê, e agora eu o chamei de filho da puta. E, ah, Emily, eu o amo tanto e quero ter nosso bebê, mas agora o perdi, eu o perdi.

Emily nunca tinha recebido uma ligação assim da irmã, Caroline nunca a havia procurado antes, e sentiu-se absurdamente grata. Ela pensou rápido. Amanhã era sábado, ela não tinha nada programado que não pudesse mudar, e, além do mais, não conseguia suportar ouvir Caroline assim.

— Vou até aí, Caz — disse ela. — Vou pegar o primeiro trem amanhã de manhã.

— Ah — disse Caroline.

Não era isso que ela tinha planejado, nem queria falar com Emily, na verdade.

— Se você quiser — disse Emily.

Caroline fez uma pausa, e devia ainda estar traumatizada, porque se viu dizendo:

— Tudo bem, então.

— Te vejo de manhã — disse Emily. — Tchau, Caz, aguente firme, eu amo você.

— Eu também amo você, Em — falou Caroline, e as duas garotas desligaram, perplexas, chocadas, às lágrimas.

Emily não sabia se devia realmente ir. Será que Caroline a queria mesmo lá, pois não parecera muito animada quando ela se ofereceu; ela costumava rejeitar qualquer tentativa de amizade vinda da irmã. Emily pensou em ligar antes de sair só para confirmar, mas ficou com medo de ofender Caroline, como se estivesse tentando tirar o corpo fora. E, de qualquer modo, a pobre garota esteve presente à explosão de uma *bomba*, deve ter sido horrível. Emily ficou arrasada quando viu a notícia; tinha achado que Caroline estava sendo melodramática, como sempre, com a história do namorado aparentemente pedindo-a em casamento e o restaurante explodindo e ele desaparecendo daquele jeito, mas pelo menos a parte da bomba foi verdade. Pobre irmã!

O trem pareceu demorar uma eternidade, havia obras perto de Northampton, e, quando finalmente chegou em Euston, Emily seguiu as placas até o metrô e tentou descobrir para onde ir. Não conhecia Londres direito e não se lembrou de perguntar a Caroline, apenas supôs que a Brick Lane teria sua própria estação, mas parecia que não. Ela estava nos túneis do metrô e não tinha como ligar para a irmã para saber, e não havia guardas para perguntar. Ela olhou para as outras pessoas na plataforma: havia dois jovens com mochilas, de camisetas de beisebol e tênis brancos, parecendo tão perdidos quanto ela; uma senhora oriental bem baixinha com um belo sári laranja, meias grossas e sandálias, que olhou para o outro lado quando Emily foi tentar falar com ela; uma garota mal-humorada, vestida toda de preto e com olhos excessivamente maquiados, que devia ter passado a noite toda fora. A única outra opção de Emily era um garoto negro muito bonito, com ouro nas orelhas e ao redor do pescoço. Quando tomou coragem para perguntar, ele abriu um sorriso que a deixou com vontade de levá-lo para casa e apresentá-lo à mãe. Ela agradeceu, corando, e seguiu pela plataforma para estudar o mapa, a fim de descobrir como chegar a Aldgate East.

Quando Caroline abriu a porta, Emily ficou horrorizada. Seus olhos estavam tão inchados que ela parecia ter levado uma surra. Caroline pareceu irritada por ver Emily, que pensou que talvez não devesse mesmo ter ido. O apartamento de Caroline era eclético e moderno, dominado por cores primárias, objetos estranhos e pornografia artística. No hall de entrada, havia três chapéus-coco pendurados em fila, acima de fotos em preto e branco de macacos, que pareciam sofrer, torturados, e Emily se perguntou se tinham sido tiradas em laboratórios. Não queria perguntar, eles a deixavam pouco à vontade.

Caroline ficou de pé ao lado da porta, com expressão de raiva. Emily passou por ela até chegar à pequena cozinha e colocou a chaleira no fogo, enquanto Caroline observava, entorpecida. Ela fez chá e colocou dois cubos de açúcar para Caroline, pois ela parecia precisar e, quando colocou a colher na pia, viu sua irmã gêmea desabar no chão e começar uma lamúria animal.

— Caz, venha cá, amor, vai ficar tudo bem — disse Emily, inclinando-se e passando os braços ao redor da irmã.

Quando estava ajudando Caroline a se levantar, ela viu uma mancha vermelha nos azulejos brancos frios, como outra obra de arte bizarra, e quando olhou dentro do que havia sobrado dos olhos de Caroline, por trás do inchaço, compreendeu.

30

Termino o restante desta semana tortuosa sem mais problemas com Tiger. A apresentação criativa do novo carro de sete lugares foi muito bem, os clientes adoraram a nossa ideia boba dos quíntuplos, e minha equipe pareceu não ter problema com meu novo cargo. Na verdade, todos pareciam me respeitar, mesmo que eu mesma não me respeitasse. Mas estou orgulhosa de não ter usado drogas desde a hora do almoço de segunda, e até consegui fazer Angel trocar a vodca por chá esta semana. Nós duas estamos oficialmente em um momento saudável. Talvez eu esteja finalmente dobrando uma esquina, deixei para trás os excessos que me ajudaram a sobreviver.

Só tenho mais uma dificuldade a enfrentar agora, justamente a maior, e não sei como lidar com ela, o que fazer, se devo encará-la ou me afastar dela, agora que está aqui.

Aqui.

Simon prometeu me levar para almoçar a fim de comemorar minha primeira semana como gerente de contas e eu aceitei, então estarei com ele durante todo o tempo, não consigo encarar isso sozinha. Sei que Tiger vai me criticar por isso, mas ao menos desta vez eu não me importo. Talvez eu devesse ter tirado o dia de folga, mas o que eu faria sozinha? Como suportaria ser eu? Estar com Simon pode ajudar.

Olho meu relógio. Onze e sete. Faltam três horas e sete minutos. Os números são concretos demais, não tenho como escapar deles. Estou com calor e me sinto tonta, não consigo me concentrar. Sinto minha determinação se esvair como se alguém tivesse tirado o ralo da pia. Eu me levanto da cadeira e passo pela mesa de Nathalie, contorno a parte de trás da mesa de Luke e sigo para aquele banheiro fabuloso. Mentalmente, tenho um vislumbre do meu marido e do meu filho, que logo some, mas ainda imploro que eles me perdoem...

* * *

Simon me leva a um restaurante chique perto da Tower Bridge, e acho que foi em algum lugar por aqui que Angel disse que morou. Sugiro a Simon irmos a algum lugar perto da agência, há centenas de opções, mas ele pareceu sentir alguma coisa em mim hoje e disse que seria bom ir para perto do rio, pois o dia estava glorioso. Adoro o vocabulário antiquado de Simon; as coisas são sempre gloriosas ou bacanas, ou inversamente deploráveis ou calamitosas. Ele é um cavalheiro de coração, e talvez seja por isso que não tem coragem de largar a esposa horrível — seria uma coisa ruim de se fazer. Sei que ele está um pouco apaixonado por mim ultimamente e admito que também sinto alguma coisa por ele, mas, apesar de nunca me perguntar por que, de alguma forma, ele sabe que não deve levar isso adiante.

Nós nos sentamos perto da janela aberta, a brisa do Tâmisa entra no restaurante, um homem de gravata-borboleta toca piano de cauda e a atmosfera é exclusiva, simples. O lugar é lindo, Simon estava certo. Eu esqueço de mim mesma por um tempo, e bebemos vinho branco dividindo um prato exagerado de frutos do mar e, quando olho a hora, é uma e quarenta e cinco. Faltam 29 minutos. Para quê? Um aniversário sem sentido em um dia cheio de coisas ruins. Não consigo deixar de pensar que, exatamente a esta hora no ano passado, eu ainda tinha um marido maravilhoso, um filho lindo e estava grávida de novo. Eu era feliz de uma forma doentia, e desde então decepcionei todo mundo, de formas diferentes. Lembro a mim mesma que pensar assim não ajuda em nada e aceito mais vinho. Eu me saí tão bem por tantos meses que acho que quase esqueci que já fui Emily Coleman, mas, no fim das contas, não consigo esquecer esta data. Quanto mais tentei esquecer, mais ela se destacou, ameaçadora e unindo o passado ao presente. Pelo menos uma coisa boa resultou desse dia: eu parei com as drogas, sim, para sempre, a partir de hoje. Tenho orgulho de mim ao pensar que, mais cedo, na agência, quando cheguei ao banheiro pronta para cheirar até começar a me esquecer, pensei no dia de hoje, no meu querido garotinho e no que ele pensaria de mim, sua mãe. Entrei direto em um dos cubículos iluminados e esvaziei o conteúdo do pacotinho na privada, depois dei descarga.

O pianista começa a tocar uma música que já ouvi mil vezes, mas não consigo lembrar qual é, e isso me incomoda. Eu me pergunto o que Ben e Charlie estão fazendo agora e também afasto esse pensamento. Escuto uma voz e percebo que Simon está falando.

— Você já experimentou o caranguejo? Está delicioso.

Olho para ele meio perdida e balanço a cabeça, com olhos desolados. Ele percebe uma fraqueza em mim, uma abertura, e segura minha mão.

— Por que você está tão triste, minha querida Cat? Você sabe que pode conversar comigo. Pode me contar qualquer coisa, como amiga.

Ele fala com tanto carinho e sinceridade que me sinto tentada, mais ainda do que nas saídas recentes com Angel, em que bebi e fiquei doidona e louca de vontade de contar para ela. Já segurei por tanto tempo. Preciso desesperadamente passar pelos próximos minutos, talvez fosse melhor se eu pudesse falar, contar para alguém. Eu hesito, quase falando, como se elaborar as palavras pudesse tornar tudo pior ou melhor. É como se eu estivesse no alto de um trampolim, com o corpo encolhido, flexionado, formigando. Será que posso? Ou não posso? Controlo meus nervos e dou um passo à frente, para o vazio.

31

Caroline respirou com cuidado ao telefone, perdida demais, machucada demais para pensar no que dizer. Dominic demorou dois dias inteiros para fazer essa ligação, e, nesse meio-tempo, ela perdeu o bebê deles. Os dois passaram por traumas tão grandes que não sabiam mais como chegar um ao outro. Mais cedo, naquele mesmo dia, Caroline tirou o teste de gravidez do armário do banheiro e a linha azul tinha sumido, e ela começou a pensar que realmente havia imaginado tudo. Ela lamentou pela linha, sentiu dor pelo anel de diamante na taça e se perguntou onde estaria agora, que fim teria levado. Porém, mais do que tudo, lamentou pelo bebê, o que a linha deveria se tornar. Nas outras vezes em que ficou grávida, o feto foi um problema do qual se livrar, mas esse tinha sido um milagre, uma união entre ela e Dominic, um símbolo do amor deles. Mas os dois sabiam que o amor tinha se perdido, o bebê também, e nada traria nenhuma das duas coisas de volta. E a única outra pessoa que sabia era Emily, e Caroline nunca tinha contado *nada* para ela antes. Era estranho elas terem se aproximado tanto por causa disso, apesar de Caroline saber que era uma anomalia, que aquilo não duraria. Mas Emily foi fantástica, Caroline precisava admitir, calma e sem fazer críticas, mesmo quando ela descreveu o ataque indigno que dera em meio à carnificina da Soho Square.

— Eram seus hormônios, o choque, tudo junto, Caz, o que você esperava? — perguntou Emily enquanto segurava a mão dela, e Caroline achou o contato estranhamente reconfortante. Talvez ela devesse parar de ser tão má com a irmã, poderia ser bom tê-la como amiga, para variar.

Depois que Dominic desligou, dizendo que voltaria a ligar em breve, Caroline ficou sentada, imóvel. Ele nem se ofereceu para ir vê-la, e ela desconfiava que ele não tinha acreditado quando ela contou sobre o bebê, que o perdera, tudo parecia conveniente demais. Mas ele ligou, como disse que faria, mais algumas vezes. Eles saíram para jantar em cada uma das ocasiões e, apesar de sempre pedir desculpas, ele nunca mais foi pontual. Os jantares foram estranhos, sofríveis. Caroline insistiu para que ele fosse para casa com ela na primeira vez, e eles tentaram fazer sexo, mas foi constrangedor, humilhante, e ele não passou a noite lá. Chegou a um ponto em que Caroline não conseguia mais suportar o fingimento, essa cópia malfeita do relacionamento real que um dia eles tiveram e terminou com Dominic no fim de uma noite, por mensagem de texto. Ele não se opôs, e Caroline se perguntou novamente como a história deles poderia ter se desenrolado se eles não tivessem sido surpreendidos pela bomba, se tivessem ido a outro lugar para jantar aquela noite. Um ano depois, ela soube por amigos que ele tinha se casado, que a nova mulher estava grávida, e essa informação, junto com o bebê perdido, assombrou Caroline para sempre.

32

Estou sentada perto do rio, o sol está brilhando, e decido confiar em Simon, então começo a abrir a boca para dizer... o quê? Que não sou Cat Brown de verdade, que sou Emily Coleman, que sou falsa, uma fraude, uma desertora? Sim, por que não, pode ser bom para mim contar a verdade no fim das contas. Quando as primeiras palavras se formam, eu olho para baixo sem pensar, e vejo ali, no meu celular, com toda sua falta de equívoco digital:

14.14

6 de maio

Eu engasgo, empurro a cadeira para trás e saio correndo do restaurante o mais rápido possível. Consigo segurar até chegar à margem do rio e vomito na amurada, fazendo tudo espirrar em mim, e caio no chão, em cima do meu próprio vômito. Em minha humilhação, desejo pela milionésima vez estar morta.

Estou deitada na cama em casa, em Shepherd's Bush, e, apesar de minhas roupas terem ido para o lixo, meu cabelo (ou seria minha boca?) fede. Angel está sentada em uma cadeira do outro lado do quarto vendo TV e, quando eu me mexo, ela se levanta e vem até mim. Sinto vergonha, embora não saiba muito bem ainda por quê. Eu lembro que Simon e... quem? Um garçom? Um turista de passagem? Que eles me ajudaram pela margem do rio até onde um táxi pudesse nos pegar. Eu não estava inconsciente (nem no ano passado), mas estava no mesmo estado histérico, e Simon, agora percebo, deve ter chamado um médico para me dar alguma coisa, a névoa provocada pelas drogas é inconfundível. Horas devem ter se passado agora, e penso, com nervosismo, em Tiger, na premiação, e volto de repente para o presente, não estou mais presa em meu pesadelo recorrente.

— Preciso me levantar — eu digo. — Tenho que estar em Dorchester esta noite.

— Não fale besteira, meu bem — diz Angel. — Você não vai a lugar nenhum hoje.

Um ano inteiro.

A sensação é de que preciso me levantar agora, seguir com o resto da vida, não tenho tempo a perder. Parece que superei o desespero e cheguei... aonde? Na aceitação? Minha antiga vida, a feliz, está há mais de um ano de distância agora; não posso mais pensar *a esta hora no ano passado eu estava...* E é um alívio. Tento sair da cama, mas me sinto grogue demais, e caio de volta sobre os travesseiros. Angel puxa o edredom por cima de mim.

— Fique aí, meu bem. Vou preparar uma boa xícara de chá para você.

Angel aperta minha mão e sai do quarto, fechando a porta delicadamente. E, quando sai, sinto gratidão por ela cuidar de mim, como minha mãe cuidava, e percebo o quanto tenho sorte de tê-la por perto.

Eu me pergunto como Simon descobriu meu endereço. Nunca cheguei a dá-lo no trabalho, eles ainda têm o antigo, de Finsbury Park. Ele deve ter olhado no meu celular e ligado para alguém. Só tenho pessoas da agência e clientes na lista de contatos, e alguns poucos amigos como Bev e Jerome, lá da casa. E Angel. Ele deve ter achado isso estranho: quase nenhum amigo na lista, nada de mãe nem de pai. Já falei sobre Angel muitas vezes, e agora me dou conta de que ele deve ter vindo aqui no apartamento, eles devem ter se conhecido, e sinto um ciúme absurdo.

Angel volta com uma caneca rosa em que o homem desenhado fica nu quando a bebida está quente. Acho que ela está tentando me alegrar, então dou um sorriso para agradá-la.

— Você nunca me disse que o Simon era bem bonito — fala Angel.

— Ah — eu digo. — Você achou? — E mais uma vez penso *fique longe dele* e me pergunto qual é meu problema.

— Ele estava realmente preocupado com você, meu bem — continua ela. — Ele está ligeiramente apaixonado por você?

— Não — respondo, mas rápido demais.

— O que aconteceu, afinal? — pergunta ela. — Você aparece aqui drogada até os cabelos e coberta sei lá de quê. Pensei que era para ficarmos saudáveis essa semana.

Angel dá uma gargalhada nervosa, e consigo perceber que ela está muito preocupada comigo, o que me deixa mais determinada a mostrar para ela que estou bem, que o pior já passou, não quero chateá-la. Meu telefone toca na mesa de cabeceira. Angel o pega antes de mim.

— É o Simon — diz ela. — Devo atender?

— Sim — respondo, querendo dizer não, e, pela primeira vez, percebo como é perigoso ter uma amiga tão bonita quanto Angel.

— Oi, Simon... Não, é Angel... Ah, estou bem, obrigada (risadinha)... Ela acabou de acordar, acho que está bem... Sim... Não (risadinha), eu disse para ela que isso é loucura... Ah. Tudo bem, quanta gentileza sua, vou perguntar... Você quer falar com ela?... Ah, tudo bem, até mais tarde, talvez. Tchau.

— O que foi isso tudo? — pergunto.

A única vez que me irritei com Angel foi no dia em que fomos fazer compras e eu descobri que ela é cleptomaníaca, e superei isso rapidamente.

— Simon disse que, se você estiver se sentindo bem mais tarde, pode sair para beber alguma coisa depois do jantar. Parece que uma pessoa não vai poder comparecer, acho que ele disse Luke, então falou que se eu quisesse ir com você, seria ótimo.

Ela fala com ingenuidade, sem intenção aparente, e sinto vergonha do meu ciúme. Só tenho dois amigos no mundo e não quero que eles se conheçam. Até que ponto isso pode ser infantil? Talvez sejam as drogas que o médico me deu, não me sinto nada bem.

— Não sei — eu digo com mau humor.

Viro as pernas para sair da cama, e desta vez Angel não tenta me impedir, ela parece não se importar de eu me levantar agora.

— Vá tomar um banho — diz ela. — E vamos ver como você se sente mais tarde.

Eu resmungo e cambaleio até o banheiro.

33

Emily ficou olhando para o berço, para o bebê adormecido, como se estivesse hipnotizada. Tinha acabado de abrir a cortina, e o quartinho estava iluminado com o sol do fim de verão. Era hora de ele acordar, eles iam visitar os sogros em Buxton. Ela baixou a lateral do berço para poder pegá-lo lá dentro, e, quando fez isso, os personagens da história do Ursinho Pooh balançaram de leve, como se também acordassem. Ela hesitou antes de pegá-lo, examinou-o de novo, como se ele fosse um milagre, o que era mesmo para ela: com uma cabeça perfeitamente redonda e o cabelo fino e macio caído delicadamente para um dos lados; bochechas tão grandes que eram como travesseiros para os ombros dele; braços esticados como em entrega total, com os cotovelos nos ângulos certos, de forma que os pequenos punhos estavam na altura do nariz; a barriga subindo e descendo dentro do macacão branco simples e a respiração ligeiramente chiada (ela nunca soubera que bebês roncavam); perninhas gordas bem abertas, dobradas nos joelhos; os pés cobertos com meinhas brancas que ainda estavam grandes demais, próximas, quase juntas. O berço era branco, o lençol e o cobertor eram brancos, ele parecia tão limpo e puro que ela teve vontade de ficar nesse momento, de olhar para ele para sempre.

Ela estava impressionada com a forma como a maternidade a afetara. Fizera com que enxergasse tudo de maneira diferente, de forma mais simples. Ela nem queria ficar grávida e, apesar de Ben querer ter um filho havia algum tempo, ela o fez adiar; não queria chatear Caroline, o que ela agora percebia ter sido ridículo. Ela amava tudo no fato de ser mãe: os cheiros, o calor, a natureza incondicional de como ela se dava para o filho, mesmo quando ele a levava à loucura com o choro, mesmo quando ela ficava exausta no fim do dia. Ela amava o fato de que tê-lo a aproximou mais de Ben, se é que isso era possível, e até mesmo Caroline tinha sido maravilhosa com relação a tudo. Ela não merecia ser tão feliz.

Quando a luz o acordou delicadamente, ele abriu os olhos e piscou para ela, e, em vez de chorar como costumava fazer, seu rosto se abriu em um sorriso que era pura gengiva, e ela se inclinou, pegou-o no colo e o ergueu enquanto ele fazia barulhinhos e gorgolejos. Nesse momento, ela pensou em quanto o tempo passara rápido, que precisaria voltar ao trabalho em dois meses e já tinha até reservado uma vaga em uma creche. Ela provavelmente teria que acordá-lo em algumas manhãs (e apostava que ele não sorriria nesses dias), e tudo seria tão corrido para dar comida, vesti-lo e levá-lo para a creche. Com a aproximação da data, ela percebeu que temia mais a cada dia a hora de voltar. Deve ter sido nesse momento, sentada entre os ursinhos de pelúcia no sofá no quarto dele, naquele belo momento de tranquilidade, que ela percebeu, e se perguntou, como contaria para Ben.

Por fim, ela simplesmente disse, naquela mesma noite, quando eles estavam deitados na cama, mexendo os pés, encostando-os um no do outro.

— Ben, não quero voltar a trabalhar — disse ela.

O marido se mexeu e se apoiou no ombro para poder olhar para ela direitamente na luz baixa. Ele segurou a mão dela.

— Sei que sempre falei que queria, mas agora não consigo suportar a ideia de deixá-lo em uma creche. Ele precisa de mim, da mãe dele.

— Uau, você virou o disco — disse Ben, e se inclinou e beijou-a no nariz.

— Então você não se importa?

— É claro que não.

— Vamos ter bem menos dinheiro. E as nossas férias, nossa intenção de uma casa maior um dia, ter dois carros? Pode ser que a gente precise vender um.

— Emily — disse Ben. — Não dou a mínima. Temos nossa família, é só isso que importa.

— Tem certeza? — perguntou ela. — Você não está só sendo muito legal, como sempre?

— Não — disse ele. — Eu prefiro assim. Só nunca quis pedir para você. Você não parecia querer abrir mão do emprego. Estou cagando para o dinheiro. Vamos dar um jeito.

— Vou citar isso quando estivermos comendo pão com molho e usarmos sapatos com buracos — disse Emily, mas ela se sentia tão ridiculamente feliz que nem se importava se as coisas acabassem assim mesmo.

34

Fico de pé debaixo do chuveiro e lavo o vômito do cabelo. Ainda me sinto estranha; vazia, limpa, não sei explicar. Livre, enfim? Me pergunto que tipo de drogas o médico do Simon me deu, porque minhas pernas estão muito bambas e minha mente muito tranquila. Pego um pouco do sabonete facial de abacaxi de Angel e meu rosto arde, mas ainda não consigo sentir nada. Será que finalmente acabou?

Quando saio do chuveiro, minhas pernas estão mais fortes e penso no novo vestido de cetim cor de jade no meu armário, com abertura até a coxa, e nos saltos prateados; talvez eu deva ir de qualquer jeito, talvez até seja divertido se Angel for junto.

Divertido? A quem quero enganar?

Ainda são só sete e meia, poderíamos chegar lá em uma hora, e, de qualquer modo, estou com fome agora. Não comi quase nada do prato de frutos do mar, eu seria uma péssima propaganda para as famosas patinhas de caranguejo apimentadas que servem lá, e o pensamento me faz rir. A emoção penetra a névoa na minha mente.

Volto para o quarto, onde Angel está vendo alguma novela ruim. Dou uma voltinha de toalha.

— Cinderela, você vai ao baile — eu grito, e Angel olha para mim sem entender, faz uma longa pausa, como se não soubesse o que fazer, e finalmente diz:

— Tudo bem, vou me arrumar.

35

De uma maneira bem improvável, Angel conheceu seu príncipe encantado no cassino onde trabalhava. Ele estava jogando pôquer com clientes uma noite, e, apesar de Angel não costumar sair com clientes por não ser o estilo dela, Anthony foi persistente. Quando ele estava indo embora, convenceu-a de dar o número do telefone para ele, depois ligou de hora em hora pelo resto da noite, até ela sair do trabalho, às seis.

No dia seguinte, chegaram quarenta rosas vermelhas e, embora Angel não fosse ingênua, ela entrou na internet para pesquisar o significado do número e se sentiu lisonjeada, empolgada, ao descobrir que significava "Meu amor por você é genuíno", e acabou não conseguindo dizer não quando ele implorou que ela dissesse que estava doente na noite seguinte e não fosse trabalhar. Ele a pegou com o Maserati e a levou para jantar em um restaurante no centro com vista para Londres. Depois, eles foram para o apartamento dele tomar champanhe gelado e ouvir jazz, algumas músicas que ela nunca tinha ouvido antes. E quando ele a levou para a varanda com vista para o rio e finalmente a beijou, foi perfeito. Ela passou a noite lá, vestiu uma camiseta dele, e ele a aconchegou entre os braços como se ela fosse uma boneca preciosa. Ela se sentiu a garota mais sortuda do mundo.

Anthony tinha a própria empresa de capital de risco. Ele era rico, sem dúvida (mas, como ela percebeu depois, daquela forma arriscada que os ricos que gostam de ostentar costumam ser), e era bonito, encantador. Apresentou Angel para uma vida que ela só conhecia em sonhos: viagens de fim de semana para restaurantes na França com estrelas da Michelin, bons vinhos, ópera, filmes artísticos de diretores com nomes impronunciáveis, até mesmo caminhadas no campo, algo que nunca tinha feito sentido para ela. Ele comprou roupas bonitas e lingerie de seda cara para ela, brincos de diamante, a bolsa da Burberry que ela desejava havia tempos. Angel ficou apaixonada, e depois de poucas semanas parou de ir para casa definitivamente, parou de trabalhar no cassino e começou a viver como uma princesa. Só que havia algo esperando para ser descoberto.

36

Angel demora dez minutos para ficar pronta, apesar de ser o tipo de garota que se imagina que vá demorar horas. Ela ligou para o trabalho dizendo que estava doente, uma coisa que não fazia havia séculos, e está linda com um vestido de chiffon nude esvoaçante. O cabelo louro está preso em um coque torto na base do pescoço, e não sei como ela faz isso sozinha, com só três ou quatro grampos. Sinto-me grande e desajeitada ao lado dela, como se fosse uma vagem gigante com meu vestido esmeralda, e tento não sentir ódio dela.

Angel insiste para que chamemos um táxi, e quando ele chega, os assentos estão grudentos e o carro fede a fumaça e aromatizador para carro. Tenho de abrir a janela e colocar a cabeça para fora para impedir que a náusea volte. Isso estraga meu cabelo, mas Angel só fica ali sentada, com maçãs esculpidas e as pernas finas e sedosas, e o coque não se move nem um centímetro. Quando chegamos lá, tenho certeza de que meu rosto está da cor do meu vestido e penso que talvez devesse ter mesmo ficado na cama.

As pessoas estão começando a jantar, e grandes exércitos de garçons e garçonetes se aproximam das mesas como uma invasão culinária. Angel e eu ficamos no caminho do filé com molho cremoso de champanhe ou de trouxinhas de abóbora e ricota para os vegetarianos entre nós. Sei disso porque Angel recebe o jantar de Luke, e ele tinha pedido a opção sem carne. Brinco com ela de uma forma direta que é por isso que ele está doente, que não come carne, o fresco.

— Shh — diz Angel, sorrindo, e apesar de me irritar o fato de ela me chamar atenção, talvez eu tenha mesmo falado um pouco alto demais.

Simon parece muito feliz em me ver viva, de banho tomado e de pé novamente, mas parece ainda mais feliz em ver Angel, e ela se senta ao lado dele. E eu fico ao lado de Nathalie. Tenho certeza de que era eu quem deveria me sentar ao lado de Simon, esse tipo de coisa costuma ser homem, mulher, homem, mulher, e há cartões com os nomes. Tenho certeza de que Angel deve ficar no lugar de Luke. Desconfio que Simon trocou os cartões, e a ideia me irrita.

Enquanto fico ali sentada e tomada pelo mau humor, sinto que o mundo oscila, que não está direito como antes. Eu me pergunto qual é o meu problema, por que estou com tanto ciúme de Angel. Há tantas outras coisas mais importantes com as quais me aborrecer. Percebo, por um momento, que parei de pensar *naquilo*, embora ainda seja a data do aniversário. Mas saber que não pensei *naquilo* me faz pensar, e me viro abruptamente para Nathalie.

— Você está linda, Nat, adorei seu vestido.

— Obrigada, Cat. É vintage, ou seja, do brechó da Oxfam! — Ela ri, depois fica séria por um segundo. — Você está bem? Simon disse que você comeu ostra estragada no almoço, que deve ter afetado você rápido.

— Er, é — eu digo. — Mas já estou me sentindo bem melhor.

E, como se para provar o que falei, como o filé com entusiasmo.

A comida está gostosa, mas ainda estou sem paciência; Simon está monopolizando Angel, e, apesar de Nathalie ser um amor, estou mal-humorada demais para conversar sobre roupas ou celebridades ou propagandas. E, na verdade, não consigo pensar em mais nada sobre o que falar hoje. Tiger está do outro lado da mesa, com aparência brava e fenomenal, e apesar de não nos falarmos, ela me olha nos olhos, e sei que Simon contou para ela. Ela me dá um sorriso de tamanha gentileza, do qual eu não sabia que ela era capaz.

Angel se vira para mim nesse momento, e consigo perceber que está constrangida pela atenção que Simon está lhe dando e não quer me chatear, então sussurra:

— Vou ao toalete, você vem?

Sei o que isso costuma querer dizer e balanço a cabeça; ainda estou sendo forte por meu garotinho, embora eu esteja me perguntando: qual é o sentido disso? Ele nem vai saber, não posso voltar para ele nunca mais agora.

Então ela se levanta e vai sozinha e, apesar de ser muito pequena, todo mundo repara nela quando atravessa o salão. Talvez seja seu jeito de andar e ela me lembra Ruth, a mãe dela.

Simon muda de cadeira para falar comigo.

— Como você está, Cat? Fiquei tão preocupado hoje cedo.

— Estou melhor agora — digo, embora a sensação de vazio ainda não tenha sumido. — Você parece estar se dando bem com a Angel.

— Ela é linda — concorda Simon. — Além do mais, você não me quer.

Olho para ele nesse momento e vejo o desejo nos olhos dele, não por mim nem por Angel em particular, mas apenas por amor, por um sentimento genuíno que dá e aceita e envolve tudo, como já tive com meu marido, antes de Caroline (ou será que fui eu?) destruir tudo. Seguro a mão dele.

— Simon, me desculpe pelo que aconteceu hoje cedo. Prometo que não vai acontecer de novo. Espero não ter estragado seu melhor terno, vou pagar a lavanderia, claro.

Ele ignora minha tentativa de fazer uma piada. Olha para mim com olhar fulminante.

— Você estava prestes a me contar seu segredo naquela hora, não estava, Cat? O que era? Você ainda pode me contar. Tenho certeza de que posso ajudar.

Olho para ele com tristeza, pois sei que ele não pode ajudar, ninguém pode. Também sei que voltei da beirada do precipício, que isso pertence à minha vida passada e que agora nunca mais vou contar, enquanto eu viver.

37

As coisas começaram a mudar para Angel depois dos primeiros três ou quatro meses felizes morando com Anthony. Ele já havia começado a levá-la para jantar com clientes, a apresentá-la como "minha pequena Angel *Cockney*", e, apesar de achar um pouco desrespeitoso, ela não levou muito a sério, tinha certeza de que era algo carinhoso. Ela se sentava comportada com os convidados dele em restaurantes elegantes, rindo nos momentos certos, jogando a cabecinha linda para trás, expondo o pescoço comprido, sabendo o efeito que provocava nesses homens; afinal, estava acostumada. Uma noite, quando Anthony estava do lado de fora atendendo uma ligação, Angel captou pela conversa dos convidados que talvez as coisas não estivessem tão boas na empresa quanto ele dizia, e perguntou a ele quando chegaram em casa.

— De que porra você está falando? — perguntou ele.

— Er, é que Richard falou que estava preocupado com a negociação Fitzroy, e fiquei me perguntando o que ele quis dizer com isso.

— E que porra isso tem a ver com você?

Angel decidiu que duas porras eram o suficiente. Ela se empertigou em seu um 1,57m.

— Não fale assim comigo — disse ela. — Quem você pensa que é?

Anthony lançou um olhar de tanto ódio para ela que aquilo provocou um nó ainda maior em seu estômago do que os palavrões. Ele controlou a fúria, se levantou das profundezas do sofá e caminhou com firmeza na direção do quarto de hóspedes. Fez uma pausa na porta, como se fosse ceder, mas mudou de ideia e entrou, batendo a porta com tanta força que um dos quadros de jazz no corredor caiu no chão e quebrou, bem em cima do sorriso feliz no rosto de Charlie Parker.

* * *

Com o passar do tempo, Anthony foi ficando mais e mais insensato. Se Angel queimava uma torrada ou se ele não gostasse da roupa dela ou se uma amiga ligasse para bater papo, ele ficava louco, saía gritando, xingando-a. Angel tentou se defender, mas estava difícil, ela agora parecia depender dele. Tinha parado de trabalhar, saído do apartamento, os amigos estavam se afastando dela, e o que ela tinha agora? Roupas bonitas e jantares caros, a vista mais linda do Tâmisa e um namorado que a chamava de piranha. Ela nem achava que podia contar para a mãe, pois Ruth parecia feliz da vida por Angela ter encontrado um homem rico tão encantador, e era humilhante confessar a verdade. Assim, Angel fazia o melhor possível para não chatear Anthony, não valia a pena. Ela raramente via os amigos, passou a usar só roupas que sabia que ele aprovaria e nunca o questionava. Mesmo quando ele começou a dizer o que ela podia e o que não podia pedir nos restaurantes, ela não se deu ao trabalho de tentar impor sua opinião, pois não conseguia encarar a briga.

As coisas poderiam ter seguido assim por bem mais tempo se Anthony não tivesse piorado um pouco. Em vez de ter ataques de fúria e gritar obscenidades, ele começou a dizer coisas como "Se você se esquecer de ligar a máquina de lavar louça de novo, eu te mato, sua puta de merda". E quando nem isso deu jeito nela, ele começou a empurrá-la nos armários da cozinha e a cuspir no rosto dela enquanto falava.

Angel se esforçou muito para fazer Anthony feliz; não queria ser como a mãe, ter uma série de namorados horríveis e uma viagem ocasional ao pronto-socorro acompanhada de uma criança pequena assustada. Anthony era um cara ótimo, na verdade, tratou-a tão bem no começo, não foi? Certamente, com algum esforço, ela conseguiria fazer com que ele voltasse a ser daquele jeito. Mas a ironia era que quanto mais ela tentava acalmá-lo, mais provocava o ataque inevitável e, quando ele aconteceu, foi impiedoso. Depois, ele chorou e a abraçou com força e prometeu nunca mais fazer aquilo, mas quando Angel sugeriu que deveria procurar outro lugar para morar enquanto ele se organizava, ele ficou cruel de novo, trancando-a no apartamento e tirando o celular dela. Angel pensou em ficar de pé na varanda de mármore e gritar que estava sendo mantida prisioneira, mas Anthony pareceu adivinhar a ideia e trancou a porta que levava à varanda também.

Na primeira vez, ele a manteve prisioneira durante uma semana, até ter certeza de que ela havia aprendido a lição. Apesar de ele raramente a trancar depois disso, ela não tinha mais vontade de brigar; afinal, de alguma forma, ela devia merecer. Angel perdeu peso e seu cabelo ficou sem vida, e Anthony começou a dizer que ela era feia e inútil e que mais ninguém iria querê-la. E até ela começou a acreditar nisso.

Angel sabia que tinha que se afastar do namorado, mas não conseguia pensar no que fazer, parecia muito fraca e indecisa ultimamente. Não podia ligar para nenhum dos amigos para pedir ajuda, Anthony havia apagado todos os números do celular dela antes de devolvê-lo. Ele a encontraria se ela fugisse para a casa de uma das amigas e sabia onde a mãe dela morava, então também não podia ir para lá.

No final, ela lembrou que um cara do trabalho dissera que quase sempre havia um quarto livre na casa onde morava. Talvez ele pudesse ajudá-la. Em uma manhã clara de abril, quando Anthony saiu para uma reunião no centro e o frescor alegre do dia o deixou de bom humor, uma boa mudança, Angel agiu. Ela se sentia como um fantasma, invisível, enquanto andava pela orla do rio, morrendo de medo de não dever estar ali, temendo que alguém a delatasse. Ela disse a si mesma que não fosse boba e seguiu em frente, com a cabeça baixa contra o vento. Andou pela Hay's Galleria e virou na Tooley Street, onde encontrou um telefone público, uma daquelas cabines vermelhas antigas que as pessoas costumavam usar. Ela não usava uma havia anos, mas o fedor nunca esquecido de urina velha e saliva morta era tão repugnante que lhe provocou ânsia de vômito, e os cartões nos vidros deviam ser de amigos dela. Ligou para o auxílio à lista e para o cassino, e depois de quase dois minutos tocando um dos gerentes atendeu. Quando ele perguntou quem era, ela disse que era Angela e ele passou a ligação sem dizer nada. Ela teve sorte, o amigo estava trabalhando naquela hora. Ele foi maravilhoso, ela não precisou explicar nada, e ele disse que ela saísse *agora*, e ela voltou correndo para o apartamento, colocou as roupas favoritas em uma mala e deixou todo o resto. Quando saiu, 15 minutos depois, nuvens cinzentas moviam-se barulhentamente diante do sol, e a sensação era de mais frio, o ar estava ameaçador e as sombras que rapidamente se moviam eram nítidas, mudavam o terreno. Angel chamou um táxi, que a levou para o outro lado do rio, pelo centro, na direção de Anthony, mas felizmente o veículo se afastou de novo pela Upper Street na direção de Finsbury Park. Ao chegar, ela descobriu que a casa era um buraco, não tinha vista do rio nem porteiro elegante para dizer "Bom dia, Srta. Crawford", mas era segura e livre, então para Angel era um palácio.

38

Angel volta do banheiro de bom humor, com olhos brilhando, e quase desejo ter ido junto. Ela se senta do outro lado de Simon e começa a falar com o H de CSGH, e consigo notar que ela não demora a perceber que ele é o encostado dos quatro, o que não tem talento, mas teve sorte. Angel é tão inteligente e capaz, é uma pena que trabalhe em um cassino, ela poderia fazer tão mais. No entanto, aí me lembro das coisas pelas quais ela passou e penso que é um milagre o fato de ela ter sobrevivido.

A tropa de garçons à espera se aproxima de novo e entrega tortas de limão com mirtilos e creme de leite fresco. Para um evento tão elegante, eles poderiam ter feito um esforço um pouco maior com o cardápio. A premiação vai começar logo, e contrataram um apresentador de talk show do Canal 4, que está sendo informado de tudo por uma mulher com uma prancheta e saltos com os quais não consegue andar. Um dos garçons me serve mais vinho e faz isso de forma apressada, como se eu não tivesse escolha, e apesar de eu provavelmente não dever, estou entediada e mal-humorada, então tomo um gole e mais outro, mas ainda não consigo afastar a sensação de estar "quase lá", estou só observando. O rosto de Simon me parece aumentar quando olho para ele, tudo parece fora de proporção, as luzes que dançam pelo palco quando a apresentação começa são fortes demais, e olho para minha torta de limão meio comida e sinto vontade de vomitar de novo. Devem ser as drogas que o médico me deu, elas não me caíram bem, e como não sei mais o que fazer, levanto o copo e bebo.

O apresentador faz uma piada desagradável sobre o bando de idiotas que são as pessoas que trabalham com propaganda, mas como o salão está cheio de pessoas que trabalham com propaganda, a piada não tem efeito. Alguém o provoca dizendo que pelo menos publicitários não vão a casas de massagem, fazendo uma referência ao recente escândalo de tabloide, e ele sai do palco e só volta depois que a moça da prancheta consegue acalmá-lo na coxia.

Os prêmios são intermináveis e não consigo acreditar que achei tão importante vir, logo hoje. Frank está concorrendo na categoria de melhor comercial de televisão, e, quando ganha, eu me levanto para ir com Simon receber o prêmio. Enquanto estou ali de pé em meu vestido verde longo com o rosto distorcido em um sorriso para a câmera, segurando a placa de uma propaganda sobre zonas proibidas na axilas envolvendo pôneis fujões, penso no quanto este mundo é ridículo e me questiono como levei tanto tempo para perceber isso. Não sei por que me tornei tão cheia de mim, não estou fazendo filmes nem nada, não estamos no Oscar, só estou tentando vender coisas. É engraçado, na verdade.

O infeliz apresentador faz outro comentário impróprio em relação a propagandas quando a ganhadora seguinte sobe no palco usando um volumoso vestido laranja, e as pessoas dão risadinhas nervosas. Para mim já deu. Olho para a mesa e Simon está inclinado na direção de Angel, Tiger parece entediada e condescendente, como se isso tudo estivesse abaixo dela, e tenho certeza de que está. Tenho vontade de me levantar e correr pelo salão, para a segurança do toalete e do conteúdo da minha bolsa. Mas então lembro que joguei tudo no vaso sanitário no trabalho e não me sinto tão orgulhosa a respeito disso agora. Então só me resta levantar a taça e beber o vinho branco. Está quente, mas bebo de novo e de novo, não sei mais o que fazer com as mãos. O salão parece se afastar de mim, como se o chão estivesse se abrindo no meio e o palco estivesse seguindo na direção da Park Lane e me abandonando aqui, em meu bote salva-vidas de propaganda no oceano da minha vida arruinada. Balanço a cabeça e tento lembrar que é para ser um novo dia, um novo começo. *Não, não é, ainda é o mesmo dia, e que diferença faz, afinal.* A brutalidade da compreensão de que não há final certo, de que não há fim para o sofrimento, de que posso ter mudado minha vida toda e deixado um ano inteiro passar, mas o desespero ainda é parte de mim e sempre será... Bem, essa percepção me exaure. Fecho os olhos e me inclino para a frente na mesa, a cabeça virando precisamente para o lado, sobre os restos da torta de limão.

39

Ben estava parado na cozinha do apartamentinho de Emily em Chester, onde eles moravam juntos agora e que, apesar de Emily se esforçar ao máximo para manter arrumado, era pequeno demais para as coisas deles. Chovia lá fora e a lâmpada comprida estava acesa, embora Emily ainda a odiasse. Ele colocou o celular na mesa. Seu rosto não revelava nada.

— E aí? — perguntou Emily.

— E aí o quê?

— Não me provoque, Ben — disse ela. — Por favor. Não consigo suportar.

— Eles pensaram no assunto — respondeu ele. — E decidiram... — Ele parou.

— *O quê?*

— Decidiram...

Emily parecia prestes a correr para cima dele, derrubá-lo no chão, mas, mesmo assim, ele a fez esperar. Parecia desanimado, como se não pudesse suportar a ideia de contar.

— ... decidiram... aceitar nossa proposta.

Emily deu um gritinho e se jogou nele.

— O caminho vai ser longo, Em. — Ele ri em meio ao ataque dela. — Tudo ainda pode dar errado. E, mesmo se der certo, vamos ficar duros no começo, não são só coisas boas.

Ben estava tentando ficar impassível, mas Emily sabia que ele também estava feliz, só não queria se animar demais até o negócio estar fechado. Devia ser o contador dentro dele, porque Ben precisava da segurança da certeza.

— Não me importo — disse Emily.

Ela pensou no chalé, tão negligenciado e com aparência abandonada. Ela conseguiria deixá-lo lindo. Transformaria aquele lugar em um lar decente para eles. Para os filhos que teriam um dia. Ela ficou animada com a ideia, mas se lembrou de Caroline, e apesar de tentar impedir, sentiu uma pontada de culpa por sua felicidade, mas sabia que era melhor não estragar o momento.

A van Luton branca deu ré com trepidação na direção do meio-fio. Ben tinha a cabeça para fora da janela enquanto Emily sinalizava, como se ele não confiasse nela. Mas não adiantou, ele não conseguia ver nada mesmo.

— Vem — disse ela. — Vem.

Ela estava mexendo as duas mãos, movimentando os dedos como se estivesse fazendo um exercício esquisito de fisioterapia. De repente, parou e mostrou as palmas das mãos, gritando "opa", como se ele fosse um pônei descontrolado. E, quando isso não o fez parar, ela bateu furiosamente na lateral da van enquanto pulava para longe, mas era tarde demais.

Um barulho horrível de coisa esmagada foi ouvido, como um crânio afundando.

— Mas que merd... — xingou Ben.

— Merda, me desculpe — disse Emily.

— Pelo amor de Deus, Em!

— Ah, não, eu sou uma idiota.

Ela olhou, impotente, para a parte de trás da van, aparentemente ligada ao poste, enquanto Ben desligava o motor e saía do veículo.

Ben se inclinou e examinou o estrago, sem dizer nada, obviamente furioso com ela.

— Não foi tão ruim, foi? — perguntou ela, cheia de esperanças.

— Não foi só a luz do freio?

— Humm, você teve sorte — disse ele, empertigando-se. — Acho que foi só a cobertura de plástico.

Emily sentiu o enjoo no estômago diminuir.

— Graças a Deus — disse ela, fazendo uma pausa e tentando avaliar o humor dele. — E na verdade não foi *minha* culpa, você devia ter olhado. — Ela adotou um tom advocatício. — Acho que você vai descobrir que a pessoa que controla o veículo é a única responsável por qualquer acidente que aconteça.

— Não é engraçado, Emily — declarou Ben. — Era para estarmos fazendo a mudança nós mesmos para *economizar*.

Ela se inclinou para perto dele, envolveu-o com os braços, disse que pelo menos eles ainda tinham a casa dos sonhos, nada era tão ruim, e apesar de ele tentar permanecer irritado com ela, acabou se dando conta de que não conseguia. Enquanto olhava para a van alugada, que ele tinha que admitir ser horrível de manobrar, um carro subiu a rua, soltando fumaça.

— Bem, agora Dave chegou — disse Ben, afastando-se. — É melhor eu estacionar essa porcaria direito para podermos começar a descarregar. — Ele olhou para ela do banco do motorista quando ligou o motor. — E não, não preciso da sua ajuda, obrigado.

Naquela manhã, mais cedo, eles estavam terminando de encaixotar as coisas do apartamento, reunindo os últimos detritos da vida deles lá (a pá de lixo e a escova, a bacia e o pano, uma pá de jardinagem, um par velho de galochas, o capacho) e jogando aleatoriamente tudo em sacos pretos de lixo, pois não tinham mais caixas.

— Ah, por sinal, Maria se ofereceu para passar lá mais tarde — disse Emily, inocentemente. — Achei que seria bom outra pessoa ajudar além de Dave.

Ben suspirou.

— Emily, quando você vai parar de tentar juntar esses dois? Você é tão transparente.

— Você não acha que eles ficariam ótimos juntos? — disse Emily.

Ben olhou com desespero para ela. Emily era tão obtusa às vezes.

— Bem, eles não acham, senão já teria acontecido pelo número de vezes que você tentou juntar os dois.

— Mas Maria seria perfeita para ele — disse ela. — Aposto que *ela* adoraria pular de paraquedas. E eu sempre me senti mal por ela desde que terminou com Ash. As coisas têm sido tão difíceis para ela.

— Emily, você não pode sair consertando a vida das pessoas; veja como já tentou com Caroline. Maria está bem. Não seja condescendente com ela.

— Ah — disse Emily. — Não faço por mal. De qualquer modo, ela queria ajudar. Disse que não tinha nada pra fazer nesse fim de semana.

— Tudo bem. Mas, por favor, não crie um constrangimento. E estou avisando, não espere nada, porque não vai acontecer.

— Como você pode saber? — perguntou Emily, desaparecendo nas profundezas do armário do corredor, e sua voz soou abafada. — Você é só um cara.

— Emily — disse Ben para o traseiro dela. — Por mais que eu ame você, você não é Cilla Black.

Quando Emily saiu, estava com uma mancha de sujeira no nariz e o cabelo tinha quase todo se soltado do grampo. Ela olhou para a expressão arrogante dele, deu um sorriso doce e jogou direto na cabeça dele a almofada asteca enorme, que um dia a mãe fizera para ela.

Depois das seis da tarde, Ben e Dave estavam caídos no sofá, que tinha sido recém-colocado na salinha agradável, bebendo cerveja na lata. Maria estava desconfortavelmente sentada na cadeira de vime com uma caneca do chá que fez para Emily e para ela. Emily estava de pé, seu chá esfriando, olhando para uma caixa com os dizeres "enfeites" e desbrulhando tigelas de vidro, candelabros, pequenas velas, porta-retratos, e experimentando várias posições para cada objeto pela sala.

— Tem certeza de que não quer se sentar, Emily? — perguntou Maria. — Acho que você já fez o suficiente por hoje.

— Não, deixa — disse Ben. — Essa é a melhor parte para ela.

Emily deu um sorriso.

— Sei que isso pode esperar até amanhã — falou ela. — Mas eu quero deixar a casa um pouco mais confortável para nossa primeira noite aqui. — Ela hesitou. — Vocês querem ficar para comer uma pizza? Podemos ligar para pedir. É nossa forma de agradecer.

— Não, obrigada — disse Maria rapidamente, embora Dave tenha parecido gostar da ideia da pizza. — Preciso ir pra casa logo, e, de toda forma, vocês vão querer passar a primeira noite aqui juntos. Embora Emily tenha feito o melhor que pôde para convencer Maria a mudar de ideia, Maria recusou, e no final Emily insistiu para levar a amiga em casa, era o mínimo que podia fazer depois de tanta ajuda. Dave já tinha ido embora quando ela voltou, o que a deixou irritada com Ben porque não chegou a agradecê-lo.

Ben perguntou a Emily se ela se importaria de pedir curry em vez de pizza, e ela deu um suspiro de brincadeira e disse que não, *para variar*, embora estivesse sendo irônica. Eles comeram no sofá em frente à TV recém-instalada, que estava com a imagem um pouco ruim já que ainda não tinham instalado a Sky. Mas não importou, porque Emily não prestou muita atenção no que estava passando, estava ocupada demais pensando se cortinas ou persianas ficariam melhor nas janelas, e na cor que eles deviam pintar as paredes, e que plantas ela devia colocar nas jardineiras das janelas, até que Ben finalmente a pediu para parar de falar e disse que preferia ouvir *The X Factor* a ouvir por mais um segundo a falação dela sobre decoração. Então por fim ela o puxou do sofá e disse que, já que estava cansada mesmo, então seria melhor irem ver como era o quarto.

40

Angel está me sacudindo delicadamente, e consigo ouvir gargalhadas. Eu me sento sonolenta e percebo que as pessoas estão rindo de *mim* desta vez. Aquele apresentador maldito me escolheu como vítima desta vez. Eu me sento ereta e tento recuperar a compostura. Nem ligo para o que ele disse, nem para o motivo de as pessoas estarem rindo, que importância tem isso, logo hoje? Balanço a cabeça como um pônei, um pequeno pedaço de torta sai voando e minha orelha está grudenta, mas ainda estou irritada o bastante para simplesmente tomar meu vinho e parecer indiferente. Sendo assim, a conversa muda para a próxima premiação tediosa.

— Você está legal, meu bem? — sussurra Angel. — Acho que é a última, depois podemos ir dar um jeito em você.

— Estou bem — eu digo e, apesar de ainda estar bêbada, estou bem mais lúcida. Parece que não há nada como uma soneca revigorante para ajudar você a encarar uma noite de premiação. Olho para o relógio; meu Deus, ainda são só dez e meia. Dou um sorriso inocente para a mesa, e estão todos olhando para mim, mas não com condescendência nem desdém, estão preocupados, e acho que talvez, lá no fundo, eles sejam boas pessoas.

O apresentador diz a frase de efeito final e todos aplaudimos com educação quando ele volta para sua carreira sem graça na TV e para as atividades noturnas, e não me ressinto dele por ter me insultado, só sinto um pouco de pena dele, como Emily sentiria. Angel segura minha mão e seguimos até o banheiro, e ainda me sinto verde e grande ao lado dela, absurdamente alta, longa e parecendo um limão. As pessoas estão olhando para mim. A lateral do meu rosto parece grudenta. Ela ajuda a limpar a torta e me leva até um cubículo, diz que pode ajudar, e apesar de eu querer desesperadamente, sem dúvida é uma recompensa merecida depois dessa premiação horrível, eu penso no meu filho e *ainda* resisto. Minha abstinência me faz sentir poderosa, como se eu finalmente estivesse ganhando. Jogo água fria no rosto e agora estou totalmente desperta, vibrando até. Quando atravessamos o salão de novo, não me sinto mais estranha e parecendo uma vagem, sinto-me verdejante e leve, como uma alga longa balançando graciosamente nas ondas, presa, mas livre. Meu vestido parece dramático e glamoroso e meus saltos me deixam poderosa, e tenho certeza de que desta vez estou fazendo cabeças se virarem pelo motivo certo. Eu me sento ao lado de Simon e dou um sorriso de um milhão de dólares enquanto ele me serve do champanhe que pediu para comemorar nossa vitória com Frank.

— Muito bem, minha querida Cat. Está se sentindo melhor agora?

— Estou ótima — respondo, tomando um gole.

E me sinto ótima mesmo; não faço ideia do que o médico me deu, mas é dinamite se misturado com champanhe.

— Fui convidado para a festa de um amigo mais tarde no Groucho. Você quer ir? Mas só posso levar você e Angel, então não diga nada para os outros.

— Parece ótimo — digo com leveza, e bebo o resto da taça, pego a mão dele e o levo para a pista de dança, onde "I Will Survive" acabou de começar a tocar. Surpreendentemente, Simon não se opõe, a pista já está cheia, e levanto os braços e canto a letra toda, sentindo-me liberada, forte, invencível.

41

Depois de finalmente se erguer e abandonar o marido depois do show dele no casamento de Emily, Frances se perguntou por que não fez isso anos e anos antes. Ela nunca deixou de amar Andrew, apesar de todas as traições e humilhações, mas só percebeu depois que a personalidade dele tinha um defeito que significava que ele nunca perderia a atração por um rostinho bonito e um par de seios grandes; ou, na verdade, por qualquer pessoa que inflasse o ego dele e o ajudasse a esquecer que era um homem casado, que tinha filhas demais, uma carreira pífia e uma calvície crescente.

Frances sabia que não podia ficar com Emily e Ben por muito tempo, afinal eles eram recém-casados (além do mais, Caroline estava ficando simpática demais com Ben para o gosto de qualquer pessoa), mas, no dia seguinte ao casamento, isso pareceu uma solução instantânea para um problema mais do que vencido; a casa estava vazia, ela tinha a chave na bolsa e isso representaria uma separação definitiva de Andrew. Além do mais, ela sabia que Emily e Ben não se importariam, considerando as circunstâncias.

Emily foi tão gentil, como sempre, claro, e ajudou a mãe a alugar um apartamento e pagou o aluguel até que a venda da casa se concretizasse. E agora, Frances tinha sua casinha na antiga cidade, e gostava tão mais dela do que da outra, com os aposentos quadrados sem graça e as portas de vidro letais. Ela entrou em um curso de redação e em uma aula de ioga e descobriu que as pessoas eram simpáticas e que algumas também viviam sozinhas. Fez amizade com uma mulher chamada Linda, do curso de redação, uma viúva que criou uma nova vida fantástica e faria uma escalada beneficente no monte Quênia. Quando ela sugeriu que Frances também fosse, ela pensou *por que não?* Agora, ali estava ela, no aeroporto de Heathrow, quase um ano depois do dia em que abandonou o marido, e, apesar de estar morrendo de preocupação com Caroline, seriam só dez dias, e ela disse a si mesma que Caroline ficaria bem.

42

Depois de mais uma música, Simon me tira da pista de dança e sugere irmos para a festa do amigo dele. Lá no fundo sei que eu não deveria ir, que deveria ir para casa, para a cama, foi um dia tão longo e traumático; mas estou superestimulada, elétrica, e estou adorando dançar com meu vestido longo cor de esmeralda. Sei que é loucura, mas não me sinto pronta para encerrar a noite, quero passar da meia-noite agora, chegar no dia sete de maio, no qual tenho certeza de que as coisas parecerão ainda melhores. Até apoio a mão na de Simon quando saímos, e o toque dele é quente e reconfortante. Angel está sendo um amor, como sempre, e insiste em segurar meu outro braço, apesar de eu ter certeza de que não é necessário, pois não estou mais tão bêbada e tonta. Definitivamente já me sinto sóbria. O motorista de Simon está esperando em frente ao hotel e, enquanto seguimos pelo centro de Londres, as ruas estão vazias e o carro se desloca rapidamente. A solidez da enorme limusine preta e o baque pesado das portas parecem algo reconfortante, seguro. Quando chegamos à Dean Street, não tenho vontade de sair. Ao encostarmos no meio-fio, penso por um instante em Caroline, no quanto ela era nova quando passou pela experiência da bomba ali na esquina, no fato de que perdeu o bebê e o namorado, e de repente sinto uma pena dolorosa dela, e quase a perdoo.

A boate está cheia de pessoas na moda e um monte de celebridades, mas tento não me sentir deslocada de novo, uma impostora, o que é claro que sou. Angel parece que nasceu para estar aqui, apesar do sotaque, e se enturma com facilidade, conversa por um longo tempo com o anfitrião, que parece que é designer de moda e tem uma loja em Covent Garden. Simon me leva até o bar e pede mais champanhe. Quando tomo meu primeiro gole, percebo que passou da meia-noite e estou me parabenizando mentalmente por ter chegado ao dia *seguinte* quando alguém bate no meu ombro. Ao me virar, vejo um jovem animado com cabelo descolorido e olhos pintados, que diz:

— Caz, queriiiiiida, é você! Que ótimo te ver.

Ele me envolve em um abraço cheiroso e leve, como se eu fosse delicada, preciosa. Fico confusa por um momento, mas logo entendo: ele deve pensar que sou Caroline! Imagino que seja uma surpresa não ter acontecido antes; mas então, me lembro daquele dia horrível em Hampstead Heath, e não consigo acreditar que não percebi no dia, que não era a mim que o homem tinha reconhecido, ele também deve ter pensado que eu era ela. Eu me esquecera que tinha uma irmã gêmea, que me parecia com ela, e não sei o que dizer nem o que fazer. Simon está me olhando, mas acho que não ouviu o nome direito, então eu levo a conversa.

— Oi — digo, e, por dentro, me sinto tonta.

— Como você *está*? O que anda fazendo agora? — pergunta o homem-garota perfumado.

— Ah, uma coisa e outra — respondo vagamente. — Ainda trabalho com moda. — Torço para Simon não ter ouvido isso. — Me desculpe, preciso ir ao toalete. Muito bom ver você.

Saio andando até Angel, sussurro para ela furiosamente, e ela me dá com relutância a bolsinha cor-de-rosa, apesar de dizer que está preocupada por eu não estar bem.

O efeito da droga é nauseante. Cambaleio no cubículo e decido que agora vou mesmo para casa, é muita coisa para um dia só. Angel estava certa, para mim já chega. O que eu estava pensando ao vir para cá? Vou procurar Simon, dizer que não estou me sentindo bem, e ele vai pedir um táxi enquanto espero lá fora, tomando ar. Angel pode ficar se quiser, não quero estragar a noite dela. Eu me pergunto quem mais aqui pode conhecer Caroline, afinal, a festa é de um designer de moda, e me repreendo por ter sido tão burra. Olho no espelho e vejo uma garota alta com bochechas vermelhas e olhos cintilantes, com uma mancha vermelha de batom acima do vestido esmeralda. Estou linda, considerando tudo. Endireito os ombros e me viro para a porta. Quando a abro, meu cérebro gira, estarrecido, como se não conseguisse entender o que está acontecendo, como se não conseguisse entender por que estou olhando diretamente nos olhos do meu marido.

43

Frances achou a viagem para o monte Quênia revigorante, a ponto de mudar uma vida. Ela nunca tinha saído da Europa antes, nunca tinha dormido em uma barraca, nunca tinha ido a um lugar alto, nunca tinha subido uma montanha com uma galinha viva e a comido dois dias depois, cozida em um caldo aguado. Nunca tinha olhado pelas planícies para um cume congelado às cinco da manhã, quando o sol está nascendo, e percebido que *isso* é viver, que foi por isso que ela foi colocada no planeta, para que seu coração batesse alto, rápido e livre. Ela achou estimulante e intenso o contraste entre a paisagem colorida e quente ao pé da montanha e as temperaturas abaixo de zero e as paredes de gelo no cume. Apesar de não haver quaisquer serviços e da simplicidade da experiência, ela ficou viciada, e soube que esse tipo de viagem seria sua vida de agora em diante. Era o fim de semanas chatas na Bretanha ou na Cornualha com o marido mulherengo. Havia outro aspecto da viagem que fazia seu coração disparar, e esse aspecto era um dos guias, e apesar de ele ter vinte anos a menos que ela, havia alguma coisa na postura das costas dele e na forma como ele comandava o grupo que a deixava dolorosamente ciente de onde ele estava o tempo *todo*, e, se ele se aproximasse dela ou perguntasse como ela estava, ela corava como uma garotinha. Ela percebeu que a descida a deixou meio triste, e quando eles chegaram aos declives mais baixos, ficou grata por passarem mais uma noite nos chalés localizados ali, sem se importar por serem tão simples, antes de voltarem para Nairóbi pela manhã. Quando se sentou na grama no fim da tarde, tomando cerveja local com o restante do grupo, ela sentiu vontade de nunca ir embora da montanha, daquele momento. Portanto, quando, no fim da noite, ele sussurrou o número do chalé dele para *ela*, Frances, ela ficou chocada. Linda, contudo, falou para ela ir. Então Frances foi e teve uma noite de sexo selvagem tão glorioso e exaustivo com esse deus negro em forma de homem que pensou que, se nunca mais fizesse sexo novamente, pelo menos tivera isso.

44

O homem de pé na minha frente é o Ben de a..os atrás, o que eu conheci, não o Ben triste e arrasado de agora. Estou tão confusa por causa de todos os eventos desse dia infinito, por ter sido confundida com Caroline, que não consigo pensar no que ele está fazendo aqui, transportado no lugar e no tempo. Pareço ter perdido todo o senso de realidade e simplesmente fico olhando para ele enquanto ele olha para mim, para meus olhos frágeis e para a boca vermelha. A eletricidade que sinto é tão intensa quanto no momento em que me apaixonei pelo meu marido, logo antes daquele salto de paraquedas desastroso, quando ele prendeu meu equipamento e lançou a sensação de fogos de artifício pelas minhas coxas acima. Tento me recuperar e afasto o rosto, olho para os pés, para os saltos prateados que vão me transportar para longe desse dia tão louco. Sinto que preciso sair daqui, não posso encontrar com outra pessoa que possa me conhecer ou conhecer minha irmã, que ocupa meu mundo interior obscuro. Dou um passo à frente e cambaleio, e ele segura meu braço e pergunta:

— Você está bem?

— Estou — respondo. — Só meio fraca, acho que preciso de um pouco de ar.

E esse lindo rapaz assombração do passado me pega pelo braço e me guia delicadamente pela multidão, passando pelo bar, por Simon e Angel, até sairmos para a frieza da rua à meia-noite.

— Acho que preciso ir pra casa — digo. — Você se importa de chamar um táxi pra mim?

— Pode deixar — responde ele. — Mas pode demorar um pouco. Você está bem pra ficar de pé? — Eu concordo, mas estou apoiada nele com todo o meu peso. — Talvez seja mais fácil chamar um na rua. Você acha que consegue andar um pouco? Vamos encontrar mais táxis na Charing Cross Road.

Assim, andamos lentamente pela Old Compton Street, passamos pelo Admiral Duncan reconstruído, e algumas pessoas estão olhando abertamente, mas não sei por que, não estou mais fraca nem cambaleando. Quando chegamos à rua principal, não tem nenhum táxi preto, então meu novo amigo chama um minitáxi, um daqueles suspeitos que cobram uma fortuna e, quando vou entrar, ele me impede e diz:

— Olha, estou preocupado de deixar você assim. Minha casa fica ali na esquina. Quer ir até lá, só até se sentir um pouco melhor? Posso fazer um chá se você quiser.

Ainda não sei o nome dele, mas o dia foi tão longo e surreal que me vejo dizendo sim, ele não parece um assassino violento, e então ele pede que o taxista nos leve até Marylebone. Quando chegamos lá, o apartamento fica em cima de uma loja. É incrível, enorme, elegante e lindamente mobiliado. Eu me sento no sofá e me sinto finalmente segura, como se estivesse onde deveria estar hoje, e só tenho vontade de me encolher e dormir.

— Me desculpe, nem sei seu nome — eu digo, e ele olha para mim de um jeito estranho e diz:

— Também não sei o seu.

— É Emily — eu falo, antes de conseguir parar.

— E eu sou Robbie — responde ele.

— É um prazer conhecer você, Robbie — murmuro, dou um sorriso tímido e fecho os olhos.

45

Quando Frances voltou para o hotel em Nairóbi, havia uma mensagem esperando por ela. "Oi, mãe. Ligue o mais rápido possível. Te amo, Ems." Frances sentia-se dolorida e um tanto sórdida, como se a filha fosse adivinhar pelo telefone o que ela fez a noite toda com o guia olimpiano. Ela sentiu a sensação familiar de medo ao discar o número da filha e sabia que o assunto seria Caroline, e não queria ser transportada de volta para o drama e a confusão, queria ficar sob o sol africano para sempre.

A ligação demorou séculos para ser completada, e Emily levou séculos para atender. Frances estava certa, era sobre Caroline. Ela havia sido presa por dirigir bêbada, passou do limite de velocidade em duas vezes e meia e fez um tremendo escândalo na delegacia. Acabou passando a noite presa, até ficar sóbria e se acalmar.

— Eu não sabia se devia ligar, mãe, mas Caroline diz que quer ir direto para a reabilitação desta vez, o que eu acho uma coisa ótima, e, hã, bem, ela falou que não tem dinheiro. Eu e Ben podemos ajudar um pouco, mas é muito caro.

— Diga para ela ir e que não se preocupe, eu cuido do dinheiro — disse Frances, embora ela não soubesse de onde tiraria o dinheiro. Mas era o mínimo que ela podia fazer pela filha; afinal, Caroline havia se transformado naquela pessoa por culpa dela. Pelo menos, elas estavam mais próximas agora, graças a Deus. Ela se perguntou se o tratamento funcionaria desta vez, se Caroline algum dia ficaria melhor, ou se sempre haveria alguma doença ou vício com o qual ela teria de lidar. A ideia entristeceu Frances enquanto ela percorreu o saguão e se sentou na espreguiçadeira. Estava tão longe da filha, a filha que precisava dela, uma mãe eternamente inútil deitada na beira de uma piscina na África, com as entranhas doloridas e o cheiro doce do sexo ainda presente nas narinas.

46

Quando acordo, há um edredom me cobrindo e estou deitada em um sofá. Não faço ideia de onde estou. Relembro os eventos de ontem com hesitação: o almoço abortado com Simon, meu surto horrível, a tarde passada em estado comatoso na cama, o pavoroso evento da premiação, meu comportamento louco e descontrolado, a festa na boate fechada, o momento em que fui confundida com Caroline... Lentamente, a última parte da noite surge na minha mente, e acabo me lembrando do estranho com quem fui para casa. Olho para mim mesma e percebo que ainda estou com o vestido verde (um bom sinal), ainda estou na sala da casa dele (outro bom sinal), mas ele não está aqui. Estou constrangida por talvez ter desmaiado. Há quanto tempo estou aqui? Que horas são? O relógio na parede marca seis e meia. Da manhã ou da noite? Sim, deve ser da manhã, da manhã de sábado. Minha boca está seca e minha cabeça parece que vai explodir, a dor é horrível. Eu me sento e seguro a cabeça, tentando pensar na melhor forma de sair daqui. Ele pareceu muito gentil e aparentemente não me molestou, então talvez eu deva apenas ir, deixando um bilhete para agradecer pela hospitalidade. Ou talvez deva bater na porta do quarto dele, só para dizer tchau? Qual é a porcaria de etiqueta para essas situações? Sei a imagem que vou passar na rua com meu vestido de cetim e minha maquiagem borrada. Eu devia chamar um táxi, mas não faço ideia de onde estou, de que endereço dar. Preciso desesperadamente de água, então me levanto e cambaleio pela sala até o corredor. A cozinha fica em frente e é gigante e supermoderna, com uma ilha no meio e quatro bancos brancos altos alinhados em frente. Encontro um copo no escorredor e giro a torneira, que dispara uma bomba que geme por todo o apartamento. Entro em pânico, fecho a torneira e bebo a água de uma vez. Ainda estou pensando em como sair daqui quando ouco movimento e Robbie aparece no corredor, de camiseta branca e cueca boxer, balançando a cabeça para afastar o sono.

— Lamento por ainda estar aqui — eu digo.

— Eu não — diz Robbie.

Olho para baixo, constrangida. Estou consciente da presença dele de uma forma que nunca fiquei com ninguém exceto Ben. Eu me sinto uma traidora e o pensamento é ridículo.

— Quer chá?

— Está muito cedo, você devia voltar para a cama — eu digo.

— Não, não, tudo bem — declara ele e vai até a chaleira.

Quando passa por mim, sinto uma atração física por ele, como se ele fosse um ímã, e a sensação se espalha em movimento descendente por toda a frente do meu corpo.

Robbie me confunde. Ele é bonito, atencioso, presumivelmente rico, bom demais para ser verdade. A cozinha é imaculada, como se nunca tivesse sido usada. Ele faz duas canecas de chá e vamos para a sala. Eu me sento desajeitada em um sofá, com o edredom amontoado ao lado, e Robbie se senta no outro. Olho para a espuma marrom que se formou na beirada da caneca, onde Robbie colocou o leite. Não sei o que dizer nem para onde olhar, não consigo tirar da cabeça o quanto ele se parece com meu marido, e minha cabeça ainda está latejando.

— Você tem remédio para dor de cabeça? — pergunto, mais para quebrar o silêncio.

— Claro — diz Robbie e se levanta para pegar.

Quando ele passa por mim, percebo que prendo a respiração de novo. Tiro os comprimidos que ele me dá da embalagem de alumínio e os tomo com o chá, apesar de ele ter me dado um copo d'água, e sinto a garganta queimar.

— Não estou de ressaca — explico. — Só tive um dia ruim ontem, só isso.

— Tudo bem — diz Robbie. Ele faz uma pausa. — Olha, estou cansado e a sua cabeça está doendo, então espero que você não me leve a mal se perguntar... er, você gostaria de vir deitar, e aí podemos dormir de novo? Vai ser bem mais confortável do que ficar aqui.

Eu não respondo.

— Tem um quarto de hóspedes se você preferir — acrescenta ele.

Tento pensar. Sei que devo ir para casa, mas, quando fico de pé, minha cabeça lateja tanto que não consigo pensar no trajeto de táxi. Quero dormir de novo. Acho Robbie maravilhoso. Talvez eu pudesse aceitar a proposta do quarto de hóspedes, mas alguma coisa me diz que seria um desperdício, só não sei de quê.

— Parece ótimo — eu acabo por dizer, educadamente, como se ele tivesse me convidado para tomar chá. — Você se importaria se eu pegasse uma camiseta emprestada ou alguma peça de roupa? Estou desesperada para tirar esse vestido e... — Eu paro de falar.

— É claro — responde Robbie, e quando ele se levanta e me guia até o quarto dele, sei enfaticamente que esse momento é essencial, que estou entrando com esse homem que acabei de conhecer em outra nova fase da minha vida neste planeta.

47

Ben fez o melhor possível para seguir com a vida depois que Emily foi embora. Ele tentou não culpá-la, tentou entender por que ela fez aquilo, e, de alguma maneira, saber que ela planejou, que pegou o passaporte e esvaziou a conta bancária, acabou fazendo com que ele se sentisse melhor; pelo menos ele sabia que ela estava em algum lugar por aí, e não morta e desaparecida em um bosque escondido ou em uma vala fedorenta. Em outros momentos, ele sentia uma raiva inacreditável dela, pela covardia de abandoná-lo com Charlie, por eles não enfrentarem as coisas juntos. Ela entendeu tudo errado; desde o momento em que eles se conheceram, era para ser *para sempre*, nos melhores e piores momentos, era o que devia ter acontecido com a história deles. Mas parecia que o planeta tinha dado uma volta e virado um tipo doentio de antimundo em que, desde *aquele* dia, tudo deu errado, e não havia nada que Ben pudesse fazer para consertar. Todos os seus esforços para encontrá-la deram em nada. A polícia não fez muito mais além de demonstrar solidariedade, e os funcionários da receita se recusaram a ajudar, dizendo que não podiam dar informações confidenciais em caso de desaparecimentos voluntários. Ben quase bateu o telefone na cara da mulher com tom de voz solene, enfurecido com a indiferença dela. No desespero, ele tirou uma licença no trabalho e dirigiu até Devon e West Wales e por todo o Peak District, entrando em hotéis, pubs e em casas de chá que eles já haviam visitado, puxando furtivamente uma bela foto dela e sentindo-se um idiota quando olhavam como se ele fosse louco e diziam coisas como "Me desculpe, senhor, não posso ajudar". Os sogros também não ajudaram em nada: Frances estava morando com Caroline novamente, que havia terminado com o namorado mais recente (que aparentemente foi infiel) e estava se comportando da pior forma possível; parecia tão perdida com os problemas da filha mais nova e lidando com a própria dor que não tinha nada a oferecer a Ben. O pobre Andrew estava arrasado, parecia estar se apagando, murchando, e Ben raramente o via nos últimos tempos; ele só levava Charlie lá de vez em quando, mas Andrew não parecia mais interessado nem em si mesmo.

Só o trabalho e Charlie fizeram com que Ben seguisse em frente depois que ficou claro que Emily não ia mesmo voltar. Ele fez um planejamento de cuidados, seus pais o ajudaram na elaboração e foram brilhantes. E, apesar de nunca terem falado, ele conseguia perceber que eles não achavam surpresa a nora ter fugido, considerando o tipo de família da qual ela vinha. Eles sempre amaram Emily, ele sabia disso, mas ficaram enojados com todos os acontecimentos do casamento e nunca deixaram de se preocupar com o impacto que uma família dessas poderia ter na mãe do único neto deles. Ben se sentaria sozinho em noites tranquilas perguntando-se o mesmo. Por que Emily foi embora? Foi *só* por causa do que aconteceu, ou porque, lá no fundo, ela fora muito afetada pela família? Ela sempre pareceu tão sã, tão compassiva, tão estranhamente parecida com ele... E foi isso que o atraiu nela em primeiro lugar, desde a primeira vez que ele a viu no estacionamento do trabalho, obviamente apavorada, batendo com os pés no asfalto enquanto eles decidiam quem ia em qual carro para o aeroporto. Ao dizer oi, sentiu a emoção de reconhecimento de alguma coisa nela, e, para ele, aquilo bastou. Ela o enxergou perfeitamente naquele primeiro dia de curso, percebeu imediatamente que ele estava a fim dela, mas o fato de Emily ter duvidado, de não conseguir ver o quanto era linda, só o fez amá-la ainda mais. Na época ele achou que devia ter imaginado, porém, mais tarde, depois de prender o paraquedas dela, ela se endireitou e olhou para ele, quase perplexa, e a expressão pareceu ser de percepção, que rapidamente virou constrangimento, e ela cambaleou para longe dele enquanto ele continuava a prender o equipamento das pessoas, permitindo que ele se concentrasse, pois não podia se distrair naquele momento.

Mais tarde, ele ficou irritado consigo mesmo por não ter sido mais simpático a caminho de casa, mas não sabia lidar com seus sentimentos, pois nunca tinha se apaixonado antes; ele achava que essas coisas não aconteciam de verdade. Só quando eles finalmente, fantasticamente, ficaram juntos, meses depois, e ela contou coisas sobre si, disse que tinha uma irmã gêmea idêntica da qual ela nem gostava muito, foi que Ben teve certeza de que ela precisava dele tanto quando ele precisava dela. Era como se ele tivesse se tornado o gêmeo que ela nunca teve: a alma gêmea, o melhor amigo, aquele que sabia o que ela estava pensando, a pessoa para quem ela podia dizer a verdade absoluta sobre o que sentia, por mais fraco ou louco que pudesse parecer para outra pessoa. Ele sempre a entendia, compreendia o que ela queria dizer. O fato de eles estarem tão loucamente atraídos um pelo outro quase pareceu um bônus, apesar de Emily costumar brincar dizendo que gostava dele *apesar* da profissão e dos passatempos nerds. Ele devolvia a provocação dizendo que, se algum dia ela desistisse dele, havia uma réplica dela que ele tinha certeza que o amaria. E os dois riam das brincadeiras e da certeza absoluta dos sentimentos um pelo outro.

Ben vivia pensando na vida dele com Emily, quando Charlie estava dormindo e ele se sentava sozinho no sofá, o mesmo em que ele e a esposa se aconchegaram na loja, depois de Emily tirar os sapatos e se encolher como um gato para ter certeza de que era confortável o bastante e que valia a pena ser comprado. Era caro demais para que eles cometessem um erro, dissera ela na época. Recentemente, Ben conectou a TV ao computador para que exibisse fotos infinitas da enorme coleção deles, e ficava hipnotizado pelas imagens aleatórias: uma foto deles tirada por eles mesmos dos rostos assolados pelo vento em uma praia desconhecida no inverno em Devon; Emily em frente ao Doge's Palace, em St. Mark's Square, no segundo aniversário de casamento; Ben segurando Charlie ao lado do rio perto de Buxton, para o caso de ele tentar pular; Emily mais linda do que ela imaginava que poderia ficar no dia do casamento, com o mar cintilando de aprovação atrás dela; Emily aninhando o bebê no pequeno jardim cheio de rosas nos fundos da casa de Frances; os dois na lua de mel em Sorrento, de mãos dadas na frente de prédios cor-de-rosa e laranja que iam até a água; Charlie e o melhor amigo, Daniel, sentados naquele mesmo sofá; Emily rindo ao regar as flores com Charlie ao lado, encharcado; Emily parecendo serena em frente a um templo de colunas vermelhas em Knossos, sem que nenhum dos dois soubesse que ela estava grávida; os três deitados na cama na manhã de Natal, com Charlie sentado na cabeça de Ben. As imagens flutuavam de forma provocadora na tela, dando a Ben tempo suficiente para localizá-las, lembrar a data, antes de sumirem e darem lugar a outras. Ben assistia durante horas, pensando *só mais uma e vou sair daqui*, até os ossos ficarem gelados e a escuridão tomar conta dele. Mas não conseguia se afastar nem para ligar o aquecedor nem para acender a luz, era quase como se ela estivesse falando com ele de longe, dizendo você se lembra *desse ou daquele momento*, e ele achava aquilo estranhamente reconfortante. Mas havia outras vezes em que uma imagem aparecia e parecia tão vívida, tão provocadora, que ele ainda não conseguia acreditar que ela o tinha abandonado, depois de tudo que aconteceu, não conseguia acreditar que não sabia como nem onde ela estava. Nesse momento, ele se rendia à angústia e ficava deitado sozinho no chão chorando e batendo os punhos no piso, indefeso em sua dor, como uma criancinha.

Ben lidou com a situação melhor do que qualquer pessoa esperaria que ele fizesse depois que o choque inicial passou, quando as folhas caíram e o ano foi chegando ao fim. Mas a ideia do Natal era terrível, e os pais dele bateram o pé e planejaram uma viagem para um hotel que eles conheciam em Highlands, e como o tempo ficou atipicamente bom, eles conseguiram sobreviver e até aproveitar um pouco. Eles partiram de Manchester de manhã bem cedo e em quatro horas e meia chegaram à margem do Loch Lomond. Quando pararam para Charlie descansar, o ar estava tão leve e puro que parecia que Ben finalmente estava respirando direito de novo, levando o ar aos pulmões por vontade própria em vez de por obrigação com Charlie. Foi uma boa ideia a dos pais dele: o hotel era caloroso e elegante de uma forma antiquada e meio gasta, sem história que pudesse deixar Ben triste, e os donos adoraram Charlie, que era tão fofo, e então fizeram muita festa para ele, dando biscoitos o tempo todo, e dessa vez ninguém se importou. Charlie parecia quase ter esquecido Emily quando eles estavam lá; ele amava correr livremente perto do lago e perseguir os patos. As traquinagens e a pura alegria pela beleza da vida fizeram todos seguirem em frente. A mudança na rotina tornou até o dia de Natal suportável, e Ben se viu quase relaxando, mas percebeu que não conseguia afastar a necessidade de sempre olhar por cima do ombro para o caso de ela estar lá, para o caso de aparecer de repente da névoa e se agachar com aquelas pernas lindas e os braços esticados, para que Charlie pudesse correr até ela, pular em seus braços e mostrar que ainda a amava, apesar de ela o ter abandonado.

48

O quarto de Robbie é cinza, com chão claro e a mobília e a cama de um branco impecável. O ambiente é estiloso e andrógino, mas imaculado, como a cozinha. Eu me pergunto se foi ele mesmo que decorou ou se foi um designer de interiores, ou, pior, uma namorada, mas não quero perguntar, agora realmente não é hora. Ele me dá uma camiseta e reparo que é de marca. A sensação é boa quando vou ao banheiro e a visto. Fica curta em mim, minhas pernas estão mais compridas do que nunca, e puxo a parte da frente com vergonha ao voltar para o quarto. Robbie olha para mim, mas não diz nada e, quando deito na cama, ele passa os braços ao redor de mim e me abraça com delicadeza, de forma nem um pouco ameaçadora, e meu corpo se sente bem ao se fundir com o dele, e a dor na minha cabeça começa a diminuir.

— É tão bom — diz ele baixinho —, você me aceitar exatamente como eu sou.

— É claro — murmuro, e me deito feliz ao lado dele.

E, pela primeira vez em um ano inteiro, me sinto perfeitamente em paz, em segurança, até mesmo amada. É extraordinário e sei que não pode durar, mas de alguma forma nos encontramos, e tenho certeza de que, independentemente do motivo, é disso que nós dois precisamos agora. Está tão quente e confortável que caio no sono e, pela primeira vez em muito tempo, meus sonhos são suaves, pacíficos. Quando abro os olhos, já é bem mais tarde e Robbie está sentado ao meu lado na cama, vestido, e fez para mim outra caneca de chá com uma cor perfeita.

— Você quer café da manhã? — pergunta ele. — Saí e comprei ovos, bacon, linguiça, bolinhos, tudo.

— Por que você está sendo tão legal comigo? — eu pergunto.

— E por que não seria? — pergunta ele. — Eu estava entediado naquela festa mesmo, não é o tipo de coisa de que eu gosto, e eu não queria colocar você em um táxi suspeito sozinha. Dava para ver que você não estava bem, e quando você desmaiou no meu sofá, eu não podia jogar você na rua, podia? — Ele deu um sorriso. — Aí eu pensei que você poderia se sentir melhor se fosse para a cama por um tempo, e agora estou com fome e vou fazer café da manhã. O que tem de tão legal nisso?

O que tem de tão legal *nisso*? E por que ele é tão parecido com meu marido? Não consigo pensar no que dizer, então escolho um território seguro.

— Você se importa se eu tomar um banho primeiro?

— Claro que não. Quer umas roupas emprestadas?

Robbie atravessa o quarto e abre a porta de um closet separado, e todas as roupas estão arrumadas por cores. Ele pega uma calça jeans e algumas camisetas para eu escolher e me dá a maior e mais macia toalha de banho do mundo.

O chuveiro é enorme e o jato é forte. Quando estou embaixo do dilúvio, os últimos vestígios da minha dor de cabeça descem pela coluna, passam pelos membros e escorrem pelo ralo. Quando enrolo a toalha no corpo, sinto uma pontada de medo por tudo isso ser bom demais para ser verdade. Alguma coisa não está certa, eu não mereço isso. Ainda não liguei para Angel para contar que estou bem, mas quando olho a bolsa, meu telefone está sem bateria e não sei o número dela. Minha inquietação aumenta.

Visto a calça jeans de Robbie e uma camisa polo rosa-clara, passo os dedos pelo cabelo molhado e vou me encontrar com ele na cozinha, onde os cheiros de tomates fritos e bacon se misturam e me fazem perceber que estou faminta de novo. Sento-me timidamente em um dos bancos e fico alta demais, não sei o que fazer com os pés, me mexo como uma criança pequena.

Robbie sorri e pega pratos no armário. Vai até a geladeira e pega dois ovos e os quebra na gordura do bacon. O som de fritura preenche o silêncio. Ele cozinha com confiança e, quando serve meu café da manhã, o prato está lindamente arrumado, como em um restaurante. Ficamos sentados um ao lado do outro e comemos em silêncio, com a atração entre nós tensa como um elástico. Do lado de fora está abafado, e, com a fumaça da comida, começo a me sentir tonta de novo.

— Quer ir para a sala? — pergunta Robbie quando terminamos. — Vou fazer café para nós dois.

— Tudo bem — eu digo, descendo do banco e caminhando com passos firmes e barulhentos até a sala.

Quando afundo no sofá, ouço um estrondo alto de trovão, mas devo ter perdido o relâmpago, e a chuva começa a cair nas janelas, fazendo barulho no teto, e a temperatura cai. Robbie chega com duas canecas de café com espuma de leite, coloca-as na mesa, vai até o iPod e põe Eva Cassidy para tocar. Ele se senta ao meu lado no sofá envolvente e finalmente olhamos nos olhos um do outro. Sinto desejo e desespero, e, sim, *amor*, amor puro e doce por este homem que acabei de conhecer. Tem alguma coisa de estranho nisso tudo, mas não consigo perceber o que é e, apesar de temer que Angel esteja preocupada comigo e se perguntando onde fui parar (aqui cabe uma gargalhada, tem só meia dúzia de pessoas em Manchester que vivem fazendo isso há meses), decido seguir em frente. O momento parece especial, raro, único. Não quero que termine nunca, quero que pare agora, antes que tudo fique ruim de novo. Olho bem nos olhos de Robbie e ainda parece que estou olhando para Ben, mas o Ben que ainda era inocente, o Ben de *antes*. Os tons de Eva e a chuva caindo fazem meu coração parar, e não consigo respirar direito. Depois de pelo menos uma música e meia assim, Robbie finalmente se move na minha direção, devagar, delicadamente, e quando nos beijamos, o gosto dele é de café quente e bacon, e a boca é macia, sem pressa, genuína.

Olho para o relógio; está quase na hora do almoço. Tento me mexer, mas quero ficar, não quero que essa ligação com a minha história acabe.

— Preciso mesmo sair do seu caminho logo — eu digo, e, enquanto falo, meus lábios se movem contra os dele. — Tenho certeza de que você deve ter algum plano para hoje.

— Quer saber, tive uma semana meio cheia — diz Robbie. — E o dia está horrível. O que eu mais gostaria agora é de ficar sentado aqui ouvindo música e talvez ver um filme mais tarde e esquecer o mundo lá fora. — Ele faz uma pausa. — E, se você puder ficar e fazer tudo isso comigo, seria melhor ainda.

Eu hesito. Tento não pensar no verdadeiro Ben e em Charlie e em onde estão, o que estão fazendo. Tenho medo de Angel estar preocupada comigo. Tomo minha decisão, parece que estou com fome demais de passado. Eu me afasto e pego a mão dele e beijo a parte em que a palma e os dedos se juntam. Olho para ele, sem timidez agora, e digo:

— Quer saber? Me parece perfeito.

49

Depois do sucesso da viagem, o ano-novo chegou e os meses de inverno se arrastaram com apatia. Antes que Ben percebesse, maio estava quase chegando, e ele foi obrigado a encarar a maior etapa de todas, o aniversário do dia em que sua vida mudou para sempre. Para isso, ele percebeu que queria ficar completamente sozinho; não conseguia pensar em ter nem mesmo Charlie com ele, não sem Emily junto, então ele o deixou com os pais e dirigiu até o Peak District. Saiu do carro e andou, em uma linha tão reta quanto conseguiu, mesmo não sabendo por que, durante horas e horas, desviando de caminhos, esbarrando em galhos, atravessando campos com cercas, passando por um terreno pedregoso. Originalmente, ele pensou em subir o Kinder Scout, onde pediu Emily em casamento (e ela rira dele por se apoiar em um joelho, para depois também se ajoelhar e dizer sim, claro), mas não conseguiu aceitar estar lá em cima sem ela. Além do mais, não queria correr o risco de ver alguém. Sua caminhada foi incansável, meditativa, e ele quase se esqueceu da hora, se esqueceu de onde estava, até se esqueceu de Emily em alguns momentos, se esqueceu do que eles tiveram e perderam. Ele sabia que Charlie também tinha sentido a data, embora Ben não pudesse falar para ele, claro. Ele não entenderia. Mas pareceu chateado quando Ben o deixou com os avós, não exatamente berrando, mas choramingando de forma triste, o que foi ainda pior. Ben tinha uma barraca pequena na mochila e, quando ficou tarde e estava quase escuro, ele parou e a armou ao lado de um rio calmo, onde não se ouvia outros sons além da água borbulhante e um grito ocasional de algum pássaro desconhecido. Ele ficou deitado acordado durante metade da noite e *quase* gostou da sensação de estar sozinho no mundo, de ter tempo e espaço para lamentar e respirar. Quando acordou, sentiu-se estranhamente renovado, aliviado por ter atravessado o dia e chegado ao outro lado da forma mais sã e incólume que conseguiu.

50

Robbie não faz perguntas sobre mim, e também não quero perguntar nada a ele, embora tenha curiosidade por ele parecer tão jovem e ter dinheiro para uma casa tão elegante, embora queira saber por que ele é tão bom cozinheiro, por que é tão cavalheiro. Descobrimos que gostamos das mesmas músicas e nos deitamos juntos no sofá para escutar Doves e Panics e Libertines, Oasis e até Johnny Cash. Mas quando a música do meu casamento começa a tocar, eu me encolho, é horrível demais, e digo a ele que não gosto de Smiths, apesar de já ter adorado, claro. Ben sempre brincava que o único motivo de termos ido morar em Chorlton era podermos encontrar o baterista no Irish Club. Robbie não diz nada, parece entender, e quando passa para a música seguinte, eu pareço me acalmar um pouco. Depois de um tempo, aquela música dos Wannadies começa a tocar, e quando chega no refrão ele olha direto nos meus olhos e não desvia o olhar, e sinto que meu coração vai se partir. A chuva não parou e a temperatura caiu um pouco mais, porém não nos importamos enquanto olhamos um para o outro e nos aconchegamos e passamos a tarde como dois adolescentes. Robbie parece feliz de ficarmos no sofá, de estarmos vestidos, e o desejo em nós cresce e atravessa nossas roupas, mas nenhum de nós tem a inclinação de levar mais longe agora, então não fazemos isso.

51

Ben perguntou aos pais se eles se importariam de ficar com Charlie na noite seguinte também, no sábado, pois tinha demorado uma eternidade para encontrar o caminho do carro e, quando chegou em casa, com as pernas e os pés arranhados e cobertos de bolhas, estava exausto e tenso demais para conseguir cuidar de alguém, até mesmo de Charlie. Ele fechou as cortinas, pediu curry e mergulhou nos programas de televisão de sábado à noite, coisa que ele dizia odiar, mas que Emily sempre amara, e secretamente ele também gostava, não que fosse admitir, claro.

Não era a mesma coisa assistir sozinho, não poder rir das lágrimas escorrendo pelas bochechas de Emily e ouvi-la mandar que ele calasse a boca porque não conseguia escutar o que os juízes estavam dizendo. Ele se viu pensando em onde ela poderia estar agora, no que estaria fazendo; e, sem Charlie para limitá-lo, para fazê-lo manter as aparências, ele sentiu a mesma tristeza que sentira no dia em que olhou debaixo da cama e percebeu que a bolsa de couro tinha sumido, que ela havia sumido.

A campainha tocou. Merda, devia ser o curry, ele precisava se recompor. Ele limpou os olhos e pegou a carteira.

Ao abrir a porta, Ben parou e ficou olhando para a visita como se não conseguisse acreditar, com a boca aberta, quase com cara de bobo. O que estava acontecendo? Onde estava o curry? *Será que ela voltou?* Seu coração pulou como se ele tivesse levado um tiro e depois despencou, como se estivesse no chão, morrendo.

— Ah — disse ele.

— Posso entrar? — perguntou Caroline. — Talvez eu não devesse ter vindo, mas passei aqui ontem à noite, e eu precisava ver você, para pedir desculpas.

— Desculpas por quê? — peguntou Ben, e sabia que estava sendo rude.

— Por favor, me deixe entrar, Ben. Você não é o único que está sofrendo, talvez possamos ajudar um ao outro.

— Acho que não — disse ele, mas abriu caminho e ela entrou.

Ele a seguiu até a sala e, quando ela tirou o casaco, a campainha tocou de novo. Desta vez era o curry, mas suas mãos ainda estavam tremendo quando ele pagou ao entregador. Na cozinha, ele dividiu a comida em dois pratos, pois tinha pedido muito, como sempre. Pegou uma cerveja, mas hesitou; talvez não devesse beber na frente de Caroline, era um pouco de provocação, mas depois pensou, *foda-se*, e serviu suco de laranja para ela.

Enquanto ele colocava as coisas nas bandejas, Caroline entrou andando sobre os saltos e pediu uma taça de vinho, tirando da bolsa uma garrafa de vinho branco envolta em papel vermelho meio molhado porque estava gelada. Ela devia ter acabado de comprar na loja no final da rua, mas como ele estava cansado e pouco à vontade, não disse nada, não seria capaz de encarar uma briga. Eles comeram em silêncio na frente da TV, enquanto um homem comia bolas de golfe e uma senhora dançava com o poodle, e a saia de Caroline ficava subindo enquanto ela equilibrava a bandeja nas coxas lisas e expostas. No intervalo seguinte, ela já havia terminado o vinho, embora a taça que tivesse servido para si fosse enorme, e ela pediu que ele pegasse mais.

Alguma coisa em Ben se rompeu um pouco e ele se levantou e foi até a geladeira, na cozinha, e pegou outra cerveja e virou a lata, derramou o líquido pela garganta o mais rápido possível, por que não? Ele se sentia tão explosivamente irritado que precisava obliterar o sentimento, destruí-lo em pedacinhos, e, ao engolir o álcool, ele percebeu que nem estava mais zangado com ela, estava zangado com esse mundo horrível.

52

Bem mais tarde, já estava escuro, mas ainda não tínhamos levantado do sofá. Vimos parcialmente dois filmes, escutamos um monte de discos, e eu comecei a fantasiar só um pouquinho com uma nova vida com esse novo Ben, talvez nos casando um dia e eu me tornando a Sra... quem?

— Qual é o seu sobrenome, Robbie? — murmuro no ombro dele.

Robbie parece pouco à vontade pela primeira vez.

— Hã, é, hum, Brown — diz ele.

Eu me sento e olho para ele.

— Esse é o meu sobrenome — eu falo. — Uau, é o destino. — E dou uma gargalhada.

— Estou com fome — diz ele rapidamente. — Quer pedir comida?

— Deve ter vários lugares aqui. Que tal a gente sair para comer alguma coisa?

— Eu prefiro ficar aqui com você — declara ele. — Está chovendo, eu tenho champanhe, podemos simplesmente relaxar. Além do mais, você não vai precisar se preocupar com que sapatos botar com essa roupa.

Ele olha para mim e estou com a calça e a camisa grandes demais dele, e ele tem razão.

— Tudo bem — eu digo, e não me importo. Na verdade, prefiro assim.

— Curry está bom para você?

— Perfeito — respondo, mas meu estômago dá um nó, pois sempre era essa a escolha de Ben. — Você escolhe, eu gosto de tudo.

Ele procura um folheto em uma gaveta, e, quando pede, o faz o mais rápido possível. A voz dele soa estranha, aguda por algum motivo.

Ele desaparece por um momento e volta com uma garrafa de champanhe e duas taças. Aquela visão me faz pensar com desejo na bolsa cor-de-rosa de Angel, e percebo com susto que não a devolvi para ela. Eu me visualizo na noite anterior no banheiro do Groucho, penso na velocidade com que quebrei a promessa para o meu menino, e penso em como dei as costas para ele quando ele mais precisava de mim, então que diferença faz uma carreirinha de vez em quando?

Apesar de a necessidade estar se expandindo agora, entrando em cada abertura da minha mente distorcida, me preocupo com Robbie e o que ele diria. Tenho quase certeza de que ele não curte. Odeio a ideia de ele pensar mal de mim, então afasto o pensamento da bolsinha de novo, o mais longe possível. *Se não estivesse na minha bolsa, eu estaria bem agora. Apenas finja que não está lá.* Robbie enche nossas taças e faz um brinde a nós, um brinde às últimas 24 horas, me beija de novo, e o pensamento na droga se afasta, enevoado.

Quando a campainha toca, Robbie dá um pulo e diz:

— Volto em um minuto, você se importa de receber?

E enfia uma nota de 50 libras na minha mão ao correr para o banheiro. Abro a porta para o homem que sorri na tela, e ele entrega a comida aromática em caixinhas de papelão que viro em pratos brancos quadrados na cozinha reluzente. Robbie reaparece, levamos a comida para a sala e nos encostamos e comemos. Parece que estamos passando fome. Enquanto comemos vemos *Britain's Got Talent*, e é tão gostoso, uma noite de sábado em casa, como eu fazia com meu marido. Percebo que rimos das mesmas piadas, fazemos os mesmos tipos de comentários, e sempre que olho para esse Ben impostor, meu estômago formiga e minha pulsação enlouquece, até eu precisar afastar o olhar. Robbie abre outra garrafa e nos deitamos. A bebida está fazendo efeito agora. Ele finda me puxando e me leva para o quarto, e desta vez não apenas nos deitamos aconchegados, estamos prontos, parece que nos conhecemos desde sempre, e é maravilhoso. E quando acaba, percebo o que fiz, sou oficialmente adúltera e, para sufocar meu pânico, não ligo mais para o que ele pensa, só faço a sugestão. Robbie olha para mim por um longo tempo e, para minha surpresa, diz sim, e não sei por que, mas não parece sórdido com ele, em seu apartamento elegante em Marylebone. Parece empolgante e glamouroso e incrível. Horas depois, nós adormecemos, e, quando acordo, a aurora está surgindo pelas janelas parcialmente fechadas, e estou deitada, tomada de culpa, e Robbie está deitado, morto.

53

Quando Ben voltou da cozinha, ainda estava absolutamente furioso, mas estava quase tão zangado com Emily agora por ter ido embora quanto com Caroline por ir lá. Parecia coisa demais para encarar naquele momento, ter de confrontar alguém que se parecia com Emily, que falava como ela, mas não era ela. *Emily não devia ter fugido, não foi muito egoísmo?* Ele estava tão bêbado que parecia que a ausência da mulher era um vazio físico, como se seu estômago tivesse sido arrancado e só existisse um buraco onde suas entranhas deveriam estar. Ele colocou a mão na barriga; sim, ainda estava tudo lá, ele não tinha sido cortado durante a noite. Ele olhou com raiva para Caroline, recostada no sofá, com a saia curta demais, o cabelo mais comprido atualmente, e desejou que ela fosse se foder, o que ela queria, afinal? Ele foi até a cadeira de vime na qual jurava não ter se sentado desde aquela primeira noite mágica no apartamento de Emily, anos atrás. A cadeira estava tão velha e era desconfortável de sentar que eles realmente deviam jogar fora. Não, *ele* devia jogar fora, não existia mais *eles*. Desejou de novo que Caroline se tocasse e fosse embora, mas estava relutante em pedir diretamente que ela fizesse isso, pois Caroline podia fazer uma cena, e ele não aguentaria isso hoje.

— Onde você estava? — perguntou Caroline com voz arrastada.

— Na cozinha — disse Ben, e se questionou rapidamente como Caroline também estava bêbada, pois ele tinha acabado de trazer a segunda taça de vinho. Mas não tinha visto a garrafa de uísque pela metade no chão.

A TV continuou seu falso ataque emocional contra eles. Viram uma garotinha com voz ótima assassinar uma música da Whitney e um grupo de homens adultos de macacão dançando com carrinhos de mão, até que Ben não conseguiu mais suportar, precisava dormir, e de impulso ele apertou o botão do controle remoto, e a tela ficou preta. O silêncio gritou. Caroline bufou, e quando se virou para olhar para ele, Ben reparou que ela parecia doente de novo, pálida e frágil debaixo da maquiagem.

— Sobre o que você queria conversar? — Ele acabou dizendo. Talvez ela fosse embora depois que falasse.

Caroline inclinou a cabeça e remexeu os dedos.

— Eu queria pedir desculpas.

— Por quê? — insistiu Ben.

Caroline fez uma expressão constrangida.

— Pelo que aconteceu — disse ela. — Lamento por tudo.

— Não tanto quanto eu — respondeu Ben, mas disse sem pena, apenas com uma tristeza sem fim.

— Você acha que ela vai voltar? — perguntou Caroline.

Ela esperou que a pergunta ecoasse pela sala, e ele demorou tanto para responder que Caroline achou que ele não tivesse ouvido.

— Não, agora não — disse ele, e foi a primeira vez que ele reconheceu, e foi arrasador, então ele se levantou para sair da sala, não podia chorar logo na frente de Caroline, mas tropeçou na garrafa de uísque e caiu sem jeito, quase em cima dela. O sofá era baixo, fundo e macio, e, apesar de ele tentar se levantar, pareceu esforço demais de repente, então ele ficou caído ali, bêbado e derrotado.

Caroline se aproximou e passou os braços ao redor dele e o abraçou em silêncio enquanto ele chorava, fora de si por causa da cerveja, da dor e da solidão. Ele achou o toque dela estranhamente reconfortante; apesar de ela ser bem diferente em temperamento da irmã gêmea, a sensação era de Emily, até o cheiro era de Emily, além de Caroline se parecer fisicamente com ela, claro. Ben não abraçava ninguém além do pobre Charlie havia tanto tempo que foi desorientador e o fez se lembrar de épocas mais felizes; assim, quando ela começou a acariciar o cabelo dele e dizer pronto, pronto, tudo vai ficar bem, ele até achou em seu estado de embriaguez que talvez ela *fosse* Emily. E quando ela se inclinou para beijá-lo, ele deixou e até retribuiu, e tudo ficou tão urgente e animalesco que ele só pareceu reparar que não era sua esposa, mas a gêmea maligna cheia de defeitos, quando era tarde demais. Depois, ele percebeu o que fez e gritou para que ela fosse embora e o deixasse em paz. Cambaleando para fora da sala, correu para o andar de cima e bateu a porta do quarto.

54

O lindo Robbie está com sangue seco no nariz, a cama está fria e sua pele está azul. Não há a menor dúvida de que ele está morto. Não grito, só pulo da cama e corro até a janela, nua, ofegante, como um cachorro. Estou tão horrorizada que não consigo pensar direito. Não consigo, *não consigo* olhar para ele de novo, a imagem está grudada no meu cérebro e sei que é mais um vislumbre do inferno do qual nunca vou me livrar, outra vida que arruinei, e por que motivo? Tenho ânsias com esse pensamento, mas consigo segurar o vômito na boca tempo suficiente para chegar na lixeira, mas ele se espalha por todo lado e eu me sento no chão. E pela segunda vez em dois dias estou coberta com meu próprio vômito e desejo que a vida se apresse e acabe agora. Quando fico de pé, minhas pernas estão bambas e meu peito sobe e desce mais rápido do que eu pensava ser possível. Minha respiração está ficando cada vez mais superficial e percebo que estou hiperventilando, mas não consigo me controlar. O que posso fazer? Quem pode ajudar Robbie? *(Ninguém, é tarde demais.)* Quem pode me ajudar? *(A mesma coisa.)* Não posso ligar para Angel, nem para Simon, nem mesmo para minha mãe e meu pai, meu celular está sem bateria e não sei nenhum dos números. Só sei dois números de cor que poderiam me ajudar: o da minha antiga casa em Chorlton e o da emergência. Quero meu marido desesperadamente, quero Ben, ele vai saber o que fazer, então ligo para o número de Manchester quase sem pensar, e, quando a ligação completa, eu me lembro: o que diabos vou dizer? Então, depois de três toques, eu desligo. Minhas mãos estão tremendo, mas consigo ligar para a emergência e, após alguns segundos, uma telefonista com voz eficiente atende.

— Bombeiros, polícia ou ambulância? — pergunta ela.

Não sei. Ele está morto, isso eu sei, como uma ambulância poderia ajudar?

— Alô? — diz ela novamente. — Você quer os bombeiros, a polícia ou uma ambulância?

Eu ofego e falo ao mesmo tempo.

— Tem uma pessoa morta aqui.

— Tem certeza? Ela ainda está respirando?

— Ele está frio e azul. Acho que isso o qualifica como morto. — E começo a chorar descontroladamente ao telefone, por Robbie, pela pobre vida perdida dele. É horrível.

— Qual é o seu endereço, amor? Me diga o seu endereço.

— Eu não sei. É em algum lugar em Marylebone.

— Tudo bem, vou rastrear o número. Fique na linha, querida, tente se acalmar. Qual é o nome da pessoa falecida?

— Robbie. Robbie Brown.

— E seu nome?

— Catherine Brown.

— Você é mulher dele?

— Não — eu choramingo. — Acabei de conhecê-lo.

O quarto começa a girar e suponho que estou desmaiando, mas percebo que são as luzes azuis na rua, a polícia já chegou.

Graças a Deus. Só que lembro que ainda estou nua, coberta de vômito, e corro para o banheiro. Entro e saio do chuveiro antes de ele ter tempo de esquentar e, quando enrolo no corpo uma das toalhas de Robbie do tamanho de um lençol, a polícia está batendo na porta.

Abro pouco antes de eles arrombarem, e os policiais passam direto por mim e um deles vai para o quarto. Em dois segundos, ele diz:

— Meu Deus do céu, venha dar uma olhada nisto, Pete.

O policial chamado Pete vai na direção do quarto, mas para e fica imóvel na entrada ao ver o pobre Robbie morto, com a parafernália das drogas na mesa de cabeceira. Ele solta um grito de horror e olha para mim, e vejo ódio nos olhos dele.

55

Talvez à noite alguém tivesse entrado e partido a cabeça de Ben em duas; mas então ele se lembrou de Caroline chegando, do quanto bebeu, do que fez com a irmã gêmea da mulher desaparecida. Ele sentiu nojo, repulsa, mas não houve tempo de chegar ao banheiro, e ele vomitou infinitamente na lata de lixo até não haver mais nada além de bile com fedor de tempero na garganta. Graças a Deus Caroline não o seguiu para o quarto, com sorte ela já teria ido embora; certamente ela não teria ficado, não depois da forma como ele surtou. Não, ele nunca mais a veria, independentemente do que pudesse acontecer no futuro.

Ben ficou deitado em estado de estupor durante horas e horas e, quando finalmente se levantou, Caroline tinha realmente ido embora, graças a Deus. Ele tomou um banho mais quente do que o corpo podia suportar e se esfregou até ficar vermelho, mas ainda se sentia sujo, errado, derrotado; Emily jamais voltaria para ele agora. Ele não sabia o que fazer. Só conseguia pensar em se limpar, tentar remover cada molécula de evidência, fazer com que não fosse verdade. Ele jogou fora os restos ressecados da comida, colocou a louça na máquina e ligou na configuração mais alta, embora não estivesse cheia. Desinfetou a mesa de centro; pegou o aspirador e passou no tapete; esfregou as almofadas do sofá com a esponja, secou-as com o secador e virou todas, pois estavam manchadas de vergonha. Jogou as latas de cerveja e as garrafas de vinho e uísque na lata de lixo reciclável e, quando finalmente terminou, fez um café bem forte, sentou-se no sofá e ligou no noticiário. Quando o telefone de casa começou a tocar, ele ignorou, podia ser Caroline, mas mudou de ideia (e se fosse *ela*?), porém o telefone parou de tocar antes que Ben conseguisse chegar até ele. Ben ainda não estava pensando direito, então, quando viu o rosto de Caroline olhando para ele da tela da TV, achou que tinha se enganado, que estava tendo uma alucinação até. Mas quando percebeu que era ela mesmo, não conseguiu entender as fotos e as palavras, e se perguntou o que acontecera, que coisa horrível ela havia feito agora. Era como se a mente dele tivesse informações demais para absorver e se recusasse a reiniciar, e somente quando eles disseram uma terceira vez, Catherine Brown, não Caroline Brown, foi que ele percebeu que finalmente tinha encontrado a mulher.

56

Pete e o colega não sabem o que fazer comigo, ainda de toalha, e depois de conversas ansiosas e uma ligação para pedir reforço, eles finalmente me dizem que estão me prendendo por suspeita de assassinato. As palavras não fazem sentido para mim, então concordo e deixo que leiam meus direitos, não ligo para o que vão fazer comigo agora. *Pobre Robbie, tão jovem, tão cheio de vida, que diabos eu fiz?* Começo a chorar de novo. Uma policial chega, acho que foi especialmente chamada para este caso, e ela me leva para o banheiro e me revista. Largo a toalha e ela só consegue ver meu corpo nu e o horror em meus olhos. Demora dez segundos, e ela diz que posso me vestir, mas depois de mais debates sussurrados ela me avisa que tenho que botar roupas limpas, tiradas do armário de Robbie, pois não podemos tocar na cena do crime. É assim que ela fala, cena do crime, porque um assassinato foi cometido, aparentemente por mim. Finalmente, a policial com jeito masculino, de botas pesadas e cabelo curto e prático, algema minhas mãos na frente do corpo, e parece quase pedir desculpas por isso, pois sabe que não vou lutar nem fugir. O metal é frio, estranho e doloroso, mas também me reconforta. Quando finalmente me levam do apartamento, descalça, pela escada elegantemente acarpetada para a rua matinal, sinto-me pequena e frágil ao lado dos policiais, como se tivesse encolhido alguns centímetros durante a noite. Quando o policial que se chama Pete me leva para a van da polícia, vejo os fotógrafos esperando e percebo que esse incidente deve ter virado notícia. Vou ser descoberta agora, minha família vai saber onde estou, vai descobrir o que fiz, sei que estraguei mais uma vida. Devem estar me levando para a delegacia, e esse pensamento me deixa prestes a desmaiar.

Na van, sou colocada em uma gaiola, como um animal. Estou em uma posição tão baixa que sinto o cheiro da fumaça do diesel, sinto a rua logo embaixo e começo a sentir enjoo de novo. Estou tão derrotada que apoio a cabeça, meio sem jeito, na lateral da van, e, a cada solavanco, ela bate com força no metal, e a pontada de dor é embotada embora devesse ser elétrica, e sei que mereço. Estou levemente ciente da parada no sinal, da mudança de faixa e das esquinas em que viramos, mas tenho uma sensação extracorpórea estranha, como se estivesse olhando para mim mesma, como se fosse a vilã protagonista de um filme. Depois de talvez dez minutos, a van aumenta a velocidade e vira depressa a esquina à esquerda, ficando brevemente sobre duas rodas, ao que parece, e agora fazemos uma curva à direita, os freios são acionados e a van para. Escuto pessoas falando pela janela e partimos de novo, mais devagar desta vez, e, depois de alguns minutos, nós paramos, e as portas de trás são abertas. O sol intenso de maio, renovado depois da chuva de sábado, invade a van, entra nos meus olhos, e eu os fecho rapidamente, não tem lugar em mim para claridade.

Recebo a ordem de sair da van, e, quando estou descendo do carro, tropeço e esbarro na porta, sujando a calça jeans de Robbie de graxa preta. Por algum motivo, isso me incomoda e peço desculpas, mas não sei bem para quem. Tento limpar a marca, mas a policial diz "Venha, senhora" com certa gentileza, segura meu braço algemado e me guia até os degraus que nos levam para o enorme prédio. Entramos na recepção, se é assim que se chama essa parte da delegacia, e há policiais por todos lados olhando para mim. Por algum motivo, parece que sou uma história importante. Sou levada direto para uma salinha horrenda que fede a infelicidade, e mandam um médico me fazer todo tipo de pergunta sobre minha saúde física e mental, querem saber se já fiz mal a mim mesma, se sou suicida agora. É deprimente. Digo a ele que depende de qual é a definição de fazer mal a si mesmo, mas ele só me olha com expressão pétrea. Quando me recuso a falar se estou planejando me matar, ele marca uma coisa no bloco e passa a me perguntar se tem alguém que eu quero que seja informado sobre minha prisão. Quase acho engraçado, presumivelmente o país todo já sabe, a julgar pelos fotógrafos em frente ao prédio de Robbie, e me pergunto vagamente como chegaram tão rápido. Quando me perguntam se quero um advogado, estou cansada demais para pensar, e parece mais fácil dizer não. Assim, eles me levam para uma cela e, quando finalmente me deixam sozinha, percebo que passei do ponto de sentir qualquer coisa e de me importar. Estou em um lugar profundo da mente que parece seguro e quente, onde nada pode dar errado, porque isso já aconteceu, tudo que podia dar errado já deu.

57

Angel estava tão ocupada conversando com o novo amigo, Philip, que demorou séculos para reparar que Cat não estava mais lá. Ela achou que Cat estava com Simon, então, quando o viu conversando com uma mulher alta com cabelo preto brilhante cortado reto com franja, Angel foi até lá e perguntou onde Cat estava. Simon também não a tinha visto sair, o bar estava lotado e ele estava esperando para ser servido. Então, quando deu uma e meia da manhã e Cat ainda não havia voltado, Angel tentou ligar para ela, mas a ligação caiu direto na caixa postal.

Paciência, pensou Angel, e pensou que encontraria Cat em casa. Mas ficou um tanto surpresa por Cat ter ido embora sem se despedir, principalmente por ter levado a bolsinha de seda cor-de-rosa; Angel estava um pouco nervosa agora e não sabia para quem deveria perguntar. Acabou voltando para perto de Simon e bebeu mais champanhe, o que afastou a bolsa de seus pensamentos. Quando Simon perguntou se ela queria sair para tomar uma saideira, já que estava hospedado em um hotel ali na esquina, ela pensou, por que não, ele era atraente, e ela economizaria o dinheiro do táxi, então eles saíram juntos e Angel torceu depois para Cat não ficar chateada.

58

Muitas horas depois, estou sentada na beirada do meu próprio catre em uma cela na Delegacia de Paddington Green e ainda tento digerir o fato de que pensam que sou assassina. *Eu sou?* Apavorada por acordar ao lado de um cadáver, eu me esqueci completamente das implicações do que fizemos juntos, que compartilhamos a droga de Angel, e que tinha sido eu quem a deu para ele. *Que eu causei a morte dele.* Começo a tremer de forma incontrolável, está frio aqui, minha blusa e calça brancas dadas pela polícia são finas demais, e percebo que minha tentativa patética de fugir do passado, de começar uma nova vida, falhou, deu errado de forma espetacular, que só provocou ainda mais sofrimento. Fui revistada de novo, por duas policiais desta vez, e, apesar de ser humilhante, não me importo, porque o fedor da morte está alojado para sempre nas minhas narinas. Pelo menos posso desistir agora, passei mesmo do ponto de lutar para sobreviver, mas a ironia é que acho que minhas respostas erráticas dadas mais cedo significam que me colocaram em observação para que eu não cometesse suicídio, então alguém espia pela grade a cada 15 minutos. Um policial de rosto gordo me olha de novo, e eu o encaro com a expressão vazia por um tempo, sem entender, como um gorila no zoológico, e viro o rosto para a parede.

59

Quando Angel voltou na hora do almoço no sábado e ficou claro que Cat ainda não tinha voltado para casa, ela começou a ficar preocupada de verdade. Apesar de nunca ter se sentido à vontade para perguntar (ela concluíra que Cat contaria quando estivesse pronta), Angel sempre sentiu uma tristeza estranha na amiga e, depois do drama do dia anterior, ela se perguntou qual seria a verdade e o que Cat tinha feito dessa vez, se estava bem ou se talvez ela devesse ligar para a polícia.

Não seja boba, pensou Angel. Ela não era a mãe de Cat, talvez a amiga tivesse ido para a casa de alguém, finalmente. Mas a sensação não queria ir embora e, quando Angel foi trabalhar na noite de sábado, deixou uma mensagem para Cat pedindo que ela ligasse assim que chegasse em casa e anotou o número atrás de uma conta de gás que deixou na mesa ao lado da porta de entrada, para o caso de Cat ter perdido o celular.

Foi de um dos jogadores na mesa de blackjack que Angel ouviu a notícia chocante de que Roberto Monteiro estava morto. Então, quando ela terminou o turno, procurou a notícia na BBC pelo celular para ver o que tinha acontecido. E foi assim que descobriu que sua melhor amiga havia sido presa por assassinato.

60

Estou chorando baixinho agora, como se finalmente tivesse entendido. Arrependo-me de tudo que fiz nos últimos dois dias, de todos os mínimos detalhes. Se eu tivesse sido sensata como costumava ser, se tivesse tirado o dia de folga, ficado em casa tranquilamente... Se ao menos eu tivesse tido a coragem de enfrentar tudo sozinha. Se eu não tivesse saído para almoçar com Simon, que ideia maluca, como se eu pudesse me divertir. Se ao menos as drogas do médico não tivessem me deixado tão louca, surtada. Se ao menos eu tivesse ficado na cama a noite toda em vez de sair de novo — em que diabos eu estava pensando? —, e logo para um jantar de premiação sem sentido. Se ao menos eu não tivesse ido à festa, se não tivesse conhecido Robbie, não estivesse com a bolsa de Angel. Se ao menos se ao menos se ao menos. E agora, por minha causa, um dos jovens astros mais brilhantes do país está morto e azul em um necrotério. Quando a polícia disse que ele era Roberto Monteiro, tudo finalmente fez sentido: por que as pessoas ficaram olhando quando saímos para procurar um táxi; por que ele quis tanto ficar em casa em vez de sair e ser reconhecido; por que pareceu tão a fim de mim, que não fazia ideia de quem ele era, por saber que devo ter gostado dele por quem ele era; por que era tão rico apesar de tão jovem. Ele só não me pareceu um jogador de futebol; eu achava que jogadores moravam em casas no campo que imitavam mansões, não em apartamentos no centro de Londres, e sei que é preconceito, mas ele parecia culto demais, cavalheiro demais. Aparentemente, a irmã dele é modelo, parece que é amiga do designer de moda, e foi por isso que ele estava na festa. Ele estava contundido, se recuperando de uma cirurgia no joelho, e por isso pôde sair numa noite de sexta. Só sei disso tudo porque ouvi o policial chamado Pete dizer para alguém fora da minha cela, e ele estava quase chorando, devia torcer pelo Chelsea.

É claro que eu já tinha ouvido falar de Roberto Monteiro, todo mundo o conhecia, mas nunca gostei de futebol. E apesar de parecer bobagem e fora de contexto em meu estado de agitação, eu simplesmente não percebi. Quase dou uma gargalhada, me sinto histérica, maníaca, louca com minha burrice, e me pergunto: o que será que Robbie viu em mim? Será que foi só por eu não saber quem ele era, ou foi mais que isso? E o que eu vi nele? Será que foi só porque ele me lembrou do meu marido? Acho que nunca vou saber, e as lágrimas chegam, grandes, gordas e generosas, por Robbie, pela juventude dele e pela promessa e beleza que nunca serão realizadas, e isso me faz pensar em tudo mais que aconteceu. Eu me encolho no catre imundo e desejo que o mundo vá se foder e acabe.

61

Caroline teve uma sensação peculiar de triunfo quando seduziu o marido da irmã gêmea. Ela achava que não havia problema. Afinal, Emily o havia abandonado. E o fato de que o desejo de Ben por ela, Caroline, foi tão intenso e ardente, bem, a fez se sentir poderosa, magnífica, naquele momento de libertação dos dois, o maior triunfo em sua competição eterna com a irmã. Mas, imediatamente depois, quando ele a empurrou com violência e ficou de pé, olhando para ela com repulsa antes de sair correndo, ela percebeu a intensidade do nojo dele por ela; que o ato deles virou ódio, não amor, que ela não conseguiu nada. Seu coração se apertou quando ela se serviu de outra bebida e se perguntou por que ninguém nunca a amava. O que havia de errado com ela?

Caroline ficou no sofá de Ben a noite toda e bebeu até cair. De manhã subiu até o quarto dele e olhou para a porta fechada, desejando que ele saísse de lá. Ela pensou em abrir a porta e invadir o quarto, mas a maçaneta estava em um ângulo estranho, como se fosse cair. Mas ela pensou melhor — ele *estivera* bastante assustador na noite anterior — e então deu meia-volta e saiu cambaleando pela rua. Seguiu por uns 100 metros até o fim da rua e parou em frente à loja de bebidas, com a grade verde de aço fechada como se fossem dentes, então ficou no meio-fio e oscilou quando um ônibus passou. Ela acabou atravessando quando houve uma pausa no tráfego e cambaleou pela rua em frente, sem saber o que fazer, para onde ir. Sentou-se em um muro de jardim, escondeu a cabeça no casaco e começou a chorar de forma muito alta e teatral. Já estava ali havia uns cinco minutos quando dois rapazes com camiseta do United passaram e disseram:

— Anime-se, querida, você poderia ser torcedora do Chelsea.

Quando ela ergueu o rosto sem entender, eles riram e disseram:

— Você não soube? Roberto Monteiro morreu.

62

Estou sozinha nesta cela há horas, só com meus pensamentos nocivos e a espiada a cada 15 minutos de um policial com expressão entediada para me distrair. Acho que acabei cochilando, e só acordei quando uma refeição foi enfiada pela abertura da porta. Meu carcereiro me diz que ainda estão reunindo provas e vão demorar para me interrogar. Não demonstro ter ouvido o que ele diz. Não quero ser rude, mas não ligo se vão me interrogar, não ligo se nunca mais sair desta cela. A comida é uma refeição pronta de supermercado, uma lasanha que devem ter tirado da embalagem e enfiado no micro-ondas. Não como desde o curry da noite anterior e, apesar de não estar mais interessada em viver, meu estômago continua a me contrariar e ronca, então como um pouco e acho bem gostoso. Acabo comendo tudo, o que me surpreende. Só me deram uma colher de plástico, é claro que não podem me dar um garfo e uma faca, e quando termino de comer, o policial uniformizado pede que eu devolva a colher, como se fosse preciosa, então a entrego pela abertura. Eu me deito de novo e nada acontece por várias longas horas, exceto que em determinado momento ouço gritos e palavrões lá fora, movimentos pesados, e escuto outra porta de cela bater e um choro agudo e horrível começar. Deve ser de outra pessoa, porque a voz que gritou antes era grave e ameaçadora, embora eu não faça ideia da língua que falava. Fica escuro, e uso o vaso sanitário no canto da cela. Mesmo no escuro consigo perceber que está sujo de merda e é nojento. Depois disso, me deito e durmo.

Quando acordo, está claro, e um café da manhã esquentado no micro-ondas é empurrado para mim. Quase questiono se devo perguntar o que está acontecendo, o que vai acontecer, mas me sinto entorpecida demais, apática demais, não consigo me dar a esse trabalho. Então me sento, pego minhas ferramentas adequadas e enfio a comida goela abaixo como uma criancinha. Antes de eu terminar, a porta é aberta e um jovem de calça jeans muito limpa e camisa listrada passada pede para que eu me levante, pois estão prontos para me interrogar. Deve ser segunda de manhã; eu deveria estar no trabalho, todos já devem estar lá, e falando sobre mim. Devo ser a maior notícia do mundo. Eu me levanto, e meus ossos parecem velhos. O policial me pede que eu o siga e me leva pelo corredor, passando por outros pobres coitados prisioneiros, e alguém está gritando e xingando e implorando para ser solto porque precisa dar comida para o cachorro. Sinto pena do cachorro, esperando em algum lugar, com saudade, com fome. Isso me faz chorar. A ideia de outro interrogatório da polícia, um ano depois do anterior, é uma tortura agora que chegou, e me sinto tão culpada e perdida, desta vez por causa de Robbie, que mal consigo ficar de pé. Ainda assim, faço o melhor que posso para seguir em frente, e passamos por uma porta dupla e por outro corredor sem vida, depois entramos em uma salinha sem janelas, com uma mesa, três cadeiras de plástico laranja e um gravador grande e antiquado. O detetive me manda sentar e se acomoda em uma das cadeiras do outro lado da mesa. A aparência dele é imaculada demais, limpa demais para o local.

Eu me encosto e olho para mim mesma como se de fora, como se ainda estivesse vendo uma atriz, e a sensação me deixa distante e estranhamente calma. Esperamos por um tempo, talvez meio minuto, e outro policial de roupas simples entra, desta vez uma mulher. Ela se senta e eles começam o interrogatório. Apesar de eles me perguntarem de novo se quero um advogado, não ligo para o que vai acontecer, então digo que não, que está tudo bem, obrigada.

Respondo todas as perguntas que eles fazem, sobre como conheci o falecido, como fui parar no apartamento dele, o que fizemos nas últimas 36 horas. Percebo que parece horrível, sórdido, e quero que eles saibam que não foi assim, foi romântico e especial, uma ótima maneira de passar o tempo se você vai acabar morrendo. (Começo a chorar nesse ponto, e eles precisam parar o interrogatório por alguns minutos.) Quando consigo me acalmar, eles me perguntam sobre as drogas, e digo que eram da minha amiga e que só usamos um pouquinho. Nesse momento, eles me interrompem e perguntam:

— Você está querendo nos dizer que forneceu a substância para o Sr. Monteiro?

Respondo que sim, ao que parece, sim.

Apesar de eu não querer pensar em nada disso, pois não faz sentido, porque não vai trazê-lo de volta, eles me fazem mais perguntas. Querem saber quem é a minha amiga, como a conheci, o que ela faz, qual é o nome e o endereço dela, essas coisas. Percebo tarde demais que devia ter dito que as drogas eram minhas, mas eles insistem, e não consigo pensar em mais nada para dizer. Então falo a verdade, e me sinto mal por ter colocado Angel na confusão, por tê-la arrastado para esse incidente horrível. Eles encerram o interrogatório e me levam de volta para a cela. Não me dizem o que vai acontecer agora, só trancam a porta e me deixam lá. Então eu me deito, desta vez de costas, e olho para o teto, tentando organizar meus pensamentos. Será que eles acham mesmo que eu o matei? *Será que eu o matei?* Ele era adulto, usou as drogas por vontade própria, não foi? Será que havia alguma coisa errada com as drogas? Se foram as drogas que o mataram, *por que eu não estou morta?* Fico triste por mim mesma agora e também pela minha família, pela vergonha que estou prestes a fazê-los passar, e, mais do que tudo, fico triste por Robbie, por ele estar morto, mais uma vida desperdiçada por nada, e fico triste por minha vida estar realmente acabada agora, por não ter mais volta.

Não faço ideia de que horas são. Um dos policiais uniformizados abre a porta e me pede educadamente para ir com ele, como se estivéssemos em um hotel e ele fosse me mostrar o meu quarto. Ele deve ter se formado recentemente, tem aquele ar de novato, é bem doce. Levanto o corpo do colchão sujo e me sento na beirada. Coloco a cabeça entre os joelhos, como se pudesse simplesmente me livrar da sujeira e da vergonha. O policial espera pacientemente e, quando eu me levanto, ele me leva da minha cela por corredores compridos e frios até outra sala, talvez a mesma em que fui fichada. Mas todas parecem iguais aos meus olhos, cinzentas e tristes. Aqui, outro oficial à paisana me espera e diz:

— Catherine Emily Brown, estou acusando você de posse de uma droga de classe A, mais precisamente cocaína. Você responderá ao processo em liberdade e tem que voltar no dia em que for convocada.

Olho para ele sem entender. Onde estava a palavra *assassinato* na declaração dele? O que ele quer dizer com *liberdade*? Minha bochecha esquerda começa a latejar, isso jamais aconteceu antes. Minha boca se abre, e percebo que, com minha roupa branca fina, meu rosto contorcido e meus olhos pesados carregados de infelicidade, parece que não entendi. Então, ele repete.

— Srta. Brown, o que estou dizendo é que você pode ir embora.

Existe o problema de que roupa vestir. Meu belo vestido verde desapareceu, foi levado como evidência, e agora ninguém sabe onde está, embora me garantam que vai aparecer em algum momento. Não que eu me importe, pelo menos eles me devolveram os sapatos. Não quero sair com meu pijama de presidiária. Não quero parecer uma criminosa em fuga, mesmo que me sinta assim, mas as roupas que eles oferecem do departamento de achados e perdidos têm um cheiro horrível. No final, decido que a roupa branca é a melhor, junto com os sapatos de salto, desde que eu consiga pegar um táxi, vou ter que pedir um na entrada. Eles apertam o botão para abrir a porta e pronto, me deixam ir. Estou de volta ao outro lado, o lado da liberdade. Há pessoas andando por ali, está movimentado, e alguém tira uma foto minha. Levo um susto, não pelo flash, mas porque, ali no canto, parecendo mais velho e mais magro e infinitamente triste, está meu marido.

Parte Três

63

O mundo fora do táxi parece muito claro, muito movimentado, vivo demais para meu cérebro compreender. Estou encolhida perto da janela, olhando para dentro, seguindo com o carro e com meu marido do oeste de Londres para o norte. Não estou com aparência boa, mas também não estou ruim. Sou apenas mais uma jovem em liberdade condicional, de roupa branca da polícia e saltos altos prateados. Fui presa por suspeita de assassinato ontem, mas, apesar de estar livre, por enquanto, sei que estou mais presa do que nunca. O táxi é escuro e passa uma sensação pesada, apesar do frescor do dia, do sol lá fora em mais uma gloriosa manhã de maio, como diriam no rádio.

É engraçado como é fácil, quando você não tem escolha, voltar ao seu antigo eu, ao seu antigo nome. Ben ainda me chama de Emily, e não me dou ao trabalho de corrigi-lo. Qual é o sentido de ser Cat Brown agora que fui descoberta, agora que sou obrigada a encarar meu passado? Eu não queria ir embora com Ben, mas também queria desesperadamente. Quando o vi esperando ali na delegacia, meu coração pulou e afundou ao mesmo tempo; pulou porque talvez ele ainda me amasse, afinal, e afundou porque pensei: como ele poderia me perdoar depois de tudo que fiz?

Fico sentada em silêncio no táxi e desejo poder evaporar, desaparecer como um espectro ou uma alma, de não ter de ver a expressão de decepção e perda nos olhos de Ben, a derradeira morte dos restinhos do amor dele por mim. Ben está sentado ereto e não diz nada além do que falou na delegacia:

— Oi, Emily, acho que é melhor você vir comigo.

Em seguida, ele segurou meu cotovelo e me guiou delicadamente, mas decidido, pelos repórteres que esperavam e até o táxi. Quando a mão dele encostou no algodão fino da minha blusa, meu corpo todo tremeu, como se eu tivesse tomado uma injeção de adrenalina, como se minha vida talvez tivesse reiniciado. Aquela estranha sensação ilusória que senti desde minha prisão desapareceu, e me vi claramente pela primeira vez em dias, desde antes do aniversário, antes do dia 6 de maio, e o que vi embaixo da dor foi uma partícula de esperança.

Ben me leva para o hotelzinho em Hampstead onde passou a noite depois de deixar Charlie com os pais, furiosos e indignados, e viajar no primeiro trem que conseguiu pegar, para me encontrar antes que eu me perdesse de novo. O hotel é limpo e básico, prático, mas parece simples demais, sem a menor personalidade para ser o pano de fundo do nosso fim. Fico aliviada por ele não ter levado Charlie, claro, seria demais para ele. Mas percebo que desejo muito vê-lo, que agora que vi Ben, preciso ver Charlie também, abraçá-lo, pegá-lo no colo, dizer que sinto muito, e preciso fazer isso tudo o mais rápido possível.

Quando subimos, o quarto é branco, vazio, livre da nossa história, e talvez não seja um lugar tão ruim, afinal. Ben sugere que eu tome um banho, e faço o que ele diz. Ao me despir, percebo que estou imunda, que na verdade estou fedendo. O banho me causa a sensação de tiros de aço, e coloco a água o mais quente possível, o mais forte possível, é o que mereço. Quando saio, estou vermelha, constrangida, de toalha, mas não tenho nada para vestir. Ben me olha nos olhos e diz que vai à rua comprar uma roupa desde que eu *prometa* me deitar na cama branca impecável e descansar, ver televisão, o que for; qualquer coisa menos fugir quando ele sair. Olho diretamente nos olhos dele e prometo, e Ben para na porta meio sem jeito, como se não soubesse se pode confiar em mim, e finalmente diz baixinho:

— Te vejo daqui a pouco, Emily.

E, apesar de eu me perguntar brevemente se devia ir embora enquanto posso, acabo me deitando na cama, e o sono me rouba a decisão.

Ouço o clique firme do cartão magnético e a porta pesada se abre. Ben voltou, apesar de parecer que acabou de sair. Trouxe algumas roupas que servem para Emily, não para Cat, mas não me importo, não de verdade. Enrolo a toalha no corpo de novo, ainda estou absurdamente envergonhada, e vou para o banheiro, onde Ben deixou tudo para mim. Quando saio, pareço inocente e nova com minha calça jeans escura e camiseta branca de algodão novas, embora a calça esteja um pouco apertada, não estou mais tão magra como quando ele me viu pela última vez. Sento-me constrangida na cama e olho para as mãos, para as unhas sujas que o banho não limpou, para o local onde ficava minha aliança. Ben se senta na cadeira, e não sabemos o que fazer, como ir em frente. Há tanta coisa a ser dita, como podemos sequer saber por onde começar? Depois de longos minutos de silêncio, de solidão dolorosa, Ben inicia a conversa. Ele vai direto ao ponto, não há espaço para trivialidades.

— Emily, você precisa me contar o que aconteceu naquele dia. Eu não queria pressionar, achei que você me contaria quando fosse a hora, mas aí você fugiu e me abandonou. Você deve a nós dois uma explicação sobre aquilo, mesmo se nunca mais quiser saber de mim.

Olho para Ben e sei que ele está certo, e apesar de eu ter sido presa recentemente por suspeita de assassinato, ainda por cima de uma pessoa famosa, é *aqui* que está a história real, e eu a mantive guardada por tempo demais. Olho para o amor nos olhos dele, e isso me dá coragem, então, depois de mais alguns minutos de silêncio, eu finalmente abro a boca e começo a falar.

64

Quinze meses antes

Havia uma variedade tão grande de frango que Caroline não sabia por onde começar. Peito, peito sem pele, filé de peito, coxa, asa, drumete, em cubinhos, criado solto, alimentado com milho, orgânico, inteiro, dividido em quatro partes, galeto, fosse lá o que isso fosse. Caroline tremeu ao caminhar pelo corredor, vendo a carne pálida cintilando nos pacotes transparentes e na luz intensa, até o caixa. Não conseguia lembrar agora o que a receita especificava, ela só anotou "frango, 300g" embaixo da cebola e acima do creme de leite. No final, escolheu peito sem pele criado solto, mas não orgânico, esses eram uma extorsão. Caroline seguiu metodicamente pela lista: leite, queijo cheddar, queijo de cabra, iogurte. As escolhas eram tantas que ela demorou uma eternidade para pegar o que queria, para ter certeza de que tinha escolhido o tipo certo, o tamanho certo, pelo melhor preço, o que estivesse em oferta; era como uma gigantesca caça ao tesouro matemática. Ela seguiu para o corredor ao lado (tomates em lata, feijão, ketchup, ervas, massas) e percebeu, de forma bizarra, que estava gostando disso: de empurrar o carrinho, andar pelos corredores, consultar a lista, provar enfim que era uma pessoa de verdade em um relacionamento normal, não uma compradora de refeição pronta triste ou, pior, uma anoréxica desesperada que só comprava frutas, Coca diet e chiclete.

Depois de uma hora e meia, ela estava quase terminando. Chegou ao final de um corredor, na parte de bebidas, e pegou uma caixa de cerveja para Bill e três garrafas de água tônica para si, aliviada por conseguir resistir às fileiras e fileiras de álcool, chegara tão longe ultimamente. O carrinho estava quase cheio agora, e ela se perguntou brevemente quanto isso tudo custaria, mas na verdade não importava, estava feliz consigo mesma, se sentia adulta. Ao chegar ao caixa, ela olhou para a lista para verificar se tinha pegado tudo.

O creme de leite! Ela havia se esquecido do creme de leite. Merda, pensou ela, isso era lá no começo, e ela precisava para o prato de frango. Sentiu uma pontada de irritação na base da nuca, onde era seu ponto de tensão, mas se recuperou ao empurrar o carrinho pela distância de dois campos de futebol, com um meio sorriso tranquilo no rosto. A temperatura estava vários graus mais baixa ali e ela tremeu de novo, mas não só de frio. Quando não conseguiu encontrar nenhum tipo de creme, apenas as longas fileiras de iogurte, leite e todos os tipos de queijo que a deixaram indecisa antes, uma pontada de irritação atingiu sua nuca com mais força, dessa vez perto da escápula. O creme de leite tinha de estar em algum lugar por ali, não? *Onde está essa porra?* O supermercado era tão grande, tão cheio de todo tipo de coisa que se podia precisar, que parecia opressor agora, não mais divertido. Ela empurrou o carrinho em busca de alguém para perguntar. O arrepio nos braços era visível; ela precisava sair do corredor de geladeiras, eles mantinham a temperatura ridiculamente baixa ali. Ela olhou de um lado para outro; ninguém. Assim, largou o carrinho e chegou à extremidade, passou pelas tortas e massas expostas nas pontas e foi até a seção de carnes. Havia um homem de casaco azul sentado em um banquinho, arrumando pacotes de carne tão vermelha que ainda parecia viva.

— Com licença — disse ela, sem conseguir esconder a impaciência na voz.

O homem continuou arrumando.

— Com li-cença — disse Caroline, mais alto desta vez.

O vendedor ergueu o rosto. Ele era careca, mais jovem do que ela supusera, com uma barba escura pontuda e comprida que parecia perdida na papada densa e uma boca pequena e repuxada; como uma vagina, pensou ela com maldade.

— Você pode me dizer onde fica o creme de leite fresco?

— No corredor 32 — murmurou o homem, voltando a olhar para a carne.

— Onde fica o corredor 32?

O homem indicou com a cabeça a direção de onde ela tinha vindo e continuou a empilhar.

— Já olhei ali — disse Caroline. — Será que você pode fazer o favor de me mostrar?

Ele ergueu o rosto, a expressão estava abertamente hostil agora, e ela achou que ele ia dizer não. Mas ele se apoiou na prateleira mais baixa, grunhiu para levantar o corpo gordo do banco e andou devagar, como um urso despertando. Acenou vagamente com o braço e começou a voltar para os filés em oferta.

— Eu já olhei aí — disse Caroline, e dessa vez não conseguiu se segurar. — Por que você não pode deixar de ser tão preguiçoso e grosso e me ajudar? Não é esse o seu trabalho?

O homem parou.

— Senhora, vou ter que denunciá-la ao meu supervisor se você falar comigo assim de novo. Os funcionários têm direito de ser tratados com respeito.

— Ótimo — disse Caroline, e estava gritando agora. — Vá chamar seu supervisor idiota, quero dizer para ele que você é um imbecil preguiçoso e ignorante.

Ela percebeu que outros clientes tinham parado os carrinhos e estavam olhando para os dois. O homem saiu andando na direção dos caixas, e Caroline ficou com o carrinho carregado, mas ainda sem creme de leite, e todo mundo estava olhando para ela. Merda, por que deixou um babaca daqueles incomodá-la? E se um segurança aparecesse e a mandasse sair? Como ele ousava ameaçá-la?

Quando os outros clientes voltaram a andar, ficando cuidadosamente longe dela, Caroline tomou uma decisão. Abandonou o carrinho bem ali, no meio do corredor 32, passou rapidamente pelos caixas e saiu no calor suave do início do verão. Andou com irregularidade até o carro e saiu rugindo do estacionamento, tão furiosamente que uma mãe precisou tirar o filho pequeno do caminho. Ela dirigiu cantando pneus pela rua até o norte de Leeds, acelerando e freando como louca e, se passava por algum sinal fechado, gritava e batia com o punho na porta repetidamente, até sentir dor. Quando chegou em casa, deitou-se no sofá e chorou no couro preto barato, até que acabou parando e ligou a TV no programa *Countdown*, para conseguir se acalmar antes de Bill chegar em casa.

Naquela noite, Caroline pediu comida. Pediu desculpas a Bill porque estava ocupada demais para ir ao supermercado como planejara. Bill disse que estava tudo bem, que comida chinesa estava ótimo.

Caroline nunca mais foi a um supermercado grande. Ela descobriu um de tamanho mediano em uma parte boa de Leeds, a apenas 15 minutos de carro de sua casa, e passou a fazer compras lá. Havia menos variedade, o que, na opinião dela, era uma coisa boa: os produtos que eles tinham eram bons, ela demorava um quarto do tempo para andar lá dentro e, neste, ela não congelava como no outro. Caroline percebeu que o frio a deixava nervosa, lembrava-a de quando tinha 15 anos, quando pesava menos do que 38 quilos e nunca se sentia aquecida. Talvez esse tivesse sido o motivo do surto dela naquele dia, no corredor de laticínios. Foi uma situação única, ela tinha certeza.

Mas Caroline não gostava de fazer compras tanto quanto gostava de cozinhar naquele período. Ela comprou alguns livros de receitas e encontrou um prazer inesperado em estar com o chá pronto para quando Bill chegasse do trabalho. Era como se os problemas dela com comida tivessem se transformado sozinhos, e ela passou a adorar preparar as refeições mais suntuosas, quanto mais calóricas, melhor. Bill às vezes perguntava por que as porções dela eram tão pequenas ou por que ela não tinha tocado nos profiteroles de chocolate que se esforçou tanto para fazer, mas ela só ficava na defensiva e se esquivava de tudo. No fim, ele parou de perguntar.

Na sexta-feira antes do aniversário de Bill, Caroline fez sua compra semanal pela manhã e estava preparando estrogonofe de carne e, para o chá, torta de banana. Ela adorava preparar pratos especiais na sexta, pois Bill costumava chegar em casa às quatro, e eles podiam comer cedo e ficar aconchegados no sofá para ver um filme. Às vezes, ela não conseguia acreditar no quanto sua vida havia mudado; em como a vida caótica de crises e dramas fora substituída por uma vida tranquila e doméstica. Era verdade que Bill não era tão moderno e elegante quanto seus namorados anteriores, nem tão bonito quanto o quase noivo Dominic, mas era um bom homem, estável, e que a amava, e isso bastava atualmente. Ela não queria mais saber de melodrama, estava feliz no apartamentinho onde moravam, com a cozinha nova e a porta ampliada e a lareira a gás; tinha um emprego de meio expediente em uma loja de um designer de moda no centro, apesar de o salário não ser tão bom como nos empregos anteriores — não chegava nem perto do emprego que teve em Manchester —, estava bom por ora. Ela e Bill não eram ricos, mas tinham dinheiro para sair quando tinham vontade e para viajar em um fim de semana ou outro. E esse estilo de vida mais relaxado significava uma chance maior de ela engravidar, embora ela ainda não tivesse exatamente contado esses planos para Bill. Caroline sorriu.

Quando ouviu a chave girar e a porta da frente abrir, ela estava deitava no sofá vendo *Deal or No Deal*. (Estava viciada nesse programa, de uma forma assustadora; parecia que ela sempre precisava ficar viciada em alguma coisa, atualmente era preparar refeições calóricas inspirada nos anos 1970, como as da mãe, e ver programas ruins. Com certeza esses eram vícios melhores do que os anteriores, não?) Ela baixou o volume da televisão e ouviu o som dele tirando os sapatos, o movimento do casaco, o barulho dos passos na escada, o som demorado de respingos de água no banheiro, o toque da descarga, o acionamento da bomba que alimentava as torneiras. Normalmente, ele enfiava a cabeça pela porta para dar um beijo nela, mas devia estar desesperado para ir ao banheiro. Ah, não! O competidor não aceitou as 38 mil libras que o banqueiro ofereceu e perdeu o prêmio de 250 mil. Era quase certo que acabasse com menos agora, o imbecil, pensou ela. Será que ele não percebe que é um jogo puramente de sorte? Ela virou a cabeça e sorriu quando Bill finalmente entrou.

— Oi, amor — disse ela.

— Oi — respondeu Bill, e se abaixou para dar um beijo nela. Caroline botou a mão ao redor do pescoço dele, mas Bill se levantou.

— Estou cansado, amor — declarou ele. — Como foi seu dia?

— Foi bom — disse Caroline. — Gastei 76,38 libras no supermercado, estou ficando muito melhor em economizar. O jantar vai ficar pronto às cinco, vamos comer um dos seus pratos favoritos.

Bill se sentou na poltrona grande, apesar de normalmente se sentar na ponta do sofá para Caroline poder colocar os pés no colo dele enquanto assistiam aos últimos minutos do programa juntos. Ele está cansado, pensou ela, a semana foi longa. Ele pegou o *Sun* para ler.

— Não vai assistir? Está na parte empolgante.

— Não, estou meio entediado, pra ser sincero.

Caroline deu de ombros.

— Emily ligou hoje de manhã. Ela nos convidou para o batizado, vai ser no dia seis de junho. Ela disse que era melhor fazerem isso logo, antes que a voz dele comece a mudar. — E ela riu.

— Tudo bem — disse Bill e continuou lendo.

Enquanto o observava, Caroline pensou de novo no quanto era bom ter uma pessoa para levá-la ao batizado do sobrinho, alguém confiável e tranquilo e que definitivamente não faria uma cena. E ele ficava bem de terno, embora ela tivesse notado que a barriga estava um pouco maior, talvez ela o estivesse superalimentando. Bill era um homem quase bonito: com feições comuns, tudo no lugar certo, um físico impressionante; mas o cabelo estava começando a cair e a cabeça era um pouco grande demais para o corpo. Mas ele sabia o que usar, gostava de se vestir bem; foi assim que eles se conheceram, quando ele foi à loja onde Caroline trabalhava. A sinceridade dele quanto a gostar dela, que a fez sentir pena no começo, tornou-se lisonjeira depois de um tempo e, quando ele a convidou para tomar um drinque, ela finalmente aceitou. Aquela primeira noite foi agradável, e não maravilhosa, mas ela aceitou sair com ele de novo, afinal, não tinha mais ninguém. Em pouco tempo eles estavam dormindo juntos, e, para a surpresa dela, ele era *incrível* nesse aspecto. Ela passou a ficar cada vez mais na casa dele, que ele mesmo havia reformado, e em pouco tempo comprou uma escova de dentes, deixou algumas roupas lá e passou a quase não ir para casa. O terapeuta mais recente tinha dito a ela que aceitasse as pessoas como elas eram, e Caroline mergulhou de corpo e alma no conselho, aceitou a aparência imperfeita de Bill e o amor ansioso que ele tinha por ela, aceitou a vida deles juntos. Pela primeira vez, estava feliz de uma forma apropriada e sensata, ela tinha certeza.

— Dez libras... que idiota, ele podia ter ganhado 38 mil! — gritou ela.

Bill olhou para Caroline.

— Não sei por que você assiste essa bosta — disse ele.

— Faz parte da minha rotina — explicou ela, ainda sem se deixar irritar, surpresa consigo mesma. — Sei que é inútil, mas não consigo controlar. Vou preparar o arroz. O jantar fica pronto em dez minutos.

Ela tirou as pernas compridas do sofá com Bill olhando para ela. Em seguida, ele desligou a TV e fechou os olhos.

Caroline já tinha arrumado a mesa: jogos americanos retangulares cinza com outros redondos e prateados em cima, combinando com os talheres. Estava prestes a acender as velas, mas alguma coisa a fez parar; Bill não parecia estar com humor para isso, e estava anoitecendo mais tarde agora. Ela serviu cerveja para Bill e água tônica com gelo e limão para si. Ela bebia muita água tônica atualmente; a sensação era quase de uma bebida alcoólica, e parecia ajudar de alguma forma.

Bill se sentou, e ela serviu o estrogonofe.

— Obrigado, parece delicioso — disse ele.

Enquanto eles comiam, havia um ar de constrangimento no silêncio deles, e Caroline não conseguia pensar em nada para dizer, o que era bem incomum. Ela se levantou e ligou o rádio, e eles ouviram músicas medíocres e fáceis, "Zoom", de Fat Larry's Band e uma balada desconhecida de Michael Jackson. Quando Bill se levantou para levar o prato para a cozinha, ele disse:

— Ah, prometi ir até a casa de Terry e Sue hoje, eles ainda estão com problema no boiler.

— Pensei que você já tivesse consertado — disse Caroline.

— A chama piloto fica apagando, eles precisam acender toda hora, é um saco. Não devo demorar.

— Tudo bem. Que filme você quer ver mais tarde?

— Não faz diferença, pode escolher. Prefiro consertar logo esse boiler para depois relaxar. Vejo você mais tarde.

Ele apertou o traseiro perfeito dela por mera formalidade e saiu.

Sue e Terry moravam ao lado. Sue era barulhenta e superalegre, e sempre usava o mesmo tipo de roupas: calça legging e blusas com decotes de amarrar, que exibiam os seios enormes, como se ela fosse uma camponesa. O cabelo era curto e fora de proporção, o corpo era enorme e os pés e a cabeça, pequenos. Terry também estava a caminho da obesidade, mas os dois filhos deles eram musculosos, e não gordos, e completamente loucos por futebol. Terry sempre os levava para treinos e jogos, era um pai muito exigente, de acordo com Bill. Caroline nunca tinha conhecido alguém como Sue, barulhenta, acima do peso, sem estudo, e mal a cumprimentava quando a via na rua. Ela achava que Sue devia ter espalhado por aí que ela era metida, e ninguém mais era simpático com ela. Quando surgiam pequenos rumores sobre o que ela estava fazendo ali, morando com um homem como Bill, com Sue e Terry como vizinhos, ela os sufocava com veemência. Era boa em viver em negação. Estava feliz.

Caroline ficou deitada na cama, inquieta, com Bill roncando de leve ao lado. Eram cinco da manhã e ela não conseguia dormir. Olhou para a suave luz nas paredes pálidas e sem graça, para as cortinas de listras horizontais que sabia serem de um azul escuro e claro à luz do dia, um pouco berrantes demais. Olhou também para o guarda-roupa rústico e se perguntou de novo como foi parar ali, naquela casa, naquela vida. Ela rolou de barriga para baixo, mas isso fazia suas costelas doerem apesar da maciez do colchão, então se sentou e acendeu o abajur da mesa de cabeceira, afastando a luz dos olhos de Bill, que, apesar de se mexer um pouco, não acordou. Ela o observou enquanto ele dormia, com o peito amplo e cabeludo subindo e descendo, como um mamífero independente apagado, bem-separado do belo rosto quadrado. Em seguida, ela se virou para pegar o livro ao lado da cama. Ela estava morando oficialmente com Bill havia seis meses, e tudo estava indo bem, ele despertava o melhor nela, a acalmava. O resto da vida também estava bem; ela gostava do trabalho e tinha feito novos amigos. Mas sentia um incômodo, só não sabia o que era. Será que estava sucumbindo a essa vida porque Bill era quem ela realmente queria, porque ela estava onde deveria estar, ou será que era porque ela achava que era hora de sossegar e ele por acaso apareceu? O desejo dela por um bebê a surpreendia, assim como o amor descomplicado pelo único sobrinho do outro lado dos Peninos, em Manchester. Apesar de ela ter sido cruel quando Emily estava grávida, seu amargor e sua inveja desapareceram incrivelmente quando o bebê nasceu; ele era puro, inalterado, adorável. Ele até a fez se sentir mais próxima da irmã, mais perto de querer o que Emily tinha, mais perto de fazê-la sentir que a vida podia ser normal e que ela talvez pudesse ter o tipo de vida comum e feliz que as outras pessoas tinham. Ela até havia começado a medir a temperatura basal, embora ainda não tivesse contado para Bill, e sempre tomava o cuidado de ficar mais desejável nos momentos certos. Às vezes, ela achava que Bill havia percebido; ele parecia bem menos interessado em sexo agora. Talvez os homens tivessem um radar embutido para motivos secretos. Eles já haviam começado a falar sobre formar uma família, ela pensou, para se tranquilizar. Na verdade, fora sugestão dele, mas, deitada ali, ela percebeu que ele não falava no assunto havia algum tempo. No entanto, Caroline tinha certeza de que ele não iria se importar quando acontecesse, não depois que houvesse um bebê crescendo dentro dela.

Enquanto Bill continuava dormindo, ela o observou de novo, reparou na covinha no queixo, na sombra longa e intensa provocada pela luz do abajur, na gentileza ao redor dos olhos dele. E daí se ele roncasse, ela se acostumaria. Caroline se moveu na direção dele, encostou o corpo no volume reconfortante do dele e, apesar de ele ter resmungado e ter feito uma leve tentativa de empurrá-la, ela ficou ali até acabar dormindo.

A campainha tocou logo depois que Bill saiu para o trabalho, e Caroline estava acordada, embora não fosse comum, já bebendo sua segunda xícara de café preto. Ela achou que era o carteiro, quem mais tocaria tão cedo? Mas, quando deu de cara com o vizinho Terry, não era quem ela estava esperando.

— Sim? — disse ela.

— Posso entrar?

— Bill não está.

— Eu sei, é com você que eu quero falar.

Caroline teve uma sensação ruim. Terry estava com uma cara horrível, o que poderia ter acontecido para ele precisar falar com ela? Estava irritada, precisava lavar o cabelo, e secá-lo demorava um século, pois estava muito comprido.

— É melhor você entrar — disse ela, conduzindo-o pela cozinha.

Ela não ofereceu uma bebida porque não queria prolongar a visita, eles não tinham nada para conversar.

Terry pegou uma cadeira e colocou o enorme traseiro nela, em um ângulo afastado da mesa, e parecia em posição precária, como se estivesse a ponto de cair. Ele olhou para ela, mas ela ainda não conseguia entender.

— E então?

— Você sabia que Bill está andando com a minha mulher? — perguntou ele, por fim.

Caroline olhou para o cacto seco no parapeito da janela atrás do contorno amplo de Terry. Aquela planta precisa de água, pensou ela, está morrendo.

— O que você quer dizer com isso? — perguntou ela.

— Exatamente o que eu falei. O seu Bill e a minha Sue estão tendo um caso.

Caroline lutou para encontrar sentimentos, de tão surpresa que ficou. O primeiro a surgir foi repulsa. Como ele podia dormir com aquela baleia, com enormes camadas de gordura penduradas como bijuteria de pele no pescoço e no pulso, com os seios arfantes horríveis? O segundo foi inadequação: com seu corpo magro e peito de supermodelo, ela era a antítese de tudo que Sue era. O terceiro foi confusão: como, quando, onde? E então lembrou-se do boiler, da pia pingando e do forno quebrado, e percebeu pela primeira vez que isso acontecia sempre nas noites de sexta, depois de eles jantarem, mas antes de verem um filme juntos, e, dependendo das tabelas dela, até mesmo antes de fazerem sexo.

— Caroline? — disse Terry. — Você está bem? Venha, sente-se.

— Aonde você vai nas noites de sexta? Onde estão seus filhos.

— Vamos para o treino de futebol, só voltamos às oito. É nessa hora que acontece, e às vezes de manhã também, de acordo com Sue.

Tudo parecia tão óbvio agora, mas Caroline nunca tinha desconfiado nem remotamente porque não podia imaginar que *ninguém* achasse Sue atraente, muito menos Bill. Ela pensou agora nos olhos brilhantes de Sue, no rosto bonito, na gargalhada contagiante, e ficou furiosa pra cacete. Bill sabia que ela nunca falava com os vizinhos se pudesse evitar, não havia motivo para perguntar a Terry como estava o boiler, como se ela se importasse. Ele estava fazendo tudo bem na casa do vizinho, bem debaixo do nariz arrebitado e perfeito dela.

Caroline não conseguiu mais suportar. Ela foi até a porta. Terry se levantou e foi atrás, como se um fio invisível os unisse, até a porta da frente.

— É melhor você ir — disse ela, e sua voz estava alta demais, agressiva.

Terry começou a fungar.

— Ela diz que quer me largar para ficar com o Bill.

— Bem, isso depende dela — disse Caroline. — Não tenho nada a ver com o que ela sente.

— Você é algum tipo de robô, por acaso? — perguntou Terry. — Não liga?

— Não sei — disse Caroline com simplicidade, e fechou a porta.

Caroline pretendia ligar para o trabalho e dizer que estava doente, mas não conseguiu. Ficou sentada na cozinha, presa, incapaz de se mexer, olhando para a cadeira que Terry ocupara, que ainda estava em um ângulo estranho, fazendo o aposento parecer desarrumado. Sentia-se congelada; sem saber direito o que sentir, o que fazer, para onde ir. Depois de talvez duas horas ela conseguiu se levantar, foi até a gaveta de facas e pegou uma faca afiada, pequena e letal, com uma ponta curva cruel, e que ela achava se chamar faca de trinchar. Estudou todos os ângulos da faca até que finalmente o sol lá fora, atrás do cacto ressecado, bateu no aço e lançou aos olhos dela sinais de aviso.

Ela olhou para os pulsos, com veias orgulhosas, lívidas, como cicatrizes azuis. Sentiu a ponta da faca no queixo, na bochecha, na testa, no pescoço, nos pulsos de novo. Saiu da cozinha e seguiu precisa e cuidadosamente para o quarto no andar de cima que compartilhara com Bill poucas horas antes. Sentou-se na cama e olhou sem enxergar para o horrível guarda-roupa de pinho laranja por longos minutos ausentes; olhou com desejo para a lâmina de 8 centímetros, admirando sua beleza, sentindo seu potencial; levou-a até o pulso de novo e pressionou, só um pouco; e voltou o olhar para o guarda-roupa.

E Caroline continuou sentada ali, sem fazer nada, sem sentir nada, ainda indecisa.

Finalmente, uma emoção surgiu. Era pura ira, sem restrições.

Com um rugido gutural, ela se jogou contra o guarda-roupa, abriu-o e atacou o que havia dentro, com a faca esticada como se fosse uma adaga. Quanto mais rasgava e perfurava camisas, casacos e calças jeans dele com a pequena arma letal, mais raiva sentia, e seus gritos de ira e fúria puderam ser ouvidos por Sue, que estava deitada e chorando no aposento adjacente, como uma almofada gigante. Finalmente, Caroline parou, e sabia que tinha que ir embora antes de Bill chegar em casa, antes que fizesse o mesmo com ele, antes que arrancasse o coração dele. Pegou a bolsa, o celular e a chave do carro e fugiu de casa, com a respiração irregular e os olhos enlouquecidos, mas secos.

65

Fico deitada na cama, satisfeita e sonolenta. Ben acabou de entrar no banho, e aprecio o breve intervalo, antes que a vozinha grite "Mamãããããe" e eu tenha que me levantar. O sol entra pelas cortinas e o dia já está quente, mas de uma forma gostosa, aconchegante. É manhã de quinta no começo de maio, e não consigo parar de pensar no quanto tenho sorte, com meu lindo marido e meu belo menino, morando em nossa casinha adorável nessa parte tão incrível de Manchester, tão simpática e tranquila, tão cheia de vida, perto do centro, mas também perto da natureza em Peak District, para onde adoramos ir no fim de semana. Não consigo acreditar que uma decisão aleatória, e logo de ir pular de paraquedas, me trouxe até aqui, até este momento, a esta cama nesta casa, com a lembrança do meu marido ainda quente dentro de mim e meu filho ainda dormindo.

Devo ter cochilado, porque são sete e meia, preciso levantar, mas minha mente fica vagando. Acho que é o sol, juro que choveu sem parar a semana toda e hoje é o primeiro dia de primavera decente depois de um inverno frio e rigoroso. Não consigo deixar de sentir uma gratidão ridícula pelo mundo, talvez sejam meus hormônios, fiquei assim da outra vez. Para variar, nem estou preocupada com minha família maluca, todos parecem ter se acertado, com mamãe escalando montanhas e papai finalmente se recuperando depois do choque do divórcio. Ele até começou a jogar badminton, entre tantos esportes. E Caroline talvez seja a maior surpresa de todas. Mais uma passada pela reabilitação aparentemente funcionou desta vez, graças a Deus, e ela parece em paz consigo mesma, finalmente. Ela tem um bom companheiro, Bill, e ele pode até não ser glamoroso como os namorados anteriores dela, mas é real e decente e parece amá-la. Estou tão satisfeita por ela. Não a vemos muito agora que ela está em

Leeds, mas, quando nos encontramos, é bom. Ela parece finalmente ter aceitado Ben e adora nosso filho querido. Melhor de tudo, parei de ter medo de aborrecê-la; minhas preocupações de que o fato de eu me casar e ficar grávida poderiam ofendê-la deixavam Ben maluco. Na verdade, me sinto bem para contar a ela sobre o novo bebê, com sorte ela ficará contente desde o começo desta vez, ela parece adorar ser tia.

Às vezes me pergunto como, dentre todos os meus dramas familiares, acabei sendo normal, como consegui lidar com as várias crises de Caroline e com o divórcio dos meus pais sem deixar que isso me afetasse muito. Não que eu tenha um coração duro, pelo menos espero que não, só pareço ter uma essência muito sólida, sabe-se lá como. E é claro que tive sorte de conhecer Ben, ele tem sido a pessoa que me complementa de todas as formas, que até hoje faz meu coração bater mais forte e meu corpo responder, e me pergunto se os casamentos das outras pessoas são como o nosso.

Finalmente chega o grito cantado e fico feliz, mal posso esperar para ver o rostinho dele ainda amassado de sono explodir em um sorriso de amor, por mim, a mãe dele. Empurro o edredom e meio que saio correndo do quarto.

São duas horas agora, terminei de limpar a cozinha do almoço, estamos vestidos e *finalmente* prontos para sair, apenas com alguns minutos de atraso. Peguei toda a parafernália de que preciso para levar uma criança de 2 anos ao parque: fraldas, lenços umedecidos, lanches, uma muda de roupa para o caso de ele pular em uma poça, pão para os patos. Apesar de eu adorar ser mãe, não sou muito boa nas coisas práticas, não sou como aquelas supermães que conseguem encontrar tempo para encher o freezer de comida orgânica enquanto ocupam um cargo na diretoria da empresa onde trabalham. Não importa, *você só precisa de amor*, é o que eu digo para mim mesma, é como me faço sentir menos inadequada. E amor é o que tentei dar a ele, desde o momento em que o entregaram para mim na sala de parto. Meu único filho é amado desde o começo.

Quando estamos quase saindo, ouço uma batida na porta e suponho que seja o carteiro, mas fico chocada de ver Caroline, pálida e desarrumada de uma forma nada característica; é quinta à tarde, ela não deveria estar em Leeds?

— Oi, Caz — eu digo, surpresa. — Que... que bom ver você. — Ela olha para mim, muda, e eu digo: — Você está bem?

Vou abraçá-la, mas ela me empurra. Apesar de ser verdade que ficamos próximas por um tempo — do jeito que se espera que duas irmãs gêmeas sejam —, desde que ela me procurou depois da bomba, aquilo não durou muito. Acho que somos muito diferentes. Na verdade, já desisti dela há tempo, e sinto culpa agora. Ela ainda não disse nada, e me pergunto novamente qual é o problema.

— O que você está fazendo aqui, Caz? — eu pergunto com cuidado. — Está tudo bem?

— Estou bem — responde ela, mas não acredito. — Vai sair?

— Vou, o dia está tão lindo que vamos ao parque.

Faço uma pausa, e, apesar de não querer, por algum motivo, acabo perguntando se ela quer ir.

— Aah, família feliz, que demais — diz ela, mas dá um sorriso, e fico na dúvida se ela está sendo uma vaca ou só sendo Caroline. — Claro, por que não?

Ela leva Charlie e eu levo o carrinho, é uma caminhada longa para uma criança de 2 anos. Seguimos pela rua ensolarada. As flores nas árvores estão cor-de-rosa e parecem lenços de papel, como se Deus tivesse feito com que surgissem à noite, contrastando com o azul do céu. Apesar de eu ainda achar o mundo um lugar fantástico, uma sensação incômoda invade meu dia.

Charlie está curtindo, olhando cada árvore, cada poça, cada portão, e Caroline deixa. Parece que ela também não está com pressa. Estou na frente, empurrando o carrinho, e as batidas ritmadas nas pedras da calçada debaixo das rodas acalmam meus nervos. Estou um pouco mais calma e menos ansiosa agora. Fico alguns metros à frente, perto do cruzamento, e sonho acordada, planejando o caminho e tentando decidir se vamos para o balanço ou para o lago dos patos primeiro, vai ser legal mostrar isso a Caroline. Talvez a gente possa passar no Unicorn mais tarde e tomar um chá, ela iria gostar, talvez até tomar café depois em um lugar novo que fica em frente. Estou alheia ao que ela e Charlie estão fazendo, distraída pelos meus planos. Então, quando escuto uma coisa atrás de mim acima do barulho do tráfego, um estrondo e som de vidro estilhaçando, não sei o que aconteceu, mas sei que não é coisa boa. Eu me viro e olho para trás, para minha irmã e Charlie.

Meia garrafa de... o que, vodca?... está caída no chão. *Devia estar debaixo do casaco de Caroline, ela deve ter deixado cair, ela ainda está bebendo, está bêbada.* Os pensamentos vêm todos ao mesmo tempo. Grandes cacos de vidro se projetam da calçada, da base da garrafa ainda intacta, e os ângulos captam a luz do sol e brilham com melancolia.

— Cuidado com as patinhas do Charlie — eu grito, mas é tarde demais, o cachorrinho pisa em um caco e solta um uivo prolongado de dor. Um buraco se abre na minha alma. Caroline fica olhando para a calçada cintilante enquanto Charlie choraminga, com a pata levantada, como se mostrando a prova.

Começo a correr na direção da minha irmã e do meu pobre cachorrinho perplexo, mas me lembro de Daniel, que acabei de deixar sair do carrinho para poder andar um pouco, mas novamente é tarde demais, sei que é. Eu me viro e vejo meu filho a apenas 10 metros de mim de pé na beira da calçada, em frente à loja de bebidas no fim da nossa rua, bem no cruzamento com a rua principal.

— Daniel! — eu grito, e meu garotinho louro, tão cheio de vida, tão cheio de potencial, se vira e me dá o sorriso mais intenso de pura alegria. Ele adora ônibus. Em seguida, se vira e olha para o outro lado da rua, para as pessoas de pé no ponto de ônibus em frente. Elas estão com expressão de horror, balançando os braços como moinhos indefesos.

O tempo desacelera, como se o vento tivesse diminuído. Vejo o belo azul do céu como um pano de fundo, os braços gesticulando e as bocas se movendo, lentas e silenciosas. Vejo um ciclista passar por esse lado da rua; vejo-o olhar para o meu filho por cima do ombro; vejo-o oscilar, empurrar a bicicleta no chão, mas sei que não faz sentido, ele também não vai conseguir chegar, e não consigo suportar. Vejo um pássaro voar pela cena, tão devagar que parece que vai cair do céu. Vejo Ben de manhã, se despedindo de Daniel com um beijo, mexendo no cabelo dele e dizendo "Vejo você mais tarde, homenzinho", mas ele não vai vê-lo, Bem, estava enganado. Eu me vejo quando colocaram Daniel no meu seio, o fluxo do amor bombeando por mim. Vejo as costas do meu filho, o casaco azul-cobalto, a calça bege, os sapatos novos azul-marinho, o cabelo louro dourado. Por algum motivo, reparo nas cores, e elas são lindas sob a luz do sol.

E então, eu volto a mim. Começo a correr para o meu menino quando o sangue some do meu corpo e deixa meus membros trêmulos, mas antes que eu consiga chegar lá, Daniel dá um aceno alegre para as pessoas no ponto de ônibus e dá mais um passo, esse para o meio da rua.

Não há espaço no meu coração para mais nada além de silêncio. O silêncio é opressor, é a dor destilada, e é insuportável. É universal, eu acho, esse momento de luto. Faz com que o mundo pare, não sei dizer por quando tempo, uma pausa excruciante de tudo que está por vir. E então, os gritos (dentro de mim ou fora de mim?) começam e parecem não parar.

Ben me toma nos braços agora, em nosso quarto anônimo de hotel tão longe de Chorlton, e choramos juntos por nosso filho, talvez pela primeira vez. Embora aqui seja o único lugar em que quero estar, ainda me sinto perdida e desesperada, como se o mundo tivesse virado de cabeça para baixo e o dia tivesse virado noite e o bem se transformado em mal. Nunca expressei verbalmente o que realmente aconteceu, e os soluços ecoam para fora do quarto e por todo o corredor, o horror é grande como um ônibus, grande como o número 23 que acertou meu belo menino na frente dos meus olhos, que esmagou seu cabelo louro e seus olhos azuis em uma visão ensanguentada do pior tipo de inferno.

Ben não diz nada e me abraça, e choramos copiosamente, e estamos chorando por nosso filho morto e por nossas vidas destruídas bem na hora em que tudo parecia tão perfeito. Nunca fui supersticiosa, mas talvez a morte de Daniel tenha sido um sinal: não deseje muito, não espere muito, a vida não funciona assim. Acabamos nos deitando juntos na cama branca e dura e conseguimos dormir, ainda nos braços um do outro, ainda nos braços da infelicidade.

66

Devem ter me drogado, mas acordo gritando mesmo assim. Eu não paro de gritar, é horrível, mas não consigo parar. Ben corre até o meu lado e seu rosto está pálido, a dor está pendurada em seus olhos, e, mesmo em meu estado delirante, percebo que parti o coração dele também.

— Me desculpe, me desculpe — eu digo, soluçando, e volto a gritar.

Parece que minha mãe também está no quarto, e ela corre para chamar o médico, para me dar outra dose de alguma coisa, eu acho. Eu choro e digo:

— Onde está Caroline?

Todo mundo olha para mim como se eu fosse louca, mas então me lembro do corpinho esmagado de Daniel de novo e berro como um animal. O médico acaba aparecendo com a agulha brilhante, e a imagem some de novo nas profundezas da minha consciência para ficar guardada para sempre.

Três dias se passaram e não estou mais no hospital, não estou mais sedada, e Ben me diz delicadamente que preciso falar com a polícia, dar um depoimento.

— Caroline também vai ter que ir? — pergunto, e Ben parece confuso.

— O que Caroline tem a ver com isso?

Eu penso que talvez tenha imaginado tudo, que talvez eu não estivesse olhando Daniel direito, que talvez minha irmã gêmea não tenha implicação nenhuma, que *talvez nem estivesse lá*. Mas minha sanidade volta e sei que está claro que ela estava lá, mas parece que ninguém a viu atrás de mim, devem ter ficado concentrados demais na cena excruciante em primeiro plano, no bebê aniquilado, na mãe enlouquecida, no motorista consternado, para repararem em um clone meu correndo na direção contrária. Quando reparo em Charlie mancando de leve, verifico as patas dele, e, na da frente, brilhando como um diamante, está a ponta de um caco de vidro. Eu puxo, Charlie dá um ganido, e concluo que não faz sentido complicar as coisas, que diferença faz agora, não vai trazer Daniel de volta, e jogo o caco no lixo.

Acordo cedo e minha barriga dói. Meu mundo parece vazio, embora Ben fique me dizendo baixinho e suavemente que não devemos abrir mão da esperança, que temos outra vida em que pensar. Vou até o banheiro e, quando me sento, alguma coisa parece errada, e fico de pé de novo, e tem sangue vermelho-vivo escorrendo pelas minhas pernas. Berro chamando Ben, que vem correndo. Eu destranco a porta do banheiro e olho para ele, nua e coberta pela dor. Ele me olha com tanto sofrimento que percebo que o decepcionei de novo agora, que tirei os dois filhos dele.

Não sei como consigo ir ao enterro. Ainda estou sangrando e mal consigo ficar de pé, mas me forço de alguma maneira, preciso me despedir do meu garotinho. Todo mundo me olha como se pensasse *o que ela tinha na cabeça ao não segurar a mão dele em uma rua tão movimentada*, e a vergonha me deixa lívida. Ninguém pode me consolar. Quando vejo o caixão do meu garotinho, branco e reluzente como uma caixa de sapato novo, envolto em flores (alguém pensou em comprar flores cor-de-rosa, a cor favorita de Daniel), seguro a mão de Ben para me apoiar e a aperto com força. A mão dele não reage por pelo menos meio segundo, e percebo, chocada, que *ele* também me culpa. Sinto que vou desmaiar, mas passamos por toda a cerimônia, e, quando o caixão começa a se afastar de mim, seguindo terrivelmente para trás da cortina, chego ao meu limite. Eu grito e grito, e quando Ben tenta me segurar, corro na direção do meu menino, mas mudo de ideia, de nada vai adiantar, é tarde demais de novo, então me viro e corro na outra direção, para fora da capela e para o mundo cinza e triste onde o sol nunca mais vai brilhar.

67

Em uma manhã de chuva e tempestade em junho, pouco mais de quatro semanas depois da morte do filho, Ben voltou ao trabalho. Ele não precisava, o chefe disse para levar o tempo que precisasse, mas ele não sabia o que fazer. Não conseguia alcançar a mulher, ela parecia perdida para ele, e percebeu que parecia irritá-la, independentemente do que dissesse, não importava o que fizesse, então achou que era melhor dar espaço a ela por um tempo, deixar que tivesse tempo para si mesma. Ele simplesmente não sabia como lidar com ela, a própria dor dele era tão intensa, e percebeu que precisava da distração, desejava a segurança de colunas de números, de débitos e créditos que precisava equilibrar, como se aquilo tivesse importância. Ir para o escritório foi doloroso; não o trabalho em si, mas os olhares de pena dos colegas que queriam o bem dele, mas não sabiam o que dizer, então fingiam que nada tinha acontecido e não falaram nada. Pior ainda, tentavam censurar as conversas quando ele estava por perto, e só falavam sobre o que fizeram no fim de semana, deixando de mencionar os próprios filhos. Ben sabia que estavam fazendo isso por ele, mas tinha vontade de gritar que aquilo não ajudava em nada e que era para eles pararem de ser tão idiotas. Mas é claro que não fez isso.

Ele se sentia solitário onde estivesse, com quem quer que estivesse. Sentia uma raiva crescente dentro dele, e com bastante frequência era direcionada à mulher. Ela ainda se recusava a conversar com ele, a contar o que aconteceu, e, apesar de ele nunca querer pressioná-la, às vezes não conseguia deixar de imaginar o que ela estava fazendo, como ela pôde não estar olhando o filho em plena Manchester Road; era uma rua tão movimentada e ele era tão pequeno. Quanto mais Ben tentava sufocar o pensamento, mais ele crescia dentro dele, sorrateiro, insistente e traiçoeiro, como musgo sob uma árvore morta. E não ajudava o fato de Emily parecer odiá-lo agora, parecer feliz por ele ter voltado ao trabalho. Ben se perguntava o que estava fazendo de errado; afinal, ele não tinha um manual que o ensinasse a cuidar da mãe de seu filho morto.

Ele também não conseguia entender a tristeza de Emily pelo bebê abortado. Na noite anterior, a primeira vez em que ele tentou conversar com ela sobre o que eles poderiam fazer agora, Ben tentou ser prático, até sugeriu com hesitação que eles talvez pudessem tentar de novo, pois Emily parecia engravidar facilmente, dissera ele, e em um ano tudo poderia estar diferente.

— Como assim? — dissera ela baixinho, com o corpo encolhido e tenso na cadeira de vime perto da janela. — Como posso pensar em ter outro bebê? Você acha que posso substituir Daniel? Substituir o meu bebê que nem nasceu?

— Não, é claro que não — falara Ben. Ele hesitou, sabendo que insistir no assunto poderia ser perigoso. — Mas não chegamos a conhecer o bebê, então não foi a mesma coisa que perder Daniel.

— Foi SIM — gritara ela. — Perdemos o primeiro sorriso, os primeiros passos, a pequena personalidade que nunca teve oportunidade de desenvolver. Você não entende, né? Eu devia estar com vinte semanas de gravidez, no meio do caminho até tê-lo nos braços, a essa altura ele já devia conhecer o som das nossas vozes, mas não conhece porque está *morto*. Uma semana e meia atrás devia ter sido o batizado de Daniel, mas precisamos cancelar porque *ele também está morto*; amanhã, Daniel devia ir à festa de aniversário de Nathan, o presente ainda está lá em cima; em julho, nós devíamos levar nosso filho na primeira viagem à praia, ele estava tão animado pra andar de avião. Todos os dias eu devia fazer café da manhã pra ele, vesti-lo, brincar com ele, levá-lo ao parque, dar banho nele, ler pra ele, colocá-lo na cama, cuidar dele, amá-lo. Você quer que eu continue?

— Não — respondera Ben. — Não quero. Por que você age como se fosse minha culpa? O que eu fiz?

— Ah, nada — disse Emily. E ficou de pé. — Você tem sido uma porra de um santo, como sempre. Eu é que sou a vilã aqui, né? *Ela devia ter ficado de olho nele*, é isso que VOCÊ pensa, é o que todo mundo pensa. Você acha que é tudo MINHA culpa, não acha? — Ela olhou para ele com ódio nesse momento, ou foi o que pareceu. — NÃO ACHA?

Ben ficara chocado; Emily não gritava nunca, era sempre tão controlada, mesmo quando eles brigavam. Era como se ele estivesse olhando para uma estranha. O rosto dela estava contorcido e feio, e ele tentou sufocar a raiva que sentia, a necessidade repentina de segurá-la pelos ombros e sacudi-la, sacudi-la até que recuperasse um pouco do bom senso. Ela viu as mãos dele se apertarem quando ele se levantou para sair da sala e correu para cima dele nesse momento, bateu com os punhos nele, repentinamente descontrolada. Ben tentou impedi-la, prender os braços nas laterais do corpo e abraçá-la até ela se acalmar. Talvez, se ele tivesse conseguido, as coisas pudessem ter sido diferentes, mas ela se soltou e bateu no rosto dele, arranhando-o com a unha. Quando ele a soltou para tocar a orelha, para estancar o fluxo de sangue, ela saiu correndo da sala.

Ben ficou olhando fixamente para o computador, esforçando-se para afastar os pensamentos do confronto da noite anterior e voltar ao orçamento, mas viu que o coração estava disparado e as palmas das mãos suavam de novo. Então ficou de pé abruptamente e disse que ia comer um sanduíche apesar de não serem nem onze horas. Na rua, ele virou à direita cegamente, na direção do seu café favorito, depois, à direita de novo, na Rochdale Road, em piloto automático agora, sem pensar. Mas quando ia entrar no café, tinha uma pessoa saindo, e, apesar de ele já estar com a mão na porta, percebeu que não conseguia encarar aquilo. Ele se afastou abruptamente e entrou na rua New George. Quando chegou ao fim dela, virou à direita de novo, aleatoriamente, porque precisava ir a algum lugar. Acabou diminuindo a velocidade. Precisava ligar para ela.

— Alô — disse ela, e sua voz estava fria.

— Oi — sussurrou ele, quase sem conseguir pronunciar as palavras. — Você está bem? — E, no momento que falou, ele se arrependeu da pergunta.

— Ah, sim, ótima — disse ela, e ele fez uma careta ao ouvir o sarcasmo.

— Vou para casa mais cedo, vou fazer o jantar — disse ele. — Você está com vontade de quê? — E, mais uma vez, desejou poder retirar as palavras, desdizê-las.

— De nada — disse ela, mas não com amargura dessa vez, apenas com um tom vazio, o que, de certa forma, era pior.

— Tudo bem, vou pensar em alguma coisa.

Emily não disse nada.

— O que você está fazendo?

— Nada.

— Está um dia lindo, talvez você possa cuidar um pouco do jardim.

— O que isso quer dizer?

— Nada. Eu... eu só estava tentando pensar no que poderia fazer você se sentir melhor.

— Ben, nada vai me fazer sentir melhor — disse ela, mas a forma como falou não foi com autopiedade e nem num tom acusatório, ela parecia apenas desolada. A voz dela estava rouca. — Tenho que ir. Tchau.

— Tchau — falou ele, já para o telefone mudo, ficando quieto e se sentindo idiota na calçada em frente ao antigo mercado de peixe, olhando para o painel esculpido da mulher com um bebê nos braços e um garotinho ao lado até perceber que alguém estava olhando fixamente para ele, talvez se questionando se devia perguntar se ele estava bem. Finalmente ele se moveu e voltou com rapidez e determinação para o escritório, com o sanduíche esquecido.

Emily achou tudo mais fácil quando Ben voltou ao trabalho. Não precisava mais levantar da cama, não precisava fingir que estava seguindo com a vida: Ben estava no trabalho, não sabia que ela ficaria na cama por horas e horas sem fazer nada, sem pensar em nada. Só por volta do meio-dia ela começaria a se perguntar se devia pensar em se levantar, e esse pensamento a consumiria por pelo menos mais duas horas, e ela diria coisas como *daqui a dez minutos vou me levantar*, e quando isso não dava certo, ela falava *quando eu contar até dez, vou sair da cama*, mas achava esforço demais começar a contar. Assim, ficava deitada, imóvel, até finalmente o corpo a decepcionar e a bexiga precisar de atenção; e ela tirava o edredom e se arrastava até o banheiro, tão desesperada que às vezes não conseguia chegar lá, mas ela não se importava muito. Ter a casa para si era um alívio. A mãe ia até lá em algumas tardes e arrumava um pouco as coisas, mas Emily basicamente a ignorava, apesar de não ter a intenção de ser rude. Parecia que, depois dos primeiros dias de histeria, de gritos e berros com uma fúria primitiva que não sabia existir dentro dela, ficara totalmente esgotada. E também não tinha mais tempo para Ben. Estava óbvio que ele não a amava mais, ele deixou claro que a culpava, até no velório de Daniel, e ela ficou tão chocada com a recusa dele de dar a mão para ela que soube que eles jamais sobreviveriam a isso. Era apenas uma questão de tempo até que ele a deixasse. Enquanto isso, ele pisava em ovos ao redor dela, tentando manter a paz, mas parou de tentar consolá-la, parecia apenas zangado e incapaz de expressar o que sentia.

Ela pensou sobre a briga na noite anterior e se sentiu um pouco envergonhada por seu comportamento, mas nem a lembrança da forma enlouquecida como partiu para cima dele serviu para sacudi-la da névoa da apatia. Ela sabia que Ben queria que eles pegassem Charlie de volta para que ela tivesse alguma coisa em que pensar, alguém de quem cuidar, mas Emily declarou que ainda não conseguiria lidar com o cachorrinho; talvez na semana que vem, ela ficava dizendo. Ela percebeu que não conseguiria encarar Charlie, pois seus sentimentos por ele eram muito frágeis e complexos; e assim ele ficou, confuso e com saudade, na casa dos pais de Ben.

Já passava das três agora, e Ben chegaria em casa em umas duas horas. Ele disse que chegaria cedo hoje, ela precisava se vestir. Ficou sentada de camisola à mesa da cozinha, inclinou a cabeça e fechou os olhos. Tinha se movido o bastante para colocar uma música, e escolheu a lista mais melancólica em que conseguiu pensar, e mesmo quando "Time to Say Goodbye", de Andrea Bocelli, começou a tocar, nem isso a emocionou. Parecia que ela não conseguia sentir mais nada, que suas emoções estavam trancadas em algum tipo de espaço vazio no cérebro, desconectadas de qualquer outra parte dela. Ela se perguntou vagamente o que havia de errado consigo. Ben pediu que ela voltasse ao médico, e ela até marcou uma consulta para a semana seguinte, e cancelou os compromissos daquela manhã para ir com ela. Ben não deve confiar em mim sozinha, pensou ela, e achou que ele estava certo. Ela não devia ir, nem com ele. Qual era o sentido? O que o médico faria, traria Daniel de volta num passe de mágica? Enfiaria o feto ensanguentado de volta no corpo dela?

Levantou-se com uma raiva repentina, furiosa de novo, como na noite anterior. Sentiu vontade de gritar agora e descobriu que era um alívio do silêncio sussurrado de sua depressão. Sentiu uma onda selvagem de energia vinda de algum lugar profundo, como se o corpo não a deixasse desistir afinal e estivesse determinado a sobreviver. Ela não conseguia SUPORTAR isso, tinha que sair. fazer alguma coisa, estar em algum outro lugar. Com força, envolveu o corpo trêmulo com os braços, tentando se conter, enquanto a respiração saía rápida e frenética. Ela foi na direção da porta da frente, mas a mão começou a tremer ao encostar na maçaneta. Não podia sair para a rua, não sozinha; não podia virar para a esquerda na direção da rua onde Daniel morreu; também não podia ir para a direita, passando pela casa da amiga Samantha com o carrinho na varanda, debochando dela. Não podia correr o risco de ver uma criancinha passar correndo, inocente, brincalhona, intacta, *não atropelada*. Não podia arriscar ser vista por ninguém que pudesse sussurrar e ficar olhando para ela. Sua raiva parecia contida, explosiva, como se ela não soubesse o que raios fazer com ela. Andou com calma silenciosa, do tipo que precede a loucura, pelo corredor até a cozinha e para o quintal, que estava triste e morrendo atualmente, e ficou lá respirando, ou tentando respirar. Mas isso a deixou ainda mais em pânico. Para onde ela poderia ir, o que poderia fazer? Não podia ficar mais nessa casa, nesse jardim, nem por um segundo. O que ela faria? Quem poderia ajudá-la? *Onde? Quem?*

E então, ela percebeu.

Só havia um lugar para ela agora, por que não tinha pensado nisso antes? Ela voltou correndo para casa, subiu a escada e, pela primeira vez desde que ele morreu, abriu a porta do quarto de Daniel e ficou imóvel. Estava tudo ali, exatamente do mesmo jeito que estava há cinco semanas, um dia, duas horas e 24 minutos: o berço branco de madeira onde ele adorava ficar de pé logo de manhã, segurando a grade e pulando acrobaticamente de pijama, gritando pela mãe; o sofá azul confortável na parede oposta, onde eles se sentavam juntos entre ursos e almofadas e ela lia histórias ou, melhor ainda, as inventava, e ele ria alto das narrativas inventadas de vulcões de chocolate e dragões que cuspiam calda; o guarda-roupa azul pastel da Ikea no canto, que Ben montou e ela sempre mantinha tão organizado. Ela olhou para o guarda-roupa por um tempo, sentindo-se tensa, sem saber o que fazer, até que finalmente andou na direção dele e abriu as portas. Foi *nesse momento* que tudo a atingiu: ver as fileiras arrumadas de camisetinhas brancas, lavadas e prontas para uso; o short jeans favorito dele, o que ele queria vestir na última manhã de sua linda vida, mas ela o fez usar uma calça, pois não estava quente o bastante para short, dissera ela, apesar de ele ter se deitado no chão e berrado que queria; a calça cáqui clara e a camisa azul, novas e nunca usadas, prontas para o batizado que ela não sabia se queria, mas Ben insistira, pois sempre foi mais crente do que ela.

E crer o levou a quê? Como ajudou qualquer um deles?

O olhar dela subiu, absorvendo lembranças, e, na prateleira do alto, ela viu o boné rosa de Daniel, que ele sempre usava, que eles se esqueceram de levar para o parque; ela se enrolou quando Caroline apareceu, nunca esquecia o boné. Ela deixou Daniel sair do carrinho cedo demais para compensar o erro, para fazer com que ele parasse de chorar, para fazê-lo se sentir melhor. Se ao menos ela não tivesse esquecido o boné, o que Caroline e Charlie fizessem atrás dela não teria tido importância, seu garotinho ainda estaria preso com segurança no carrinho.

Então era tudo culpa dela, afinal.

Emily pegou o boné e olhou para ele, observou-o e sorriu pelo fato de ser um boné para meninas com o desenho prateado da Hello Kitty. Daniel era tão lindo que às vezes era confundido com uma menina quando o estava usando. Ela virou o boné e cheirou a parte de dentro por longos segundos, absorvendo o aroma de Daniel.

Ela ficou calma por um momento, quase feliz.

E então, viu o filho deitado morto na rua de novo, e arrancou o boné de frente do rosto e o jogou no tapete, pisando nele sem parar, gritando alto. Pegou todas as roupas do filho, grandes pilhas de roupa, e se jogou no chão abraçando as peças, chorando, e foi assim que Ben a encontrou mais de duas horas depois.

Emily estava deitada na cama, em silêncio agora. Ben subiu com uma bandeja, com um sanduíche de queijo quente e uma sopa de tomate que ele mesmo fez, como se estivesse alimentando uma criança. Ela tentou sentir gratidão, mas só conseguia pensar que ele estava fingindo. A forma como ele a abraçou e a consolou quando a encontrou no chão do quarto do filho, a forma como estava cuidando dela agora, fazia *quase* parecer que ele ainda a amava, mas ela afastou o pensamento; ele só estava sendo muito legal, como sempre. Ele era falso, concluiu ela. Emily viu o que ele realmente sentia na noite anterior, viu nos olhos dele, na forma como olhou para ela, como se quisesse bater nela.

Ela comeu bem pouco. Já tinha perdido tanto peso que os ossos pareciam grudar na pele, formando caroços curiosos como mingau sendo fervido. Ben voltou para o quarto, e ela reparou que o arranhão na orelha dele ainda não tinha cicatrizado, ainda estava grudento, e isso a deixou com uma leve vergonha.

— Como você está? — perguntou ele, e ela conseguiu dar um sorriso fraco e percebeu o coração dele acelerar um pouco.

— Um pouco melhor — disse ela. — Ben, me desculpe, sei que tenho sido um pesadelo.

— Tudo bem — declarou ele. — É totalmente compreensível.

Ela tentou conectar-se a ele, dar a ele o melhor presente de que era capaz no momento.

— Vamos nos seus pais amanhã — disse ela. — Vamos buscar Charlie.

Ben respirou fundo.

— Tem certeza?

— Tenho — disse ela. — Vou tentar cuidar dele. — Os olhos dela cintilaram. — Mas você é que vai ter que sair com ele. Me desculpe, mas ainda não consigo fazer isso.

— Claro, eu passeio com ele antes e depois do trabalho, não tem problema nenhum.

Ele se inclinou e deu um beijo na bochecha dela, mas ela ainda se encolheu um pouco, parecia que não conseguia mais lidar com gestos de amor. Mas tinha pedido a volta de Charlie, o que foi uma surpresa para os dois. E era um começo, não?

Na semana seguinte, Ben e Emily se sentaram juntos na sala de espera do consultório médico, onde felizmente havia silêncio e não havia crianças, embora Ben tivesse avisado que talvez não fosse assim, para ela se preparar. Ele se sentia um pouco menos desesperado hoje, achando que as coisas talvez estivessem finalmente melhorando, mesmo que a passos minúsculos. Apesar de Emily ter dado para trás na hora de ir a Buxton no sábado buscar Charlie, ainda concordou que Ben devia ir sozinho. E quando ele voltou com o cachorrinho, ela não ficou muito feliz, mas também não pareceu odiá-lo como o odiou logo depois que Daniel morreu. Charlie tinha crescido tanto, mas parecia triste, limitado agora, não mais como um filhote. Talvez também sentisse falta de Daniel. Ou talvez estivesse captando a tristeza da casa, Ben tinha lido em algum lugar que os cachorros são infinitamente mais sensíveis que os humanos. Quando eles se sentaram no banco comprido perto da janela, ele tentou segurar a mão de Emily, mas ela não permitiu e ficou sentada rigidamente, olhando para o colo e ignorando a revista que ele comprara para ela. Emily ainda não parecia capaz de aceitar consolo vindo dele, mas Ben ficou satisfeito de ver que pelo menos Charlie tinha conseguido alguma coisa. Na noite anterior, o cachorrinho pulou no sofá, ao lado de Emily, e apesar de ela ter tentado afastá-lo, como sempre, não o fez com tanta convicção, e quando ele se aninhou ao lado do colo dela, Emily até deixou. Depois de alguns minutos desse impasse, ela o segurou de repente e Ben achou que ela ia jogá-lo no chão, mas ela o agarrou, o aninhou como um bebê e afundou o rosto no pelo macio e louro de filhote. Ben viu que os ombros dela estavam tremendo. Tempo, é disso que ela precisa, pensou ele, tempo e qualquer coisa que o médico ache que possa ajudar agora.

Sra. Emily Coleman piscou na tela. Ben cutucou a mulher, e eles se levantaram e seguiram pelo corredor na direção da sala seis. Quando estavam na metade do caminho, outra porta se abriu, e um garotinho de cabelo escuro saiu correndo, seguido de uma mulher com aparência hippie, de cabelo platinado curto e com uma pedrinha no nariz.

— Emily! — disse ela. — Que bom ver você. Acabamos de voltar. Como você *está*? Onde está Daniel? — E então, gritou: — Toby! Venha cá, seu pestinha.

Ben viu o rosto da mulher e só queria ajudá-la, protegê-la, mas não sabia como.

— Daniel morreu — disse Emily. — Com licença.

E saiu andando, deixando Ben olhando para a pobre estranha, com a boca aberta de choque, na língua, outro piercing à mostra. Ele então pediu licença e seguiu a mulher até o consultório do médico, onde a encontrou agachada e tremendo no canto, com as mãos cobrindo o rosto.

Emily não voltou a sair em junho, era arriscado demais, havia criancinhas e mães bem-intencionadas por todo lado. Ela ainda se recusava a ver qualquer pessoa, mas voltou a ler, e quanto mais infeliz o livro, melhor. Também encontrou consolo em Charlie, que ela tratava como um bebê agora, aninhando-o por horas sem fim, o que ele adorava, claro. Conforme as semanas passaram, ele ficou grande demais para o colo, e ela sentiu como se ele a estivesse traindo de novo. Quando ele voltou para casa, estava macio, do tamanho de Daniel, perfeito para pegar no colo, mas agora estava ficando desajeitado e com as patas grandes. Ela sabia racionalmente que nada disso era culpa de Charlie, ele não podia evitar pisar em garrafas de vodca, não podia evitar o próprio crescimento, mas ficou ressentida com ele, passou a odiá-lo, não conseguia evitar isso. E quanto mais ela o afastava, mais ele pulava na cama ou no sofá, enfiando o nariz grande e molhado na mão dela ou jogando o corpo pesado no colo dela, até os nervos dela estarem à flor da pele. Ela pensou em pedir a Ben que se livrasse do cachorro, o devolvesse aos pais dele, mas Ben o adorava, era como se Charlie tivesse devolvido a fagulha de Ben, que parecia adorar sair em caminhadas solitárias com ele. Assim, guardou o sentimento para si.

Em um sábado de meados de julho, dois meses e meio depois da morte de Daniel, Emily estava deitada no sofá lendo *Judas, o obscuro* e Charlie estava sentado como um amontoado grande e irritante aos pés dela. O dia estava quente e o cachorro a deixava agitada; por que ele não ia embora e a deixava em paz para variar? Ela sabia que estava sendo irracional, tinha cuidado com carinho daquele cachorrinho e agora o estava rejeitando de novo e se desprezava por isso; além de ser péssima mãe e uma esposa inútil, era também um fracasso como dona de cachorro. Ela ficava empurrando Charlie até que o cachorro acabou se tocando e desceu do sofá. E quando ele fez isso, o rabo bateu na caneca de chá que Ben tinha acabado de trazer, derramando a bebida em cima da foto de Daniel, a última dele, que ela tirou de cima da lareira, onde Ben a havia colocado. Era Daniel no dia em que trouxeram Charlie, que aparecia na imagem pequeno e peludo nos braços dele, com os olhos de garotinho brilhando de alegria pelo bichinho milagroso que a mamãe e o papai estavam dizendo que era *dele*.

— Sua porra de cachorro idiota — gritou Emily, e deu um chute cruel em Charlie. Ben veio correndo para ver o que estava acontecendo, e Emily percebeu que ele soube pela postura encolhida do cachorro o que ela havia feito, e Charlie olhou para ela com uma perplexidade tão patética que Emily entendeu que isso não podia continuar. Em que tipo de monstro ela estava se transformando? E foi nesse momento que ocorreu realmente a ela que Charlie não era o problema, *ela* era o problema, e que a melhor coisa para todo mundo, para Ben, para o pobre Charlie, era que ela abandonasse os dois.

Ben limpou o chá derramado sem dizer nada e saiu da sala. Emily ficou sentada em silêncio, sozinha, e abraçou Charlie, depois de dissipada a raiva dele, com os pensamentos claros pela primeira vez em semanas, e pensou em como poderia fazer isso.

68

— Em que momento você pensou primeiro em me abandonar? — pergunta Ben.

Estamos deitados lado a lado, sem nos tocar agora. É fim de tarde no hotel em Hampstead, e estamos os dois olhando para o teto, como se a resposta talvez estivesse lá.

Demoro séculos para responder.

— Provavelmente naquele momento na capela — eu digo. — Quando você não me consolou. Foi nessa hora que achei que tudo tinha acabado entre nós, que você nunca ia me perdoar. Eu não sabia naquele momento como iria acontecer, mas sabia que a morte de Daniel destruiria a "nós" também.

Ben olha para mim intrigado.

— Quando eu não consolei você?

— Você não quis segurar minha mão, não reagiu. — Ao falar em voz alta, percebo que não fui completamente racional.

— Não me entenda mal — diz Ben. — É claro que eu estava com raiva. De você, do mundo, do motorista de ônibus. A única pessoa de quem não senti raiva na época foi de Caroline.

O rosto dele fica perturbado e Ben diz:

— Então foi isso que ela quis dizer quando pediu desculpas.

— O que você quer dizer com isso? Quando ela pediu desculpas?

Ben respira fundo e me conta que, no aniversário de morte do nosso garotinho, ele foi para Peak District e caminhou durante horas pelas montanhas e campos, depois acampou sozinho. Era a única coisa que conseguia encarar sem mim, sem Daniel. Na noite seguinte, estava em casa sozinho, e Caroline apareceu para pedir desculpas por alguma coisa, mas ele não sabia o que era, havia tantas coisas pelas quais ela poderia estar pedindo desculpas. Ele me conta baixinho que a deixou entrar e ficou bêbado com ela e eles acabaram fazendo sexo; meu marido e minha própria irmã.

— Emily, sinto tanto — diz ele. — Eu sentia tanta saudade sua que quase me convenci de que era você. Achei que jamais veria você de novo e estava tentando voltar para você, para nós, de algum jeito. E então, acabou, e precisei encarar o fato de que era ela e não você, e parecia que não dava pra odiar o mundo e me odiar mais. — Ele para com expressão desesperada, como se alguma coisa irrevogável tivesse se quebrado dentro dele.

Embora eu esteja horrorizada, enjoada, furiosa com ele, concluo na mesma hora:

— Isso foi na noite de sábado?

— Foi — diz ele, e a sensação é louca, mas conto para ele sem hesitar sobre como conheci Robbie e o quanto ele era parecido com ele, Ben, e que, apesar de todas as coisas ruins que fiz desde que saí de casa, a primeira e única vez que fui infiel a ele foi exatamente quando ele estava fazendo sexo com a minha irmã.

Ben fica em silêncio por uma eternidade.

— Consigo suportar um pouco o que aconteceu entre você e ele — diz Ben. — Se foi assim que consegui encontrar você.

— Mas olha o que eu fiz. Eu o matei. Ele está morto agora e não merecia isso. — Eu começo a chorar de novo, por Robbie desta vez, outro garoto brilhante cuja vida acabou por minha causa.

— Não é culpa sua, Em. Ele usou as drogas porque quis, não foi? Devia haver algum outro problema com ele para morrer assim.

Eu não tinha pensado nisso e deve ser verdade, mas não me faz sentir melhor, ainda parece irreal, como um pesadelo, uma continuação da descida ao inferno.

Ben muda de assunto.

— Emily, eu preciso saber. Por que você me abandonou daquele jeito? Se você me deve uma coisa, é me contar isso. Parece uma coisa tão merda de se fazer.

Eu olho para o meu marido.

— Primeiro, perdi Daniel, depois perdi o bebê, e não conseguia suportar perder você também. E sei que afastei você, mas eu tinha tanta certeza de que você não me amava mais, de que me culpava. E isso foi piorando e piorando, e fiquei convencida de que você me odiava. E então, nós parecíamos tão distantes, e eu fiquei tão cruel e hostil que na minha loucura achei que você e Charlie ficariam mais felizes sem mim. Que se eu fosse embora de vez, um dia você iria conhecer outra pessoa e começar uma nova família. Nós dois estávamos tão infelizes no final. E eu sabia que a casa nova que você queria comprar não ia melhorar nada. Só significaria que eu não teria que andar tanto para chegar aos lugares, para evitar a marca escura na rua que nunca conseguiram limpar. Uma marca que ainda vive na minha mente, Ben, que nunca vai se apagar, nunca. Por isso pareceu mais fácil ir embora, tentar recomeçar. Achei de verdade que estava fazendo a coisa certa para nós dois. Era isso ou... — Então eu paro.

— Eu sei — diz Ben, e se vira de lado e olha para mim, mas continuo olhando para o teto frio e vazio. Ele hesita, mas sei o que está vindo e não sei como me sinto, ainda estou em choque, eu acho.

— Emily, você acha que existe alguma possibilidade de eu e você sermos felizes juntos novamente?

Demoro séculos para responder, minha mente está tão confusa, não faço ideia do que dizer.

— Não sei. Tanta coisa aconteceu, é cedo demais para pensar nisso. O pobre Robbie acabou de morrer. — Meus olhos se enchem de mais lágrimas. Eu me forço a continuar. — E é tão complicado; tenho um novo nome, um emprego, um julgamento para enfrentar, novos amigos, sou uma pessoa diferente agora.

Vejo a dor nos olhos dele e é uma agonia testemunhá-la. Faço uma pausa.

Ainda não consigo pensar no que mais dizer, então acabo dizendo o que realmente penso, o que quero dizer para ele desde que o vi sentado sozinho na delegacia.

— Ben, eu ainda amo você, nunca deixei de te amar, só não sei se podemos simplesmente recomeçar depois de tudo que aconteceu. E, independente do que você possa dizer, há uma pessoa morta agora, provavelmente por minha causa, todos o adoravam. Vou ser uma figura pública que as pessoas vão odiar. Não sei como vou lidar com isso. Não sei como vou conseguir lidar com mais culpa.

— Você ao menos vai tentar? — pergunta ele, e, apesar de tudo, eu me vejo assentindo, e as lágrimas nos meus olhos são quase de felicidade dessa vez.

69

Na terça de manhã depois de eu receber liberdade condicional, Ben me leva até o apartamento em Shepherds Bush para que eu pegue minhas coisas. Percebo que ainda não fiz contato com Angel desde a noite de sexta, pouco antes de deixar o Groucho com Roberto Monteiro. Estou nervosa, não sei como ela vai me tratar, principalmente porque dei o nome dela à polícia, disse que as drogas que Robbie usou eram dela. O apartamento está em silêncio e suponho que ela ainda não voltou do trabalho, mas, quando hesito no corredor, a porta do quarto dela se abre e ela sai de lá, com o cabelo uma confusão dourada e o roupão fofo tão branco quanto sempre.

— Cat, meu bem, o que diabos aconteceu? — pergunta ela e vem até mim e me dá um abraço tão doce que acho que talvez a polícia não tenha feito contato com ela. — Por que você não me ligou, porra?

Ela parece ter acabado de perceber que não estou sozinha, dá um sorriso e estica a mão, dizendo:

— Oi, sou Angel.

— Angel, esse é meu marido, Ben — eu digo, e ela dá um gritinho e fala:

— Meu Deus, Cat, você pode parar de ficar jogando novidades em cima de mim? Primeiro você é presa por assassinato, e não um assassinato qualquer, apenas de um maldito jogador do Chelsea, depois coloca a polícia atrás de mim, sua vaca. E agora me diz que é casada. O que vem depois?

— Meu nome não é Cat, é Emily — eu digo para Angel, e é nesse momento que tomo de verdade a decisão de deixar minha nova vida para trás e voltar para a antiga.

70

Estou com a mão na Bíblia, e, apesar de não acreditar mais, acabei concordando em fazer um juramento em meio à confusão, e prometo ao Todo-Poderoso Deus dizer a verdade e nada mais do que a verdade. E a parte de Deus me deixa pouco à vontade. Mas percebo que não me importo de dizer a verdade agora. Sei que mentir não me levou a lugar nenhum. O tribunal é uma sala moderna com jeito informal, mais como um salão de escola, não do mesmo jeito que os tribunais nos quais já fui, mas está lotado de repórteres, e só olhando para o meu marido e recebendo dele um sorrisinho de apoio é que encontro força suficiente para que minhas pernas não se dobrem. Estou usando um blazer azul-marinho ajustado e uma saia creme, e meu cabelo está bem preso. Meu advogado me disse para tomar o cuidado de parecer séria e arrependida. Isso é fácil, é só garantir que o exterior combine com a maneira como me sinto por dentro.

— Catherine Emily Brown, você é acusada de posse de drogas de classe A, como descoberto no apartamento no número 87 da rua Marylebone High, Londres, às seis e quarenta e cinco da manhã de domingo, dia oito de maio de 2011. Como você se declara?

— Culpada — eu digo, e a única palavra ressoa alto pela sala e faz com que eu me sinta aérea, eufórica.

O juiz faz uma pausa antes de começar um pronunciamento longo sobre o mal que as drogas podem causar, e acho incompreensível que essa seja eu, Emily Coleman, antes uma advogada honrada, aqui do lado errado do tribunal, ouvindo sermão sobre minhas atividades criminosas envolvendo substâncias ilícitas; mas, felizmente, não sobre assassinato. Esse é o episódio mais recente na minha vida do último ano que acho mais difícil de digerir, desde que a aniquilação horrenda do meu precioso filho deslanchou uma série de eventos incríveis que me afastou de mim mesma, mas que agora parecia completar seu círculo e me trazer de volta para quem eu realmente sou: Emily, mulher de Ben, mãe de Daniel (falecido), mãe do bebê sem nome (abortado). Apesar de me esforçar, percebo que não consigo me concentrar no que o juiz está dizendo, minha mente fica vagando, voltando para a rua principal de Chorlton, para a cama da morte em Marylebone, para a igreja cheia de condenação onde me despedi do meu garoto; e, assim, quando ouço sons de surpresa vindos da plateia, não sei o que aconteceu, mas suponho que seja algo ruim. Só depois, quando Ben me conta, descubro que só recebi uma multa, uma mera multa de 180 libras, e acabou.

71

Três anos depois

Estou sentada sozinha em um banco na igreja cheia de flores, e o aroma me lembra as campinas de verão de muito tempo atrás, de quando eu era uma garotinha. A igreja é linda, com uma janela de vitral enorme, mas a claridade das cores me faz pensar em Daniel deitado como um brinquedo quebrado, com o casaco azul coberto de sangue, então tento não olhar para ele. O púlpito é dourado, no formato de uma águia, e a águia está de pé. As perninhas gordas me lembram as de Daniel, mas o rosto é cruel e bicudo, e também não consigo olhar para isso. Ainda tenho dificuldade de entrar em igrejas, isso desde o velório.

Estou usando um vestido preto de seda dos meus dias na agência, me sentindo ciente de estar sozinha. É o primeiro casamento a que eu vou desde o meu divórcio. Talvez eu devesse ter concordado em ser madrinha, mas me senti velha demais, sem graça demais, derrotada demais pela vida para sentir que poderia ser boa nesse papel, e a noiva não pareceu se importar. Fico me virando, olhando para a entrada para ver se ela está vindo, ela está atrasada, como dita a moda, como sempre. Troco olhares com o velho amigo de Angel, Dane, em quem é difícil não reparar, enorme e ostentatório em um terno azul intenso e casas de botão vermelhas, com a cabeça careca e negra brilhando; ele também me faz pensar em Daniel. Aceno para ele, que me reconhece e, depois do choque inicial, retribui o aceno e manda um beijo teatral. A mãe de Angel, Ruth, está sentada à minha frente com uma roupa vermelha, a cor do sangue que corre loucamente pelas veias dela, e está maravilhosa, como sempre.

Estou à beira das lágrimas, e não sei se é só por causa de Daniel ou porque é um casamento ou por saber que as pessoas me reconheceram e estão olhando e sussurrando. Eu me pergunto se um dia isso vai acabar, se vão parar de me apontar como a mulher que provocou a morte de Roberto Monteiro, 24 anos, gênio interrompido do futebol, apesar de a necropsia ter provado o que Ben sempre achou, que as drogas não foram culpadas, que o que matou Robbie foi um problema raro no coração sobre o qual ninguém sabia até ser tarde demais.

Olho para o altar, e o noivo ainda está esperando pacientemente, claramente nervoso, e ao lado dele está o padrinho, Jeremy, tão elegante e lindo que é difícil aceitar que seja o mesmo garoto magrelo que se jogou de cabeça para baixo de um avião e me deixou morrendo de medo.

Eu me viro para olhar para a entrada, a noiva está atrasada demais agora, o vigário está agitado, mas finalmente a música começa e, quando olho de novo, ela aparece, e sinto que não consigo, *não consigo* acreditar nos meus olhos. Porque ali está meu ex-marido andando na minha direção, e agora ele me viu também, pela primeira vez em quase dois anos. Meu rosto parece estar pegando fogo e abaixo a cabeça, e lágrimas furiosas surgem no fundo dos meus olhos, implorando para sair. Angel está de braço dado com ele, parecendo uma visão de beleza virginal, parecendo ter menos do que seus 27 anos, com uma auréola fina de tule de seda branca emoldurando o cabelo louro. Nunca a odiei tanto quanto a odeio neste momento.

A cerimônia é linda, mas, para mim, é interminável, e apesar de eu tentar ficar calma, percebo que, quando acaba, a única coisa em que consigo pensar em fazer é ir embora. Não posso ir à recepção neste estado. Tenho certeza de que Angel não vai se importar, e depois do que ela fez hoje, não ligo. Então, enquanto todo mundo espera lá fora para parabenizar a noiva e o noivo, vou para trás da igreja, passo pelo cemitério e sigo rapidamente para meu Golf preto velho. Tiro os sapatos de salto e, quando ligo o carro, mal consigo enxergar através do rímel. O ritmo do meu choro está sintonizado com o carro. O estacionamento fica atrás da igreja, então tenho de passar pelas pessoas, é o único caminho. Dirijo com o máximo de firmeza que posso e sinto que vou conseguir sair sem que ninguém perceba, até que vejo uma pessoa de terno claro sair correndo do meio da multidão e conseguir entrar na frente do meu carro. Fico chocada ao ver que é ele, perplexo de me ver. Ele faz sinais frenéticos para eu parar, e entro em pânico. O que ele quer? Tenho de sair daqui, não consigo encará-lo, não agora que ele está com outra pessoa, e meu pé oscila — meu Deus, o momento dura uma eternidade —, meu pé oscila entre o acelerador e o freio.

Parte Quatro

72

Estou quase no meio-fio, em frente à loja de bebidas, no final da minha antiga rua em Chorlton, e nada parece ter mudado. Ninguém presta atenção em mim, sou apenas uma mulher de 40 e poucos anos com o marido ao lado, parecendo esperar para atravessar no sinal. Estou em silêncio na chuva, meu corpo parece desconectado da mente, e percebo que estou oscilando. Então, se não tomar cuidado, posso perder o equilíbrio e cair para a frente na rua. Meu marido parece não confiar em mim e segura meu braço com força, como faria com uma criança, como eu devia ter feito com meu próprio filho tantos anos atrás.

É engraçado como é difícil, quando chega a hora de verdade, deixar para trás uma tragédia que sempre vai definir quem você é. Você precisa de uma enorme determinação e persistência para nunca voltar à cena da tragédia original, para deixar o lugar para trás. Pelo menos foi o que pensei por tanto tempo. Mas, ao ficar aqui de pé, desejo ter voltado anos antes. Ver os ônibus passando e como deve ter acontecido com facilidade, como uma garrafa quebrada pode ser a diferença entre a vida e a morte. Isso me faz perceber que acidentes trágicos como aquele acontecem todos os dias no mundo todo, e saber disso finalmente me ajudou a me curar. Uma mãe que se desconcentra por meio segundo do filho pequeno na banheira ou na beira da piscina ou em uma rua movimentada não é incompetente nem má. Essas coisas acontecem, e, em 99 por cento das vezes, não importa, o destino intervém e a criança fica bem, e o provável não acontece e talvez exista um Deus, afinal. Meu querido Daniel foi o um por cento que não escapou. Choro por ele agora, em silêncio, calmamente, mas sei que ele está em paz, junto do irmãozinho que não nasceu, tenho certeza de que era menino.

Meu filho não é a única pessoa por quem estou de luto hoje, não é o único que morreu aqui, neste exato local. Também estou chorando por minha irmã gêmea Caroline, que, na semana passada, no décimo aniversário da morte de Daniel, entrou na frente do destino em forma de ônibus, deixou sua própria marca horrível aqui no chão, e que enterramos hoje na hora do almoço. Quando recebi a ligação da minha pobre e eterna sofredora mãe, não fiquei surpresa, eu já sabia havia muito tempo que a vida de Caroline nunca seria feliz. Mas também sabia que esse era o jeito dela de finalmente pedir desculpas, de tentar consertar as coisas, que foi ela quem me obrigou a encarar o que aconteceu, a voltar a esse local e me despedir dos dois. Sou grata à minha irmã gêmea de um jeito meio estranho, o passo final dela libertou nós duas; ela de uma prisão vitalícia de vício e tormentos, e eu da sentença de dez anos de sofrimento e culpa. Nesta esquina infeliz e encharcada de chuva, sinto o perdão tomar conta de mim, por ela, por mim mesma, e a sensação é de leveza e clareza, como se quatro anjos cintilantes, um para cada vida perdida, tivessem saído dos meus ombros para voar livres sobre as ruas escuras de Chorlton e para o céu cada vez mais amplo. Depois de longos minutos de cura, acompanhados de buzinas e freadas, cruzamentos barulhentos e poças respingadas, finalmente sinto que é hora de ir embora, e nos viramos juntos sem falar nada e voltamos para o nosso carro.

73

Deixo o caminho de cascalho e sinto falta do som reconfortante das pedras esmagadas, que me lembra que sou real, que ainda estou aqui. Sigo em silêncio entre as flores selvagens, andando com a brisa e as abelhas da magnífica casa georgiana até o parquinho ao lado da pista de corrida. Ninguém presta muita atenção em mim, sou só mais uma mãe bem-vestida, com um labrador idoso e duas crianças pequenas. Voltei para Manchester ontem pela primeira vez em dez anos, para o enterro da minha irmã, e hoje sinto que meus passos na terra são mais tranquilos. A brisa está fria e refrescante, apesar do sol, apesar da promessa prematura da manhã de meados de maio, e o clima combina com meu humor de absolvição.

É engraçado como é fácil, depois que você finalmente encara uma coisa, seguir em frente e deixar essa coisa para trás, enfim. Eu sabia que não conseguiria enfrentar uma ida para o norte sozinha, então meu marido veio comigo, obviamente, e mamãe, e é claro que minha querida amiga Angel, a única pessoa além de Simon que conheceu minhas duas vidas e me conhece como Cat e como Emily. Na verdade, ela ainda me chama de Cat, e nenhuma de nós se importa, apesar de as crianças às vezes perguntarem por quê. Vou contar toda a história para elas um dia, devo isso a elas.

Agora faz dez anos que Daniel e meu bebê não nascido morreram, seis desde que voltei a me casar, e agradeço a Deus pelas garotinhas com as quais fui abençoada. Fico feliz por não terem sido meninos, acho que teria sido mais difícil, mas admito que foi um choque indesejado quando descobri que teria gêmeas. Pelo menos elas não são idênticas, e têm uma proximidade que nunca tive com Caroline, felizmente, e amo as duas exatamente do mesmo jeito.

Olhando para trás, acho que era inevitável que Ben e eu fôssemos nos divorciar. Acho que era demais esperar que pudéssemos seguir em frente depois que ele me encontrou. Foi tudo difícil demais: a publicidade horrenda, com a mídia revirando toda a história infeliz da morte de Daniel e o fato de eu ter abandonado minha família; a tensão de ser uma figura vítima de ódio constante (apesar de Roberto Monteiro sempre ter sido um herói, ele tem um status cult agora, outro garoto abençoado por Deus que nunca vai envelhecer); minha luta para largar as drogas, porque, no fim das contas, eu precisava sim de ajuda com isso. Mas essas coisas não foram nada em comparação à nossa dor pelos filhos mortos e minha culpa terrível por causa de Robbie, que acho que cheguei a amar um pouco, não por ser tão parecido com Ben, mas por quem ele era. Ben e eu sentíamos ciúmes dos amantes do outro, apesar de não gostarmos de admitir; eu podia ter dormido com um jovem jogador lindo, mas ele dormiu com a minha *irmã*. Era horrível demais. Acho que a gota d'água foi a raiva de Ben por eu ter fugido, ele não conseguiu evitar isso depois que o alívio por me encontrar passou, e tivemos inúmeras brigas mesquinhas sobre coisas triviais, brigas cheias de raiva e ciúme e sentimento de abandono. Quando, depois de quase um ano, o relacionamento ainda não estava dando certo, pareceu mais fácil nos separarmos do que continuar tentando, apesar de ele não querer no início; mas eu finalmente saí de casa e fui passar um tempo com a minha mãe. Acho que no final nós dois já estávamos esgotados.

Quando seguimos colina abaixo até os campos, deixo que Charlie vá na frente, e ele sai correndo, mais devagar atualmente, agora que já tem quase 11 anos. Percebo meus pensamentos ainda vagando quando deixo as meninas saírem correndo: estou mais tranquila com elas ultimamente, um pouco menos em pânico, menos paranoica de elas serem roubadas ou atropeladas ou se afogarem.

Foi Angel quem armou meu casamento seguinte. Quem iria imaginar que ela acabaria com um dos amigos de Ben, logo um contador paraquedista sem graça? Mas ela fez terapia e parou com as drogas, com os roubos e de dormir com homens por dinheiro, e estou feliz por ela. Sempre soube que ela se casaria bem, ela é esse tipo de garota.

E agora o namorado filho da mãe e rico foi substituído por um marido rico e adorável. Ela viu o potencial de Tim, que acabou sendo um partido tão bom, e ele a trata como a princesa fada que ela é. Não sei como ela consegue, mas Tim aceitou a vida passada dela, tendo ficado totalmente nas mãos de Angel desde que os apresentamos naquele primeiro Natal depois que Ben me encontrou. Ela demorou um tempo até mudar de ideia sobre Tim, mas agora é tão fiel a ele quanto uma leoa aos filhotes, assim como é comigo. Ela não trabalha mais em cassinos, claro, sua emoção vem de quedas livres de 3 mil metros no sul da Espanha e de vender e comprar ações pelo laptop; Tim a ensinou, e ela é brilhante nisso, sempre teve um cérebro afiado.

Mas não consegui acreditar no que ela fez no casamento, aquilo foi pior do que qualquer outra coisa que ela fez. Tudo bem que ela não tinha pai para levá-la ao altar, mas escolher Ben? Que ridículo. Que calculista. Ela sabia que seríamos obrigados a ficar frente a frente, que não conseguiríamos fugir disso, embora, meu Deus, eu tenha tentado.

Minha mente volta para aquele momento seis anos atrás, quando fiquei sentada inerte no carro pensando no que diabos diria para meu ex-marido, que quase o atropelei em minha tentativa de fugir. Apesar de só ter tido alguns segundos, todos os meus pensamentos voltaram com tudo, como um teleprompter em *fast forward*: como Angel pôde fazer isso comigo, supostamente minha melhor amiga? Por que Ben estava correndo para falar comigo, o que ele poderia querer? Será que acha que eu o atropelaria, ele sabe que eu só estava tentando passar por ele e fugir, certo? O que passou pela cabeça de Ben ao levar Angel até o altar? Por que Angel é tão mentirosa, por que jurou que ele estava trabalhando em outro país, que não conseguiria ir ao casamento? Com quem ele está aqui, onde está a namorada nova que ouvi falar que ele arrumou?

Não tive tempo de tirar nenhuma conclusão antes de a porta do passageiro ser aberta com força e Ben entrar no carro, mais alto do que eu me lembrava. Acho que ele estava tomando conta para que eu não fugisse, se eu fosse embora agora, ele iria comigo. Eu devia estar em choque. Fiquei olhando para a frente pelo para-brisa, para o capô preto em que ele quase foi parar, com respiração curta e hesitante. Ben estava furioso, enlouquecido, como nunca o vi.

— Que porra é essa que você está tentando fazer, sua maluca? — gritou ele na minha cara. — Você podia ter me matado.

E então ele percebeu o que disse, mas seguiu em frente, pois a fúria ainda não tinha acabado.

— O que você está fazendo aqui? Angel disse que você estava trabalhando como voluntário em Malawi com a sua mãe. — Eu me lembro de fazer um som debochado depois disso, por causa do nível de armação de Angel.

— Não ria, não é engraçado porra nenhuma. Você está tentando estragar esse dia pra todo mundo, como sua irmã tentou fazer no nosso casamento? Por que não pode me deixar em paz? Por que fica me atormentando?

Nessa hora, eu surtei.

— *Atormentando* você? Não estou tentando atormentar você. Eu também não queria te ver, isso eu posso garantir. A Angel jurou pela vida dela que você não estaria aqui. Você acha que eu queria que isso acontecesse? Eu só queria ir pra casa, não estava tentando atropelar você, não sou tão louca, só estava tentando evitar ISSO.

E, quando falei essa última palavra angustiada, eu me virei e olhei para ele pela primeira vez, diretamente em seus olhos, e foi como se meu coração desse outro giro de noventa graus de volta ao amor incondicional por esse homem com quem eu era casada, e ele viu no meu rosto, eu não consegui disfarçar, e ele se inclinou e me agarrou, não com carinho, mas ainda com fúria, e me beijou como se estivesse tentando me matar, e eu retribuí, e começamos a nos agarrar com tanta força no carro, tão desajeitados, tão furiosamente, que esquecemos completamente que todo mundo, inclusive a futura ex-namorada dele, estava olhando.

Charlie está deitado na grama alta debaixo de uma árvore, já está calor demais para ele, e as garotas estão dando estrelas. Eu grito para elas tomarem cuidado com onde colocam as mãos, pois há urtigas aqui. Senti tanta saudade de Charlie nos dois anos em que eu e Ben ficamos separados, é muito bom tê-lo de volta. Estou tão feliz de termos decidido que nossa nova casa juntos fosse em Londres, onde Ben estava morando; voltei a morar com ele na semana seguinte ao casamento de Angel, nós dois parecíamos sentir que não tínhamos mais tempo a perder. E, depois de alguns meses, compramos uma casinha perto daquele hotel em Hampstead, onde ficamos quando Ben me encontrou da primeira vez. Nossa tentativa original de experimentar território neutro, em uma cidadezinha de Cheshire, nunca pareceu certa, somos pessoas da cidade, na verdade, e Manchester também não era uma opção. Mas adoro este lugar. Quem imaginaria que dava para se sentir tão ligada à terra no meio desta cidade monstro?

Ainda vejo Simon de vez em quando. É maravilhoso vê-lo tão feliz agora que se separou da mulher; ele esperou até o filho completar 18 anos, a atitude honrada típica dele, e sua namorada é linda. Também tenho sorte por mamãe estar por perto. Ela se mudou para poder ver as netas com mais frequência, e apesar de estar arrasada por causa de Caroline, claro, com sorte vai ser mais fácil no futuro; pelo menos ela não precisará mais se preocupar, e ela espera que Caroline ao menos esteja em paz. Papai parece estar indo bem até agora, ele aparenta ser uma nova pessoa desde que conheceu a temerosa nova mulher, e talvez um dia veremos que é uma libertação para todos nós.

Não sinto mais raiva nem culpa por causa de Caroline. Tive tanta dificuldade para perdoá-la, mas parece que ela nunca se perdoou. E os dez anos adicionais de infelicidade e agressão a si mesma pelo menos acabaram para ela, minha pobre e torturada irmã gêmea. Ben manteve a promessa de não vê-la de novo, então eu quase não a via também, e apesar de me deixar triste pensar nisso, talvez o que aconteceu tenha sido a maneira com que a história dela tinha que terminar.

Ando com minhas meninas entre os lagos e chamo Charlie e paro para colocar a coleira nele, não quero que ele corra atrás dos patos. Quando levanto o rosto, vejo meu marido andando na minha direção, ele deve ter terminado de nadar mais cedo e está com os jornais de fim de semana, café e pãezinhos frescos perto das quadras de tênis. Meu coração dá um salto, e nossas gêmeas gritam "Papai", e Charlie se solta da minha mão e corre como um filhote de novo. Charlie corre para ele, e Ben o pega pela coleira, e as gêmeas também já o alcançaram, e vejo minha família cair embolada na grama macia, e as gargalhadas se espalham pela atmosfera doce.

Nota da autora

Escrevi *Indo longe demais* no início do verão de 2010, quando minha mãe estava ficando inexplicavelmente mal, e eu a encorajava a ler os capítulos para que seguisse em frente, sem saber onde a história ia dar. Escrevi em todo e qualquer lugar: sentada na cama, nos jardins das casas de amigos vendo nossos filhos brincarem, no hospital, no voo para Dublin, onde eu estava trabalhando na época, sempre motivada a terminar por ela, embora eu não quisesse saber por quê. Completei a primeira versão alguns dias antes de minha mãe morrer. Este livro é para ela.

Sylvia Blanche Harrison
7 de setembro de 1937 — 3 de julho de 2010

Agradecimentos

Eu gostaria de avisar que a lista é longa, pois MUITA gente me ajudou a chegar a esse ponto. A primeira pessoa a quem quero agradecer é meu marido, que me convenceu a aceitar Jon Elek da United Agents (na verdade, foi à reunião comigo!) quando fui tomada pelo pânico e indecisão quanto ao que fazer. Também tenho que agradecer a Jon, claro, por me mostrar com tanta simplicidade e tanta eficiência por que eu precisava de um agente, assim como a Linda Shaughnessy, Jessica Craig, Amy Elliott, Ilaria Tarasconi, Emily Talbot e Georgina Gordon-Smith, também da U.A. Minha imensa gratidão vai para todos da Penguin, com quem tem sido tão prazeroso trabalhar, principalmente Maxine Hitchcock, que me ajudou a ficar ainda mais feliz com este livro, Lydia Good, Katya Shipster, Francesca Russell, Tim Broughton, Anna Derkacz, Olivia Hough, Sophie Overment, Nick Lowndes, Holly Kate Donmall, Elizabeth Smith, Kimberley Atkins, Fiona Price, Rebecca Cooney, Naomi Fidler e Louise Moore.

Agradeço aos críticos e blogueiros que falaram com empolgação sobre este livro com os leitores e amigos, inclusive, mas não exclusivamente: Liz Wilkins, Anne Cater, Anne Williams, Janet Lambert, Trish Hannon, Shinjini Mehrotra, Jo Barton, Christian Anderson, Christine Miller, Marleen Kennedy, Michelle Iliescu, Karen Cocking, Dawn Cummings, Dianne Bylo, Allison Renner, Scarlett Dixon, Kelly Konrad, Teresa Turner, Kelly Jensen, Helen Painter, Sue Cowling, Gillian Westall, Cherra Wammock, Marion Archer, Sheli Russ, Linda Broderick, Natalie Minto, Nina Lagula, Patricia Melo, Charlotte Foreman, Suzanne Rogers, Patrice Hoffman, Denise Crawford, Catherine Armstrong, Chris French, Cleo Bannister, Trish Hartigan, Karen Rush, Heidi Permann, Ellen Schlossberg, Cindy Lieberman, Karen Brissette, Betty McBroom, Kristin Grunwald, Tellulah Darling, Don

Foster, Mattie Piela, Debbie Krenzer, Sarah Fenwick, e todas as outras pessoas que me deram apoio pela internet.

E agradeço de novo a TODO MUNDO que me ajudou ou demonstrou acreditar em mim na primeira vez, inclusive: Kavita Bhanot e Becky Swift de The Literary Consultancy, Helen Castor, Heather O'Connell, Matthew Bates, Jane Bruton, Tom Tivnan, Daniel Cooper, Amy Tipper, Mel Etches, Rachel Jones, Heidi Jutton, Phil Edwards, Sharon Hughes, Emily Cater, Caroline Farrow, Chris White, Peter Gruner, Laura Lea, Becky Beach, Lizzy Edmonds, Alex Bellotti, Laura Nightingale, Phil Hilton, Jessica Whiteley, Susan Riley, Olivia Phillips, Lucy Walton, Laurel Chilcot Smithson, Jane Corry, James Blendis, Rhian Prescott, James Comer, Ian Binnie, Debi Letham, Myles Clark, Jo McCrum, Mark McCrum, Fiona Webster, Geri Hosier, Charlotte Metcalf, Franca Reynolds, Arabella Weir, Keith Crook, Stephen Bass, Jeff Taylor, Gary Rosenthal, John Anscomb, Scott Pearce, Susan Kirby, Laila Hegarty, Kristina Radke, Penny Faith, Deborah Wright, Lyndsey Kilifin, Angie Greenwood, Helen Cory, Jacky Lord, Harriet Lane, Clare Johnson, Katherine Ives, Michael Goodwin, Lorelei Loveridge, Teena Dawson, Louise Weir, Meike Ziervogel, Mel Sherratt, Hilary Lyon, Carolina Sanchez, Angela Echanova, Claire Lusher, Alli Campbell, Tracy Morrell, Bex Davies, Catherine Burkin, Lisa Parsons, Annabelle Randles, Monique Totte, Jane Morgan, Rachel Johnson, Nick Conyerd, Catherine Cunningham, Catherine West, Liz Webb, Garry Boorman, Lakshmi Hewavisenti, Conor McGreevy, Alice Baldock, Kathy Weston, Anna Jachymek, Claire Heppenstall, Donna Malone, Angie Starn, Gail Walker, Dave Sheehan, Val Young, Nicola Young, Nicole Johnschwager, Nathan Ruff, Mary Bishop, Colin Sutherland, Chrissy Paech, Joanne Doran, Sandie Kirk, Maxine Leech, Dave Martin, Helen Say, Jennifer Page, Ed Seskis, Dolly Lemon, Karen Seskis, John Harrison, Stuart Harrison, Angeles Borrego Martin, Connie Bennet e, claro, todos os meus amigos, meu querido filho e minha falecida e amada mãe.

Este livro foi composto na tipologia Minion Pro,
em corpo 12/15,3, e impresso em papel off-white
no Sistema Cameron da Divisão Gráfica
da Distribuidora Record.